Shirley Jackson, 1916 in San Francisco geboren, veröffentlichte 1948 im New Yorker die Kurzgeschichte »The Lottery«, die sie schlagartig berühmt machte. Jacksons Werk wird vor allem dem Horrorgenre zugerechnet, zu den bekanntesten Büchern zählen die mehrfach verfilmten Romane *Spuk in Hill House* und *Wir haben schon immer im Schloss gelebt.* Zu Lebzeiten war Shirley Jackson auch als humorvolle Chronistin ihres Familienlebens bekannt und beliebt. Dieser Aspekt ihres Schreibens rückt heute wieder mehr in den Fokus – und offenbart eine Frau, die gegen die Widerstände ihrer Zeit ihre Rollen als Mutter von vier Kindern, Ehefrau und zugleich Autorin von 17 Büchern jonglierte. Shirley Jackson starb 1965 im Alter von 48 Jahren.

Nicole Seifert, geboren 1972, lebt als Autorin und Übersetzerin in Hamburg. Sie hat u.a. Sarah Moss, Phil Rickman, Katie Arnold, Julia Strachey und Torrey Peters ins Deutsche übertragen. 2021 erschien ihr Buch *Frauen Literatur. Abgewertet, vergessen, wiederentdeckt,* in dem sie die Position von Frauen und Autorinnen im Literaturbetrieb untersucht. 2024 folgte *»Einige Herren sagten etwas dazu«. Die Autorinnen der Gruppe 47.* Seifert ist außerdem Herausgeberin der Reihe rororo Entdeckungen, in der Romane vergessener Autorinnen erscheinen.

Shirley Jackson

Krawall und Kekse

Roman

Aus dem amerikanischen Englisch
und mit einem Nachwort von Nicole Seifert

Die Originalausgabe erschien erstmals 1953 unter dem Titel
Life Among the Savages bei Farrar, Straus and Young.

ISBN 978-3-7160-0023-6

Ungekürzte Taschenbuchausgabe
1. Auflage 2024
© der deutschsprachigen Ausgabe
2022 Arche Literatur Verlag, ein Imprint der
Atrium Verlag AG, Zürich
© 1948, 1949, 1950, 1951, 1952, 1953 by Shirley Jackson
© 1953 by The Crowell-Collier Publishing Company
© renewed by Laurence Hyman, Joanne Schnurer, Barry Hyman,
and Sarah Webster, 1975, 1976, 1977, 1979, 1980, 1981
Nachwort: © 2022 Nicole Seifert
Alle Rechte vorbehalten
Umschlaggestaltung: Sund Design, Hamburg,
unter Verwendung eines Motivs von © Patty Carroll
Gesetzt aus der Granjon und der Quiche Sans
Satz: Pinkuin Satz und Datentechnik, Berlin
Druck und Bindung: GGP Media GmbH, Pößneck
Printed in Germany

www.arche-verlag.com
Instagram: arche_verlag

Für die Großeltern meiner Kinder

Eins

Unser Haus ist alt und laut und voll. Als wir einzogen, hatten wir zwei Kinder und rund fünftausend Bücher; ich schätze, wenn wir irgendwann aus allen Nähten platzen und ausziehen, werden wir zwanzig Kinder und locker eine halbe Million Bücher haben; außerdem haben wir ein Sortiment an Betten und Tischen und Stühlen und Schaukelpferden und Lampen und Puppenkleidern und Schiffsmodellen und Pinseln und buchstäblich Tausende Socken. So leben wir jetzt, mein Mann und ich, unfreiwillig, als wären wir in einen Brunnen gefallen und hätten, da wir sowieso nicht mehr herauskommen, beschlossen, dass wir genauso gut bleiben und einen Stuhl und einen Tisch und irgendeine Lampe aufstellen können. Aber obwohl das jetzt unser Leben ist und wir es nicht anders kennen, ist es gelegentlich verblüffend, vielleicht sogar unerklärlich für Menschen, die nicht die absolute Gewissheit kennen, gleich im Dunkeln auf eine kaputte Zelluloidpuppe zu treten. Ich wüsste nicht, wie ich lieber leben würde, außer ohne Kinder und ohne Bücher, geräuschlos in einem Apartmenthotel, in dem für einen sauber gemacht und das Essen hochgeschickt wird und man nichts tun muss, außer auf dem Sofa liegen und – wie gesagt, ich wüsste nicht, wie ich lieber leben würde, ich musste aber, alles in allem, auch ziemlich viele Kompromisse machen.

Manchmal sehe ich mir all das Zubehör unseres Lebens an – Brottüten, Schreibmaschinen, kleine Teile, die irgendwo zugehören – und staune über die Komplexität der Kultur, mit der wir uns umgeben. Ich frage mich, ob wir froh wären, wenn all das abgeschafft würde und wir nur auf das Notwendige zurückgeworfen wären (Kaffeebecher, Schreibmaschinen, die wirklich nötigen kleinen Teile, die irgendwo zugehören), und dann – das passiert normalerweise im Frühling – fange ich an, Sachen wegzuwerfen, und es stellt sich heraus, dass wir zwar aufs Angenehmste ohne die kleinen Teile, die irgendwo zugehören, leben können, dass aber praktisch sofort neue kleine Teile auftauchen. So funktioniert vermutlich Fortschritt. Es können neue kleine Teile hergestellt werden, wenn nicht schneller, als sie von Sachen abfallen, dann jedenfalls schneller, als ich sie wegwerfen kann.

Ich erinnere mich an den Vormittag vor langer Zeit, als unser Vermieter anrief. Unser Sohn Laurie war dreieinhalb, unsere Tochter Jannie war sechs Monate alt, ich hatte das Mittagessen fast fertig und die Windeln gewaschen, zusammen mit den Hemdchen und den Nachthemden und den Lätzchen und den Baumwolldecken, und alles hing zum Trocknen auf der Leine (und egal, was *andere* sagen, das ist die Arbeit eines Vormittags, wenn man bedenkt, dass ich außerdem Brownies gebacken und den Müll rausgebracht hatte), und dann rief der Vermieter an. Er war ein netter Mann, väterlich, deshalb erkundigte er sich erst mal nach meiner Gesundheit und nach der Gesundheit meines Mannes, und dann fragte er, wie es unserem Jungen ginge.

Und dem Baby? Und als ich sagte, es gehe uns allen gut, sagte er, gut, uns sei sicher bewusst, dass unser Mietvertrag auslaufe? Ich sagte, nein, wir hätten eigentlich nicht gewusst, dass unser Mietvertrag auslaufe. Und da sagte er, nun, er hätte angenommen, wir hätten in letzter Zeit mal in den Vertrag geguckt, und ich fragte mich, ob das vielleicht das Blatt Papier gewesen war, das Laurie zerrissen und aufgegessen hatte, und sagte, es sei tatsächlich eine Weile her, seit wir zusammengesessen und unseren Vertrag durchgelesen hätten. Das sei ja schlecht, sagte er. Ist es das, sagte ich. Denn, sagte er mit sanfter Stimme, die Wohnung sei an jemand anders vermietet worden. Nach einer Pause sagte ich, vermietet? An jemand anders? Dann lachte ich und sagte, und was sollen wir machen – umziehen? Er sagte, ja, genau das sollten wir tun.

»Natürlich«, fuhr er fort, »könnten wir auch zwangsräumen, wenn wir wollten.«

»Wirklich?« Ich dachte an Briefe an den Präsidenten, in denen wir uns auf das Wohlergehen unserer zwei kleinen Kinder beriefen. »Uns wäre aber lieber, Sie zögen einfach aus«, sagte er.

»Aber wohin denn?«

Er lachte herzlich. »Fragen Sie mich was anderes«, sagte er. »Wohnungen sind heutzutage ganz schön schwer zu finden.«

»Wir können uns ja mal umhören«, sagte ich zweifelnd. Briefe, dachte ich, ihn verklagen für das Stück Putz, das meinem Mann auf den Kopf gefallen ist, während er sich rasierte: Anwälte.

»Wir planen die Übergabe um den ersten Mai rum«, sagte er.

»Heute ist der fünfundzwanzigste März«, sagte ich.

»Richtig«, sagte er. »Die Miete ist bald fällig.« Wieder lachte er.

Am nächsten Tag bekamen wir ein Schreiben, über dem »Kündigung und Aufforderung zur Räumung« stand. Ich zog in Erwägung, siedendes Öl aus dem Fenster zu schütten und die Türen mit dem Esstisch zu verbarrikadieren. Was uns beide noch wütender machte, war, dass wir überhaupt nicht die Absicht gehabt hatten, den Mietvertrag zu verlängern, wir hatten vage ins Auge gefasst, umzuziehen, sobald wir etwas anderes gefunden hätten. »Allein die Vorstellung«, sagte ich entrüstet zu meinem Mann, »diese Wohnung an jemand anders zu vermieten, ohne die kaputte Stufe zu reparieren. Die auf der Treppe.«

»Hinterlass den Neuen eine Nachricht wegen der Kakerlaken«, riet mein Mann. Er riet außerdem energisch davon ab, aus irgendeinem unklaren Grund Klage zu erheben (das Stück Putz? Das Radio der Nachbarn?), und sagte, meine Schulter tätschelnd, er wüsste, wie wichtig es mir schon die ganze Zeit gewesen sei, eine neue Wohnung zu finden.

Wir träumten davon, nach Vermont zu ziehen, in eine Stadt, in der sich ein befreundetes Paar niedergelassen hatte, das uns begeisterte Berichte schickte von den Bergen und den im eigenen Garten spielenden Kindern und sauberem Schnee und selbst gezogenen Mohrrüben, und jetzt sah es plötzlich extrem danach aus, als würden wir entweder nach Vermont ziehen oder in ein Zelt im Park. Ich rief ein halbes Dutzend Makler an, und alle lachten so herzlich, wie unser Vermieter gelacht hatte. »Haben Sie nicht irgendwelche Verwandte, zu denen Sie ziehen können?«, fragte einer von ihnen.

Am Ende machten wir, zwei kühne Abenteurer, uns auf in unerforschtes Gebiet, ließen die Kinder bei ihren Großeltern und stiegen am Bahnhof mit unseren Koffern und unseren Überschuhen in einen Zug, ein Spähtrupp auf dem Weg in die Kleinstadt, wo unsere Freunde lebten, wo die Berge so hoch waren und der Schnee so sauber. Das mit dem Schnee war, wie wir feststellten, zweifellos richtig. Unsere Stadtüberschuhe verschwanden beim Aussteigen bis zum Anschlag, und während der drei Tage, die wir dort waren, hatten wir beide permanent feuchte Füße und kleine schmelzende Eisstückchen an den Strümpfen hängen.

Gut war, dass es viele, viele freie Häuser gab. Das hörten wir von einer Dame namens Mrs. Black, einer mütterlichen alten Person, die in einer benachbarten großen Stadt lebte, aber, wie sie selbst betonte, jedes Haus und jede Familie im ganzen Staat kannte. Sie zeigte uns ein Haus, das sie das Bassington-Haus nannte und das perfekt für uns und unsere Bücher und unsere Kinder gewesen wäre, hätte es über irgendeine Art von Wasserrohren verfügt.

»Rohre kann man ja leicht verlegen«, erklärte uns Mrs. Black. »Bauen Sie welche ein, und Sie haben ein richtig schönes Haus.«

Mein Mann trat im Schnee nervös von einem Fuß auf den anderen. »Na ja«, sagte er, »damit kommen wir zum ... na ja ... Thema Geld.«

Mrs. Black zuckte mit den Schultern. »Wie viel werden *Rohre* schon kosten? Sie stecken tausendzweihundert, vielleicht tausendfünfhundert Dollar rein und haben ein richtig schönes Haus.«

»Also, wissen Sie, wenn wir tausendfünfhundert Dollar hätten, könnten wir auch eine Hausverwaltung –«, fing mein Mann an, und ich fiel ihm schnell ins Wort. »Vergessen Sie nicht, Mrs. Black, dass wir *mieten* wollen.«

»Mieten, wirklich?«, sagte Mrs. Black, als beweise das endgültig, dass wir zweifelhafte Gestalten waren, die sich aus reinem Vergnügen Häuser ansahen. »Also, ich an Ihrer Stelle, mit kleinen Kindern und allem, *ich* würde kaufen.«

»Aber das Geld –«, sagte mein Mann.

»Geld?«, sagte Mrs. Black verächtlich. »Zwei-, dreitausend Dollar.« Sie überlegte. »Andererseits«, sagte sie fröhlich, »wenn man es selbst macht – Rohre einbauen, ein bisschen malern, vielleicht das ein oder andere reparieren –, ließen sich die Kosten bestimmt deutlich senken.«

Sie sah bei diesen Worten direkt meinen Mann an, und er lächelte vage und nickte, für diesen kurzen Moment offenbar angetan von der Vorstellung, die Rohre selbst zu verlegen. »Überschlagen Sie mal«, fuhr Mrs. Black fort, »Sie stecken zwei-, dreitausend Dollar rein, Sie kriegen von Henry Andrews eine Ersthypothek, damit Sie das ein oder andere ausbessern können – dafür brauchen Sie nur den Nachweis, dass es Ihnen gehört, und vielleicht ein bisschen Eigenkapital, Henry Andrews kann Ihnen das genauer sagen. Steuern natürlich. Versicherung werden Sie haben wollen, und dann noch Heizung und Elektrik, vielleicht kriegen Sie ja Bill Adams dazu, die Klempnerarbeiten für weniger zu machen, weil das Haus der Schwester seiner Frau gehört, und das war's schon. Zehn, fünfzehn Jahre, und Sie haben ein richtig schönes Haus, und es *gehört* Ihnen. Andersrum würden Sie immer noch Miete zahlen.«

»Aber das Geld –«, sagte mein Mann.

Mrs. Black fuhr nahtlos fort. »Andererseits gefällt Ihnen vielleicht auch das Haus von den McCafferys. Das hat schon Rohre.«

Das Haus von den McCafferys mochte Rohre haben, wir kamen aber nie dort an, weil die Schotterstraße, die auf einen Hügel und zu dem Haus führte, wegen Schnee unpassierbar war. »Es muss allerdings entrümpelt werden«, sagte Mrs. Black, als wir alle am Fuß des Hügels standen und zu dem Haus hochsahen.

Ein Mr. Miller, der eine Lederjacke und eine Mütze mit Ohrenschützern trug, fuhr uns zum Haus der Donalds. Es war ein hübsches Haus, das auf einem Hektar Marschland stand, aber unangemessenerweise verlangten wir einen Ofen, den wir, wie Mr. Miller überschlug, für Zwei-, vielleicht Dreitausend einbauen könnten. »Heizen Sie mit dem Backrohr«, sagte er, »das würd ich machen. Geht nicht so ins Geld wie ein Ofen.«

»Geld –«, sagte mein Mann.

»Sind Sie denn …«, Mr. Miller sah meinen Mann abschätzig an, »… handwerklich begabt?«

Mr. Faber, der eine karierte Jagdhose trug und seine Zigaretten selbst drehte, zeigte uns das Haus der Grants, das nur drei Zimmer und einen hübschen Garten hatte, und das Haus der Exeters, das groß und verwinkelt und geheizt war und sogar über Rohre verfügte. »Wirklich schönes Haus«, sagte Mr. Faber, als wir staunend in dem vertäfelten Esszimmer standen. »Ist für Fünfzigtausend ausgeschrieben, aber *da* wird er noch Abstriche machen müssen.«

»Fünf——«, sagte mein Mann.

»Ja, ich dachte mir schon, dass Sie so viel nicht ausgeben

möchten«, sagte Mr. Faber traurig, »aber ich dachte, Sie würden es trotzdem gern *sehen*.«

Mrs. Black, die uns am nächsten Morgen um neun wieder abholte, zeigte uns das Haus der Hubbards, ein umgebautes Bauernhaus mit wunderbaren Böden und hohen Decken und Kaminen und sauberen farbigen Wänden und sogar einer Garage, das aber keine Schlafzimmer hatte. »Das Wohnzimmer *allein* hat siebzig Fuß«, sagte Mrs. Black. »Eine Art Einzimmerhaus, könnte man sagen.« Sie zögerte. »Für Drei-, Viertausend könnte man einen Seitenflügel anbauen«, schlug sie hoffnungsvoll vor.

»Aber wir möchten *mieten*«, sagte ich klagend. »Wir wollen nichts einbauen und nichts anbauen und nichts rausreißen, wir wollen ein Haus mieten, das fertig ist, *bevor* wir einziehen.«

Mrs. Black seufzte. »Das Haus von den Exeters ist schön«, sagte sie schließlich. »Richtig groß, würde gut zu Ihnen passen. Kostet –«

Am Ende des zweiten Tages hatten wir sogar eine Scheune besichtigt, von der jemand dachte, er könnte sie ja mal vermieten. Darin befanden sich allerdings zwei Kühe und ein Traktor, und nicht mal Mrs. Blacks optimistischer Vorschlag, dass wir aus den Stallboxen leicht Kinderzimmer machen könnten, ermunterte uns einzuschlagen.

»Tja«, sagte Mrs. Black, als sie sich vor dem Haus unserer Freunde von uns verabschiedete, »ich würde sagen, Sie können sich glücklich schätzen, eine Wohnung in der Stadt zu haben.«

Erschöpft saßen wir an jenem Abend in dem gemütlichen Wohnzimmer unserer Freunde, mit einem Dach über dem Kopf, sicher untergebracht, wenn auch nur auf

Zeit, und versuchten verzweifelt, Pläne zu machen. Es war der zweite April, wir hatten die offizielle Räumungsklage bekommen, und unsere Gedanken rotierten; wir könnten einen Wohnwagen mieten oder die Kinder bei ihren Großeltern leben lassen oder ein Zelt und ein Kanu leihen und die Großen Seen erforschen.

»Exeter«, sagte mein Mann kläglich. »Exeter, McCaffery, Grant. Bassington, Hubbard, Donald. McCaffery, Bassington, Donald, Grant. Exeter, Hubbard –«

»Wir können nicht in einem Haus ohne fließend Wasser leben«, sagte ich.

»Auch nicht ohne Ofen«, sagte mein Mann. »McCaffery, Hubbard –«

»Vielleicht bekommen wir von unserem Vermieter ja doch noch eine Verlängerung«, sagte ich ohne jede Hoffnung. »Wenn er wüsste, wie sehr wir es versuchen, würde er uns vielleicht noch ein paar Wochen geben.«

Unsere Freunde saßen da und schüttelten mitfühlend den Kopf, obwohl ihr eigenes Haus abbezahlt war und fest auf seinen Grundmauern stand, mit einem Ofen, der lief wie geschmiert, und gut erhaltenen Rohren.

»Wenn wir bloß *Geld* hätten«, sagte mein Mann, und alle seufzten.

Am nächsten Tag mussten wir den Zug nach Hause nehmen, und auf dem Weg zum Bahnhof hielt ich beim einzigen Lebensmittelladen im Ort und kaufte Zigaretten. Nachdem ich bezahlt hatte, sagte der Ladenbesitzer: »Wohl nichts gefunden?«

»Nein«, sagte ich überrascht, erfuhr aber später, dass er nicht nur über unsere Wohnsituation informiert war, sondern auch über die Namen und das Alter unserer Kinder, über das Fleisch, das wir am Vorabend serviert bekommen hatten, und über das Einkommen meines Mannes.

»Zu schade, dass Sie das Haus von den Fieldings nicht interessiert«, sagte der Ladenbesitzer.

»Von dem wissen wir gar nichts«, sagte ich.

»Ich hätt' mich ja gemeldet«, sagte der Ladenbesitzer, »aber Mae Black hat gesagt, Sie wollten auf jeden Fall kaufen. Das Fielding-Haus ist aber nicht zu verkaufen.«

»Und wie ist das so?«

Der Ladenbesitzer machte eine unklare Handbewegung. »Alt«, sagte er. »Hat lange die Familie drin gewohnt.« Er nahm von einem kleinen Jungen einen Fünfer entgegen und half ihm, die Verpackung von seinem Eis zu entfernen, dann sagte er: »Warum melden Sie sich nicht mal beim alten Sam Fielding? Ich wette, es wär ihm eine echte Freude, es Ihnen zu zeigen.«

Es fuhr pro Tag nur ein Zug aus der Stadt. Wenn wir noch blieben, um uns das Fielding-Haus anzusehen, konnten wir erst am nächsten Tag fahren; ich zögerte, und der Ladenbesitzer sagte: »Schadet ja nicht, mal zu *gucken*.«

Ich ging raus und steckte meinen Kopf in den Wagen, in dem mein Mann mit unseren Gastgebern wartete. »Schon mal vom Fielding-Haus gehört?«, fragte ich.

»Das *Fielding*-Haus?«, fragte unsere Gastgeberin und unser Gastgeber sagte: »Was wollt Ihr denn mit *dem*?«

»Was ist denn damit?«, fragte ich.

»Na ja«, sagte unsere Gastgeberin, »es ist ungefähr tausend Jahre alt.«

»Eher eine Million Jahre«, sagte unser Gastgeber. »Es ist ...« Er machte eine hilflose Geste. »Es hat so riesige weiße Säulen vor der Fassade«, sagte er.

»Und ist hinter den Säulen ein Haus?«, fragte mein Mann. »Denn wenn ja und wenn es Rohre hat und einen Ofen und Schlafzimmer, und die vermieten uns das, dann ziehen wir da ein.«

Das Fielding-Haus war ein sehr altes Haus ungefähr eine Meile außerhalb der Stadt. Es war das älteste im Viertel und das drittälteste im ganzen Stadtgebiet; wir waren, wie wir schockiert begriffen, mehrere Male daran vorbeigefahren, als wir mit Mrs. Black und Mr. Miller und Mr. Faber unterwegs gewesen waren, um uns andere Häuser anzusehen. Es war – das schlug ich kurz nach unserem Einzug im Stadtarchiv nach, als ich vergeblich versuchte, mich damit zu arrangieren – um achtzehnhundertzwanzig als Gutshaus inmitten eines großen Anwesens erbaut worden, von einem Arzt namens Ogilvie. Damals hatte man im County die Klassik neu entdeckt, und Doktor Ogilvie entwarf sein Haus vermutlich nach einem kleinen griechischen Tempel; er ließ an der Vorderseite vier massive weiße Säulen errichten, baute zwei Seitenflügel an und ließ dem Haus mit der Sparsamkeit des wahren Neuengländers hinter der Fassade dann gerade einmal die Tiefe eines einzigen Zimmers. Nachdem die Familie Ogilvie ausgestorben oder weggezogen war, was kurz nach dem Hausbau der Fall gewesen war, ging es in die Hände einer Familie namens Cortland über, die den Großteil des Grundbesitzes verkaufte und aus Doktor Ogilvies Holzschuppen eine Sommerküche machte. Die Cortlands verkauften das Haus irgendwann an eine Familie namens Fielding, die das umgebende Land, auf dem inzwischen zahlreiche Häuser standen, sofort zurückkaufte, die Häuser vermietete, eine Sägemühle an den

Fluss baute, der durch Doktor Ogilvies Land floss, und die Mieter als Arbeiter einstellte. Dem Stadtarchiv zufolge war der Stammvater der Fieldings bei Doktor Ogilvie Knecht gewesen, und die Familie hatte zweifellos damals schon ein Auge auf das Haus geworfen. Als die Stadt wuchs, wurden die Fieldings wohlhabender, und irgendwann starb die letzte Generation echter Fieldings und das Haus und der gesamte Landbesitz gingen an drei Cousins, die alle in benachbarten Städten in hochmodernen Häusern lebten und mit ihrer Beteiligung an dem Sägewerk ein gutes Geschäft machten.

Als das Gutshaus zur Miete ausgeschrieben wurde, war es, als wäre ein entscheidender Teil der Stadt unmerklich in den Fluss gerutscht, und es entstand eine große Kälte zwischen den Fielding-Erben und den Bartletts, denen das zweitälteste Haus der Stadt gehörte. Während der größten Wohnungsnot, als das Sägewerk Tag und Nacht auf voller Kraft lief, blieb das alte Gutshaus auf dem Hügel leer, die weißen Säulen versackten im Boden, und die Auffahrt war entweder voll toter Blätter oder von unberührtem Schnee bedeckt. Als wir es zum ersten Mal sahen, wirkte es etwas lächerlich, sogar die Zäune zu beiden Seiten und vor der Front schienen sich von ihm wegzubeugen, ohne sich vollends zu distanzieren, als würden sie es insgeheim missbilligen, der Welt jedoch mit ihm gemeinsam die Stirn bieten. Sam Fielding war der einzige der Fielding-Cousins, der noch den Familiennamen trug, weshalb man es offenbar logisch fand, dass er uns das Haus zeigen sollte; er war ein kleiner, stiller, alter Mann und sprach in der langsamen Art der nachdenklichen Vermonter. Zusammen mit meinem Mann und mir stand er am Fuß der Wiese, und wir alle starrten still die riesigen Säulen an, die Seitenflügel, die eiserne Wetterfahne, die stumm zurückstarrte.

»Das ist es«, sagte Mr. Fielding unumwunden. »*Irgendeinen* Nutzen würd ich gern draus ziehen.« Er sah schnell weg, als wollte er einem vorwurfsvollen Blick des Hauses ausweichen. »Gutes Haus«, fügte er hinzu.

»Es wirkt so …« Ich zögerte. »… beeindruckend«, sagte ich schließlich.

»Beeindruckend«, stimmte Mr. Fielding zu. Er lehnte eine Zigarette ab, die mein Mann ihm anbot, und zog eine eigene hervor; es war dieselbe Marke, aber es war seine. »Muss bisschen aufgemöbelt werden«, sagte er und deutete mit dem Kinn in Richtung des Hauses.

»Dürfen wir reingehen?«, fragte ich. »*Falls* wir uns dafür interessieren, würde ich es gern von innen sehen.«

»Tür ist offen«, sagte Mr. Fielding.

Mein Mann und ich zögerten. Mr. Fielding machte es sich auf einem Baumstumpf gemütlich und schlug ein Bein über das andere. »Tür ist offen«, sagte er noch einmal.

Gemeinsam gingen mein Mann und ich auf die Haustür zu, gerade rechtzeitig die kaputte Stufe meidend, die auf die Veranda führte. Zwischen den Säulen angekommen, war die Ausstrahlung des Hauses überwältigend; dies war ein *Haus*, verglichen mit den Notunterkünften der McCafferys und Exeters. Mein Mann berührte vorsichtig die Haustür, und sie öffnete sich. Umsichtig, auf der Hut vor kaputten Bodendielen, betraten wir einen breiten Flur, der im Schatten der Säulen lag und in eine schöne gerade Treppe im Kolonialstil mündete; irgendwo rechts von uns waren ein mit roten Kohlrosen übersäter Teppich und ein Harmonium unter dunklen alten Gemälden, die sich überrascht etwas vorzubeugen schienen, um uns sehen zu können; wir gingen in die Küche, wo ein monumentaler schmiedeeiserner Ofen uns unter sich zu begraben drohte, und in der Küche war ein dick mit Staub bedeckter Tisch, auf dem eine staubige Tasse stand und ein Teller mit zwei harten, uralten Donuts. Ein Stuhl stand etwas vom Tisch abgerückt.

»Tut mir leid, dass wir geblieben sind«, sagte ich ernst zu meinem Mann, und meine Hände zitterten beim Anblick der schrecklichen Donuts. »Wir stören sie beim Mittagessen, lass uns direkt wieder gehen.«

»Wenn es nicht das einzige Haus in der Stadt wäre ...«, sagte er, folgte mir aber schnell nach draußen.

Mr. Fielding erhob sich, als wir wieder zwischen den Säulen erschienen, und als wir uns näherten, sagte er: »Es zieht sich zu. Wird schneien, noch vor morgen früh.« Er begleitete uns ernst zum Bahnhof und erörterte das Wetter, und als unser Zug einfuhr, sagte er: »Bisschen was müsste noch gemacht werden, eh Sie im Frühling einziehen.«

»Wie lange«, fragte ich, »ist es eigentlich her, dass jemand in dem Haus war?«

»Nicht, seit der Alte gestorben ist«, sagte er. »Vier Jahre müssten das jetzt sein.«

»Nicht mal, um aufzuräumen?«, fragte ich nach. »Um seine Sachen durchzusehen oder so?«

»Dachte nie, dass wir's vermietet kriegen«, sagte er nachdenklich. »War kein Grund zur Eile.«

Als wir in den Zug stiegen, winkte er uns freundlich nach. Den Großteil der nächsten zwei Wochen über hielt ich an der unpraktischen Überzeugung fest, dass mir egal war, ob es das letzte Haus in der Stadt war, meinetwegen auch auf der Welt, mir war auch egal, ob das bedeutete, dass wir im Park leben mussten, ich würde nicht in einem Haus mit zwei versteinerten Donuts wohnen. In der Woche darauf erhielten wir jedoch einen Brief von Mr. Fielding, in dem stand, das Haus würde in Ordnung gebracht und ob uns eine Miete von fünfzig Dollar pro Monat zu hoch wäre?

»Du scheinst das Haus genommen zu haben«, sagte ich ungerechterweise zu meinem Mann.

»Wahrscheinlich, weil wir reingegangen sind«, sagte er.

»Niemand ist je reingegangen, damit haben wir praktisch den Mietvertrag abgeschlossen.«

Eine Woche darauf erhielten wir einen weiteren Brief von Mr. Fielding, in dem stand, das Haus sei bereit für uns, abgesehen von der Fassade, die gestrichen werde, sobald das Wetter freundlicher sei. Da wir seinen letzten Brief nicht beantwortet hätten, nehme er an, die Miete sei zu hoch, ob wir aber glaubten, vierzig zahlen zu können?

Ein starkes Schuldgefühl trieb meinen Mann, umgehend zurückzuschreiben, dass fünfzig Dollar pro Monat vollkommen in Ordnung wären; »bevor er es uns noch *schenkt*«, sagte er zu mir.

»Aber ich bin überhaupt nicht −«, sagte ich, um dann zu merken, dass ich es natürlich doch war.

Ich fuhr einen Tag nach meinem Mann mit dem Zug hoch. Bei mir hatte ich einen hellauf begeisterten Laurie und Jannie in ihrem Körbchen und die ganze Zugfahrt über fragte ich mich, eingequetscht zwischen Laurie und dem Babykörbchen, den Koffern und den Sandwiches, ob irgendjemand daran gedacht hatte, den Küchentisch und die Donuts wegzuräumen; mein Mann hatte versprochen, dass wir noch einmal versuchen könnten, etwas in der Stadt zu finden, falls wir es wirklich nicht aushielten. Er wartete zusammen mit Mr. Fielding am Bahnhof auf uns, und als ich Mr. Fielding wiedersah, überkam mich das Gefühl, in dem Haus zu sein, so klar und umfassend, dass ich drauf und dran war, direkt wieder kehrtzumachen. Er lächelte mich fröhlich an, sagte zu Laurie »Tag, mein Freund« und starrte das Baby eine Weile lang ernst an; es starrte zurück, und dann nickte er mir zu und sagte beruhigend: »Haben's bisschen aufgemöbelt.«

Als ich das Haus sah, wusste ich, was er meinte. Es war buchstäblich abgeschabt worden bis auf die Holzwände. Mr. Fielding hatte neu tapeziert, prachtvolle große Muster, die Fenster waren geputzt, die Säulen gerichtet, die kaputte Stufe repariert worden, und in der Küche verpasste ein gut gelaunter Mann dem neuen Regal mit leuchtend weißer Farbe den letzten Schliff; es gab einen brandneuen elektrischen Herd und einen neuen Kühlschrank, die Böden waren ausgebessert und lackiert worden, von der Säule ganz rechts hatte man ein Hornissennest entfernt. Der Rasen zeigte das erste Grün, und Laurie lief zwischen den Säulen hin und her und berührte jede einzelne, bevor er johlend die Treppe rauf- und runterhüpfte. Jannie lächelte in ihrem Körbchen und blickte durch die Bäume in den Himmel.

»Es ist wunderschön«, sagte ich, den Tränen nah, zu Mr. Fielding. »Ich dachte, es würde noch aussehen wie vorher.«

»Musste einiges gemacht werden«, bestätigte Mr. Fielding. Dann nickte er in Richtung des neuen Herds und sagte: »Hat dem alten Haus gutgetan.«

In dem Augenblick fuhr unser Umzugswagen vor, und die drei muskulösen, unverschämten Typen, die beim Heraustragen der Möbel aus der Wohnung so natürlich gewirkt hatten, wirkten plötzlich ganz unpassend, als sie unsere kleinen Stühle und Tische zwischen den Säulen hineintrugen.

»Wir haben auch neue Rohre verlegt«, sagte Mr. Fielding und ging davon.

In den ersten paar Wochen ging alles durcheinander. Unsere Möbel, die für eine Stadtwohnung mehr als angemessen gewesen waren, verteilten sich allzu weitläufig auf die hallenden Zimmer des Hauses, und wir mussten es mit seltsamen Tischen und Stühlen auffüllen, die wir Mr. Fielding abkauften oder bei Trödlern in der Nähe erstanden. Das Haus war seit Doktor Ogilvies Zeiten, wie ich später erfuhr, enorm gewachsen. Die Cortlands hatten die Sommerküche angebaut, aber die Fieldings hatten noch viel mehr angebaut, sodass der Raum, der ursprünglich die Sommerküche gewesen und an der Rückseite des Hauses hochgezogen worden war, jetzt zum Beispiel in der Mitte zwischen größeren, robusteren Räumen klemmte und auch keine Küche mehr war, sondern ein dunkles kleines Zimmer, das manchmal schwer zu finden war. Wir hatten nur drei Betten, aber sechs Schlafzimmer, weshalb Mr. Fielding uns für fünfzig Cents ein Bett verkaufte, das erst kürzlich aus dem Haus in eine der geräumigen Scheunen gebracht worden war. Wir versuchten vergeblich, das Harmonium zu erwerben, das die Fieldings an einen Antiquitätenhändler verhökert hatten; aber wir kauften den Teppich mit den Kohlrosen, weil es der einzige war, der in die weite Wüste des Wohnzimmers passte; wie aus einem

Munde lehnten wir den alten Küchentisch ab. Alle Dinge, die früher schon im Haus gewesen waren, und alle, die aus ähnlichen alten Häusern kamen und sich auskannten, fanden wie von selbst die richtige Stelle im Zimmer, als würden sie sich schnell den besten Platz sichern, bevor die Stadtmöbel kamen. Sosehr wir unsere dick gepolsterten Sessel vor den Kamin im Wohnzimmer stellen wollten, ein alter Schaukelstuhl aus Holz, den Mr. Fielding uns geschenkt hatte, bestand auf seinem Vorrecht, die Mitte des Kaminvorlegers zu besetzen, und konnte schon allein des Anstands wegen nicht woandershin geschoben werden. Ein altes Vertiko, eine Zeitgenossin des Schaukelstuhls, auch wenn sie aus einer Scheune am anderen Ende der Stadt stammte, besetzte die Ecke des Wohnzimmers in der Nähe des Schaukelstuhls, sodass die beiden dort in stiller Zweisamkeit zusammenlebten.

Nach ein paar vergeblichen Versuchen, den Dingen unsere eigene eckige Ordnung aufzuzwingen, worauf alles aus den Fugen geriet und uns eine durch Mark und Bein gehende Unstimmigkeit entgegenschrie, ließen wir den alten Möbeln ihren Willen und den Ort, den sie sich ausgesucht hatten. Irritierend blieb eine bestimmte Stelle im Esszimmer, eine Stelle, die weder Tisch noch Büfett aufnehmen wollte und an der sich der Boden alarmierend senkte, als ich versuchte, dort ein Radio unterzubringen, bis ich durch reinen Zufall herausfand, dass diese Stelle an einen Schreibtisch gewöhnt war und nicht zufrieden sein würde, bevor ich nicht einen dünnbeinigen alten Schreibtisch gesucht und ein Tintenfass aus Messing daraufgestellt hätte.

Es gab eine Tür zu einem Dachboden, die gern zublieb

und einklinkte, egal, wer gerade drinnen war; es gab eine weitere Tür, die für gewöhnlich etwas offen stand, auch wenn sie sich gutwillig für einige Zeit schließen ließ, vorausgesetzt, es lag ein besonderer Grund vor. Wir hatten fünf Dachböden, wie wir feststellten, in- und auf- und nebeneinander gebaut; einer von ihnen beherbergte Fledermäuse, den verschlossen wir komplett; ein anderer war trotz seines einzigen kleinen Fensters hell und fröhlich und hatte gern Besuch, sodass er ohne unser Zutun zu einem Ort wurde, an dem vorübergehend Dinge verstaut wurden, Dinge, die regelmäßig hin und her geräumt wurden wie Schlitten und Schneeschaufeln und Harken und Hängematten. Im Keller hing eine alte Wäscheleine, und nachdem die Leine, die ich im Garten aufgehängt hatte, zum dritten Mal heruntergefallen war, gab ich es auf und hängte im Keller eine neue Leine auf, wo die Kleidung schnell und frisch trocknete. Weil wir vier Kamine hatten, stockten wir den Holzschuppen auf, und mein Mann fand ein seltsames Vergnügen am Holzhacken, sodass in der Küche angenehmerweise das Echo der Axtschläge im Holzschuppen zu hören war. Ein Schlafzimmer entschied sich für die Kinder, weil es groß und hell war, an einer Wand unverkennbare Wachstumsmarkierungen aufwies und nichts dagegen zu haben schien, wenn auf der Tapete Stiftspuren auftauchten oder Farbe auf dem Boden verschüttet wurde. In das kleine dunkle Zimmer im Erdgeschoss stellten wir Bücherregale, und ab der dritten Woche fand mein Mann es auch bei neun von zehn Versuchen.

Es war tatsächlich ein gutes altes Haus. Unsere Katzen schliefen auf dem Schaukelstuhl, unsere Freunde kamen zu Besuch. Wir gewöhnten uns daran, in bestimmten Läden zu handeln, und wir kauften unseren Käse vor Ort und hatten bald einen Arzt und einen Hund; Laurie kam in den Gemeindekindergarten und lernte wie ich bald zu sagen »im alten Fielding-Haus – dem mit den Säulen«. Gegen Ende unseres ersten Jahres dort kam der Maler, um die Fassade zu streichen, und er strich sie weiß mit einem grünen Rand, in den Farben, in denen sie immer gestrichen worden war; tatsächlich bezweifelte ich, dass er überhaupt andere Farben hatte. »Solche Häuser gibt's ja heutzutage kaum noch«, sagte er, von seiner Leiter freundlich auf mich herablächelnd, »findet man überhaupt nicht mehr, Häuser, die so gebaut sind.«

Ich sah von der Veranda durch das Fenster in der Haustür nach drinnen, sah die schmale Silhouette der Treppe und die hellen Vorhänge im Esszimmer. »Ist ein gutes altes Haus«, sagte ich.

»Man merkt's immer an den Katzen«, sagte der Maler geheimnisvoll.

Ich stellte fest, dass ich in der Stadt immer zu beschäftigt gewesen war, um überhaupt irgendetwas zu machen, jetzt aber seltsame Dinge produzierte wie Lebkuchen und Krautsalat. Laurie legte hinter dem Haus etwas Gartenartiges an, und Jannie machte im Esszimmer ihre ersten Schritte. Einmal ließ ich die beiden bei unserer Nachbarin und fuhr für eine wilde zweitägige Einkaufstour in die Stadt. Als ich in unser altes Viertel kam und vor unserem alten Mietshaus stand, konnte ich an nichts anderes denken als daran, wie klein und schmutzig es aussah. »Es hat ja nicht mal Säulen«, sagte ich mir voller Genugtuung, und am liebsten hätte ich unserem alten Vermieter geschrieben und *ihm* das gesagt.

Das Haus war also alt, als wir es fanden, laut, als wir es bezogen, und es dauerte nicht lange und es war voll bis oben hin. Unsere Kinder brachten Freunde und Schaukelpferde und Farbpinsel mit, wir steuerten Freunde und Bücher bei und kleine Teile, die irgendwo zugehören. Ich lernte, wie man den Teig für Pies zubereitet – obwohl ich, fürchte ich, alles andere als die geborene Pie-Bäckerin bin. Bei schönem Wetter kamen an den Wochenenden jetzt Leute aus der Stadt angefahren.

Jannie sprach über längere Zeit von einer weit entfernten Stimme im Haus, die ihr nachts vorsang, und wir stellten den Weihnachtsbaum in die Ecke des Wohnzimmers, wo die Lichter nachts durch die Säulen zu sehen waren; wir harkten die Blätter auf der Wiese vorm Haus zusammen und fuhren mit dem Schlitten den Hang runter. Wir fingen an, abfällig über Leute aus der Stadt zu reden.

Ich kann mir, wie gesagt, kein besseres Leben vorstellen; sein einziger Makel – abgesehen von der zermürbenden Arbeit und den bösartigen Pies, die sich weigern, braun zu werden – ist, dass es immer weitergeht, scheinbar ganz ohne irgendwelche größeren Veränderungen. Ich beobachtete meine Nachbarn, und es wirkte auf mich, als wären sie zufrieden damit, einfach so vor sich hin zu leben, jeden Tag zur Kenntnis zu nehmen und abzuarbeiten, ohne jedoch im Geringsten zwischen den Tagen zu unterscheiden, und auch wenn das offenbar die beste Art und Weise ist, sich die Zeit zu vertreiben, bringt es für mein Empfinden doch wenig bis gar nichts Aufregendes mit sich. Sogar ein Großereignis (wie unser Orkan oder die Überschwemmung oder dieser furchtbar heftige Schneefall, als der Strom für drei Tage ausfiel) ist am nächsten Tag schon nur noch Orientierungshilfe – »ich erinnere mich, das war zwei Tage vor dem Orkan, da haben wir die Himbeeren hochgebunden ...« –, und nicht mal die Fanfaren des Jüngsten Gerichts werden unsere Nachbarn beeindrucken (»... ach so, ja, gegen drei Uhr nachmittags war das Signalhorn zu hören, ich weiß noch den Tag, weil ich die Bretter an die Pforte hämmern sollte, das ist jetzt vielleicht sechs Wochen her und guck dir die Pforte jetzt an ...«). Wenn ich so darüber nachdenke, erinnere ich mich an das Jahr, in dem Laurie geboren wurde, nur deshalb, weil ich mir einen neuen Wintermantel zulegen wollte.

Zu den erschütterndsten, unoriginellsten Dingen, die ich an meinen Kindern feststellte, während die Jahre vergingen und Weihnachten unvermeidlich auf den Unabhängigkeitstag folgte und der Unabhängigkeitstag unvermeidlich auf Weihnachten, zählte, dass sie dazu neigen, älter zu werden. Zum Beispiel hatte Laurie jeden Oktober einen Geburtstag. Jeden November hatte Jannie einen Geburtstag, so unglaublich es scheinen mag; die Tatsache, dass ich wiederum jeden Dezember Geburtstag habe, ist leider vollkommen glaubhaft, irgendwie aber weniger herzerwärmend. Als wir das Haus auf dem Land bezogen, war Laurie etwas mehr als dreieinhalb Jahre alt und Jannie sechs Monate, und dann plötzlich – obwohl ich in der Zwischenzeit ein Jahr älter geworden war und mein Mann auch, wozu wir uns sehr manierlich gratuliert hatten – war Jannie fast zwei und zu einem rechtmäßigen Familienmitglied namens Jannie geworden (statt Baby oder das Baby), und Laurie wurde bald fünf und forderte für sich das Recht ein, bei familienpolitischen Fragen einbezogen zu werden.

Ab dem Tag, an dem Laurie in die Vorschule kam, weigerte er sich, Kordlatzhosen anzuziehen, und fing an, Jeans mit Gürtel zu tragen; ich sah ihn morgens mit dem älteren Nachbarsmädchen losziehen und erkannte deutlich, dass eine Ära meines Lebens zu Ende und mein kleiner Knirps mit der süßen Stimme durch ein langhosig daherstolzierendes Wesen ersetzt worden war, das vergaß, sich an der Ecke noch mal umzudrehen und mir zu winken.

Nach Hause kam er genauso, die Tür flog auf, die Mütze auf den Boden, und er brüllte mit plötzlich rauer Stimme: »Ist etwa keiner zu Hause?«

Beim Mittagessen sprach er unverschämt mit seinem Vater, verschüttete Jannies Milch und merkte an, seine Lehrerin hätte gesagt, wir sollten den Namen des Herrn nicht unnütz führen.

»Wie war es denn heute in der Vorschule?«, fragte ich bemüht lässig.

»Ganz okay«, sagte er.

»Hast du was gelernt?«, fragte sein Vater.

Laurie sah seinen Vater kühl an und sagte: »Ich hab gar nix gelernt.«

»Nichts«, sagte ich. »Ich habe nichts gelernt.«

»Aber die Lehrerin hat einen Jungen gehauen«, sagte Laurie zu seinem Butterbrot. »Weil er frech war«, fügte er mit vollem Mund hinzu.

»Was hat er denn gemacht?«, fragte ich. »Wer war das?«

Laurie überlegte. »Das war Charles«, sagte er. »Er war frech. Die Lehrerin hat ihn gehauen und gesagt, er soll sich in die Ecke stellen. Er war furchtbar frech.«

»Was hat er denn gemacht?«, fragte ich noch mal, aber Laurie rutschte von seinem Stuhl, nahm einen Keks und ging, noch während sein Vater sagte: »Hiergeblieben, junger Mann.«

Beim Mittagessen am nächsten Tag sagte Laurie, kaum dass er saß: »Heute war Charles schon wieder böse.« Er grinste breit und sagte: »Heute hat Charles die Lehrerin gehauen.«

»Du meine Güte«, sagte ich, darauf bedacht, den Namen des Herrn nicht unnütz zu führen. »Dann ist er bestimmt zurückgehauen worden?«

»Aber hallo«, sagte Laurie. »Guck mal da oben«, sagte er zu seinem Vater.

»Wieso?«, fragte sein Vater und sah nach oben.

»Guck nach unten«, sagte Laurie. »Guck zum Südpol. Mann, bist du hohl.« Er fing wie verrückt an zu lachen.

»Warum hat Charles die Lehrerin denn gehauen?«, fragte ich schnell.

»Weil sie gesagt hat, er soll den roten Stift zum Ausmalen nehmen«, sagte Laurie. »Charles wollte aber den grünen Stift nehmen, also hat er die Lehrerin gehauen, und sie hat ihn gehauen und gesagt, niemand darf mit Charles spielen, haben aber alle trotzdem gemacht.«

Am dritten Tag – es war der Mittwoch der ersten Woche – ließ Charles eine Wippe auf den Kopf eines kleinen Mädchens prallen, sodass es blutete, und musste die ganze restliche Pause drinnen verbringen. Donnerstag musste Charles während der Vorlesezeit in der Ecke stehen, weil er ständig mit den Füßen auf den Boden gestampft hatte. Freitag durfte er nicht mehr an die Tafel, weil er mit Kreide geworfen hatte.

Am Samstag fragte ich meinen Mann: »Glaubst du, die Vorschule ist für Laurie zu verstörend? Diese ganzen

Grobheiten und die schlechte Sprache, und dieser Charles klingt nach einem wirklich schlechten Einfluss.«

»Das wird schon«, sagte mein Mann beruhigend. »Gibt eben Menschen wie Charles auf der Welt. Er kann sie genauso gut jetzt kennenlernen wie später.«

Am Montag kam Laurie zu spät nach Hause und war voller Neuigkeiten. »Charles«, rief er, als er den Hügel hochkam und ich besorgt auf der Vordertreppe wartete, »Charles«, schrie Laurie den ganzen Weg nach oben, »Charles war wieder böse.«

»Komm erst mal rein«, sagte ich, sobald er nah genug war. »Das Mittagessen wartet.«

»Weißt du, was Charles gemacht hat?«, fragte er, als er hinter mir durch die Tür ging. »Charles hat in der Schule so rumgeschrien, dass sie einen Jungen aus der ersten Klasse rübergeschickt haben, der der Lehrerin sagen sollte, sie soll dafür sorgen, dass Charles ruhig ist, und dann musste Charles nach der Schule noch bleiben. Und alle Kinder sind auch geblieben, um ihm zuzusehen.«

»Was hat er denn gemacht?«, fragte ich.

»Er saß einfach nur da«, sagte Laurie und kletterte auf seinen Stuhl. »Hallo, Pop, du alter Wischmopp.«

»Charles musste heute nachsitzen«, sagte ich zu meinem Mann. »Und alle anderen sind mit ihm geblieben.«

»Wie sieht dieser Charles eigentlich aus?«, fragte mein Mann. »Und wie heißt er mit Nachnamen?«

»Er ist größer als ich«, sagte Laurie. »Und er hat keine Turnschuhe, und er hat nie eine Jacke an.«

Am Montagabend war der erste Elternabend, und weil Jannie erkältet war, ging ich nicht hin, obwohl ich unbedingt Charles' Mutter kennenlernen wollte. Am Dienstag sagte Laurie plötzlich: »Unsere Lehrerin hat heute in der Schule Besuch bekommen.«

»Von Charles' Mutter?«, fragten mein Mann und ich gleichzeitig.

»Neeee«, sagte Laurie verächtlich. »Das war ein Mann, der hat uns Übungen gezeigt, die wir machen sollen. Guck.« Er kletterte von seinem Stuhl, ging in die Hocke und berührte seine Zehen. »So«, sagte er. Ernst kehrte er auf seinen Stuhl zurück, griff nach seiner Gabel und sagte: »Charles hat *nicht mal* die Übungen gemacht.«

»Na toll«, sagte ich aus vollem Herzen. »Hatte Charles keine Lust zu den Übungen?«

»Neee«, sagte Laurie. »Charles war so frech zu dem Freund von der Lehrerin, dass er die Übungen nicht machen *durfte*.«

»Er war schon wieder frech?«, fragte ich.

»Er hat den Freund von der Lehrerin getreten«, sagte Laurie. »Der Freund von der Lehrerin hat zu Charles gesagt, er soll seine Zehen berühren, so wie ich es gerade gemacht habe, und Charles hat ihn getreten.«

»Was glaubst du, was sie wegen Charles machen werden?«, fragte Lauries Vater ihn.

Laurie zuckte demonstrativ mit den Schultern. »Ihn von der Schule werfen, schätze ich«, sagte er.

Mittwoch und Donnerstag waren wie immer; Charles brüllte während der Vorlesezeit rum und knuffte einen Jungen in den Bauch, sodass er weinte. Freitag musste Charles wieder nachsitzen, und mit ihm blieben alle anderen Kinder.

Ab der dritten Vorschulwoche war Charles in unserer Familie eine Institution; wenn Jannie den ganzen Nachmittag lang schrie, war sie ein Charles; wenn Laurie seinen Wagen mit Matsch befüllte und durch die Küche zog, machte er den Charles; sogar mein Mann sagte, als er sich mit dem Ellbogen im Telefonkabel verhedderte und das Telefon, den Aschenbecher und eine Blumenvase vom Tisch fegte, nach einem Moment: »Als wär' Charles hier gewesen.«

Während der dritten und vierten Woche schien mit Charles eine Veränderung vorzugehen; am Donnerstag der dritten Woche berichtete Laurie beim Mittagessen missmutig: »Heute war Charles so lieb, dass die Lehrerin ihm einen Apfel gegeben hat.«

»Was?«, sagte ich, und mein Mann fragte misstrauisch nach: »Charles?«

»Charles«, sagte Laurie. »Er hat die Stifte verteilt und danach die Bücher eingesammelt, und die Lehrerin hat gesagt, er wäre ihr Gehilfe.«

»Was ist denn los?«, fragte ich ungläubig.

»Er war ihr Gehilfe, mehr nicht«, sagte Laurie und zuckte mit den Schultern.

»Ob das stimmt, mit Charles?«, fragte ich meinen Mann an jenem Abend. »Gibt es so was?«

»Mal abwarten«, sagte mein Mann skeptisch. »Wenn man es mit einem Charles zu tun hat, kann das auch bedeuten, dass er Intrigen spinnt.«

Er schien sich zu täuschen. Charles war über eine Woche lang der Gehilfe der Lehrerin; jeden Tag verteilte er Dinge und sammelte Dinge ein; niemand musste nachsitzen.

»Nächste Woche ist Elternabend«, sagte ich eines Abends zu meinem Mann. »Da werde ich Charles' Mutter kennenlernen.«

»Frag sie, was mit Charles passiert ist«, sagte mein Mann. »Das wüsste ich gern.«

»Das wüsste ich auch gern«, sagte ich.

Am Freitag jener Woche war alles wieder wie gehabt. »Weißt du, was Charles heute gemacht hat?«, fragte Laurie beim Mittagessen mit leicht ehrfürchtiger Stimme. »Er hat zu einem kleinen Mädchen gesagt, sie soll ein Wort sagen, und das hat sie gemacht, und dann hat die Lehrerin ihren Mund mit Seife ausgewaschen, und Charles hat gelacht.«

»Welches Wort denn?«, fragte sein Vater unklugerweise, und Laurie sagte: »Das muss ich dir ins Ohr flüstern, so schlimm ist es.« Er stieg von seinem Stuhl und ging um den Tisch zu seinem Vater. Sein Vater beugte den Kopf herunter, und Laurie flüsterte begeistert. Sein Vater machte große Augen.

»*Das,* hat Charles gesagt, soll das Mädchen sagen?«, fragte er voller Ehrfurcht.

»Sie hat es *zwei* Mal gesagt«, sagte Laurie. »Charles hat ihr gesagt, sie soll es *zwei* Mal sagen.«

»Und was ist mit Charles?«, fragte mein Mann.

»Nichts«, sagte Laurie. »Er hat die Stifte ausgeteilt.«

Montagvormittag ließ Charles das kleine Mädchen stehen und sagte das böse Wort selbst drei oder vier Mal, sodass sein Mund mit Seife ausgewaschen wurde. Außerdem warf er mit Kreide.

Mein Mann brachte mich an diesem Abend zur Tür, als ich mich auf den Weg zum Elternabend machte. »Lad sie doch danach auf eine Tasse Tee ein«, sagte er. »Ich will sie mir auch mal ansehen.«

»Wenn sie überhaupt kommt«, sagte ich flehentlich.

»Sie wird schon kommen«, sagte mein Mann. »Ich wüsste nicht, welchen Sinn ein Elternabend ohne Charles' Mutter haben sollte.«

Während des Treffens saß ich unruhig da und betrachtete jedes angenehm matronenhafte Gesicht, um zu entscheiden, welches das Geheimnis von Charles barg. Keins wirkte auf mich verhärmt genug. Niemand stand während des Treffens auf und entschuldigte sich für das Verhalten ihres Sohnes. Niemand erwähnte Charles.

Nach dem Treffen steuerte ich auf Lauries Vorschullehrerin zu. Sie hielt einen Teller mit einem Stück Schokoladenkuchen und eine Tasse Tee in der Hand; ich hatte einen Teller mit einem Stück Marshmallowkuchen und eine Tasse Tee. Wir näherten uns einander vorsichtig und lächelten.

»Ich wollte Sie unbedingt kennenlernen«, sagte ich. »Ich bin Lauries Mutter.«

»Wir interessieren uns alle sehr für Laurie«, sagte sie.

»Ihm gefällt es jedenfalls sehr in der Vorschule«, sagte ich. »Er redet von nichts anderem.«

»Wir hatten in der ersten Woche oder so ein paar Startschwierigkeiten«, sagte sie spröde, »aber jetzt ist er ein richtiger kleiner Gehilfe. Wenn auch mit Aussetzern.«

»Laurie passt sich eigentlich immer schnell an«, sagte ich. »Ich schätze, das liegt an Charles' Einfluss.«

»Charles?«

»Ja«, sagte ich lachend, »mit Charles müssen Sie alle Hände voll zu tun haben.«

»Charles?«, sagte sie. »Wir haben in der Vorschule gar keinen Charles.«

Bald nach diesem Elternabend – die ganze Charles-Frage hatte sich irgendwie in Luft aufgelöst und war ohne weitere Diskussion zum Tabuthema geworden – kaufte sich mein Mann auf irgendeinen obskuren Impuls hin, der mit Charles zu tun haben mochte oder auch nicht, ein Luftgewehr. Ich habe meinen Mann nie für den Kit-Carson-Typ gehalten, aber es ist im Bereich des Möglichen, dass ihn gelegentlich die Sehnsucht nach dem romantischen Leben überkommt; sein Luftgewehr war groß und Furcht einflößend und er sagte mir in dieser schrecklich verantwortungsbewussten Stimme, die Männer gern benutzen, wenn sie ihren Frauen Maschinen erklären oder Waffen oder Politik, er habe es für Schießübungen angeschafft.

Im Keller sei eine Ratte, sagte er; er war sicher, eine Ratte gesehen zu haben, als er runterging, um den Ofen anzuschmeißen. Er werde sie natürlich erschießen. Nicht fangen oder vergiften – das sei was für Jungs oder Terrier; *er* werde sie erschießen.

Den Großteil eines Sonntagvormittags über hockte er an der offenen Kellertür und wartete, dass die Ratte ihre Schnurrhaare zeigte, was die Ratte freundlicherweise nicht tat. Unsere beiden spitzenmäßigen Katzen blieben ebenfalls drinnen und saßen selbstgefällig und mit professionellem Interesse direkt hinter meinem Mann. Die Rattenjagd wurde abgebrochen, als die Küchentür aufflog und Laurie mit drei Freunden hereinpolterte, um zuzusehen, wie sein Vater die Ratte erschoss. Ich schätze, irgendwann verzog sich die Ratte einfach, obwohl ich mir nicht vorstellen kann, dass die Aussicht, erschossen zu werden, ihr Angst gemacht hat. Wahrscheinlich war ihr bis dahin gar nicht bewusst gewesen, dass sie in ein Haus mit Katzen *und* Kindern geraten war. So oder so, meinem Mann und den Kindern gelang es, eine noch bessere Beute zu erlegen: es muss der Dienstag nach der Rattenjagd gewesen sein, als unsere weibliche Katze, Ninki, die eine ziemliche Jägerin ist, ein Streifenhörnchen fing. Das hat sie früher schon gemacht, und sie wird es wieder tun, ich bin aber sicher, dass sie meinen Mann nie wieder bitten wird, dabei zu sein. Das Streifenhörnchen, das sie an diesem Morgen fing – es war ungefähr halb zehn –, war nicht kooperativ, und als Ninki es in die Küche brachte, wohin sie Streifenhörnchen normalerweise bringt, in der seltsamen Überzeugung, sie müsse sie aus ihrem eigenen Napf fressen, duckte sich das Tier unter ihrer Tatze weg und raste wie verrückt zu einer ziemlich großen Topfpflanze auf der Fensterbank. Die Pflanze konnte das Gewicht eines Streifenhörnchens gerade so tragen, und Ninki sauste in einer Art Ekstase ins Esszimmer, wo mein Mann gerade seinen Kaffee austrank, und überredete ihn, in die Küche zu kommen und sich ihr Streifenhörnchen auf der Pflanze anzusehen. Mein Mann warf einen einzigen Blick darauf und holte sein Luftgewehr.

Ninki schaffte es auf die Fensterbank, aber die Pflanze war groß und der Topf, in dem sie stand, wackelig genug, sodass sie nicht ganz an das Streifenhörnchen herankam, das auf unsicheren Pfötchen ganz oben auf der Pflanze hockte. Mein Mann nahm es mit dem Luftgewehr sorgsam ins Visier und stellte dann fest, dass er, wenn er nicht ganz nah heranginge und dem Streifenhörnchen die Waffe direkt an den Kopf hielte, das große Risiko einging, es zu verfehlen, wenn nicht sogar die Katze zu treffen, die ein aufdringliches Zielobjekt darstellte.

Inzwischen hatte ich natürlich meine Kaffeetasse abgestellt und stand in der Tür zwischen der Küche und dem Esszimmer, außerhalb der Gefahrenzone, wie Frauen es tun sollten, wenn Männer jagen, und sagte Dinge wie: »Liebling, warum nimmst du nicht eine Papiertüte oder so und bringst es damit raus?« und »Liebling, meinst du nicht, es wäre leichter, wenn –«.

Ninki war angesichts der allgemeinen Inkompetenz in der Küche mittlerweile maßlos irritiert und ging ins Wohnzimmer, um Shax zu holen, der außergewöhnlich faul ist und nie eigene Streifenhörnchen fängt, aber immerhin eine Katze ist und einem Mann mit Gewehr damit vorzuziehen, wie Ninki klar erkannte. Shax erfasste spöttisch die Situation, warf meinem Mann und seinem Gewehr den kältesten Blick zu, den sich eine Katze, soweit ich mich erinnere, je gestattet hat, sprang auf die Fensterbank und setzte sich neben den Blumentopf. Es ergab ein hübsches kleines Tableau: Ninki und Shax zu beiden Seiten des Topfs und das Streifenhörnchen oben auf der Pflanze.

Nach kurzer Zeit fing das Streifenhörnchen – das spürte, dass alle Augen auf es gerichtet waren – an zu zappeln, und die Pflanze begann zu schwanken. Da das Streifenhörnchen wirklich nervös war und die Pflanze an der Spitze sehr biegsam, begann die Pflanze bald von einer Seite zur anderen zu schwingen wie ein Pendel, sodass das Streifenhörnchen immer schneller erst über die eine, dann über die andere Katze wogte und dabei erst die eine, dann die andere Nase streifte, woraufhin die Katzen unsicher zurückwichen. Mein Mann zielte immer noch auf das Streifenhörnchen und bewegte sich ebenfalls vor und zurück. Als die Katzen endlich begriffen, was vor sich ging, wechselten sie sich damit ab, nach dem Streifenhörnchen zu schlagen, das zwischen ihnen hin- und herschwang.

Alles passierte so schnell, dass ich annehme – und wenn ich nicht ausziehen möchte, habe ich keine andere Wahl, als das anzunehmen –, dass mein Mann den Abzug des Luftgewehrs betätigt hat, ohne es wirklich zu wollen, denn sicher ist, dass er das Streifenhörnchen und die Katzen verfehlte und das Fenster traf. Auf das Krachen hin verschwanden die Katzen, das Streifenhörnchen und unser Nimrod in sämtliche Richtungen – die Katzen unter den Tisch, das Streifenhörnchen mit ungewöhnlicher Geistesgegenwart durch das kaputte Fenster und mein Mann mit noch ungewöhnlicherer Geistesgegenwart wieder ins Esszimmer und an seinen Platz am Tisch. Ich rückte von meinem Posten an der Küchentür aus vor und hob das Luftgewehr vom Boden auf; dann holte ich mit einer Geduld, die ich für einzigartig halte, Besen und Kehrblech. Das Einzige, was ich mir erlaubte, waren die leise und ohne unangemessene Betonung ausgesprochenen Worte »dem Himmel sei Dank ist Laurie in der Schule«.

Ich war so nachsichtig, meinem Mann das Luftgewehr nach ein paar Tagen zurückzugeben, denn ich glaubte, Ninki hätte mehr Verstand. Vielleicht hat sie sich nicht mal träumen lassen, dass ich das Luftgewehr zurückgeben würde, oder vielleicht dachte sie, Schießübungen im Haus wären als unpraktisch verworfen worden; vielleicht bildete sie sich mit einem katzenartigen Optimismus, den ich nicht teile, auch ein, der Streifenhörnchen-Zwischenfall wäre etwas Außergewöhnliches gewesen, etwas, das nun mal passieren kann, wenn man es mit einem schwingenden Streifenhörnchen aufnimmt.

Denn keine Woche später gab Ninki dem Luftgewehr eine neue Chance. Es war ein kühler Abend, und ich lag unter einer Decke auf dem Sofa und las einen Krimi; mein Mann saß still in seinem Sessel und las Zeitung. Wir hatten uns gerade dazu beglückwünscht, dass es jetzt zu spät war für unangemeldeten Besuch, und mein Mann hatte drei, vier Mal erwähnt, dass er sich vorm Schlafengehen ein Sandwich mit Schmorfleisch vorstellen könnte. Da hörten wir aus dem Esszimmer Ninkis siegesgewissen Jagdschrei.

»Hörst du«, sagte ich besorgt, »Ninki hat irgendwas, eine Maus oder so. Sorg doch dafür, dass sie die wieder rausbringt.«

»Das wird sie ganz von selbst tun.«

»Nein, sie wird sie quer durchs Esszimmer jagen und sie dort töten und –« Ich schluckte unglücklich. »– sie fressen. Setz sie jetzt raus, solange sie noch lebt.«

»Sie wird schon nicht …«, setzte mein Mann an, als Ninkis triumphierendes Geheul mit einem Schimpfen abbrach, woraufhin Ninki persönlich an die Esszimmertür kam und meinen Mann mit stechendem Blick ansah.

»Brauchst du denn *immer* Hilfe?«, fragte er sie mürrisch. »Eine Raubkatze wie du müsste doch –«

Ich schrie auf. Ninki hob resigniert den Kopf wie jemand, dessen bitterste Ansichten über das Schicksal sich bestätigt hatten; mein Mann schnappte nach Luft. Ninkis Abendessen, eine ausgewachsene und furchtbar lebhafte Fledermaus, segelte furios einmal quer durch das Wohnzimmer. Einen Moment lang beobachtete ich sie mit offenem Mund, dann steckte ich schreiend den Kopf unter die Decke.

»Mein Gewehr«, rief mein Mann Ninki zu, »wo ist mein Gewehr?«

Sogar unter der Decke konnte ich das Flügelschlagen der Fledermaus hören, die im Wohnzimmer herumraste; die Knie bis ans Kinn gezogen, den Kopf unter den Armen, kauerte ich unter der Decke. Draußen jagten sie die Fledermaus; ich hörte meinen Mann auf Zehenspitzen durchs Zimmer schleichen, Ninki offenbar hinter ihm, denn er sagte: »Nicht so *schnell*, du meine Güte, lass mir doch Zeit zu *zielen*.«

Mir kam ein scheußlicher Gedanke. »Ist sie bei mir?«, fragte ich durch zusammengebissene Zähne. »Sag nur schnell, ist sie bei mir, auf der Decke? Ninki? Ist sie hier?«

»Halt einfach ganz still«, sagte mein Mann beruhigend. »Die Viecher bleiben nie besonders lange am selben Ort. Gerade neulich hab ich in der Zeitung von einer Frau gelesen, die –«

»Sitzt sie auf der *Decke*?«, fragte ich hysterisch. »Auf *mir*?«

»Hör mal«, sagte mein Mann verärgert, »wenn du dich weiter so schüttelst, erwisch ich sie *nie*. Halt still, dann treff ich dich bestimmt auch nicht.«

Ich weiß nicht, was der offizielle Weltrekord ist im Unter-einer-Decke-Hervorkommen-durch-ein-Zimmer-Rasen-eine-Tür-und-eine-Fliegengittertür-Öffnen-auf-die-Veranda-Gelangen-und-alle-Türen-hinter-sich-Schließen, aber wenn es mehr als vier Sekunden sind, habe ich ihn gebrochen. Ich dachte, die Fledermaus würde mich verfolgen. Und ich wusste, wenn die Fledermaus mich verfolgte, dann zielte mein Mann mit dem Luftgewehr auf sie, egal, wo sie war. Draußen auf der Veranda lehnte ich den Kopf an die mittlere Säule und atmete schwer.

Drinnen krachte es in Serie. Im ersten Krachen erkannte ich das Knallen des Gewehrs. Das zweite klang faszinierend nach einer umstürzenden Lampe, was es dann auch war. Das dritte konnte ich von der Veranda aus nicht identifizieren, aber mein Mann sagte später, es sei Ninki gewesen, die versuchte, dem Luftgewehr aus dem Weg zu gehen, und dabei den Kaminbock umgestoßen habe. Dann schimpfte mein Mann mit Ninki, und Ninki fauchte. Wie es schien, dachten beide, der jeweils andere hätte die Fledermaus erschreckt, die die Decke zusammen mit mir verlassen hatte, wenn auch nicht halb so schnell, und nun fröhlich ihre Kreise um den Kronleuchter zog.

»Komm rein«, sagte mein Mann durch die Tür; er versuchte, sie zu öffnen, aber ich stemmte mich von draußen dagegen. »Komm rein, die tut dir nichts. Ich verspreche es.«

»Ich bleib hier«, sagte ich.

»Die hat genauso viel Angst wie du«, sagte er.

»Hat sie *nicht*«, sagte ich.

Dann sprach er offenbar wieder mit Ninki, denn er sagte aufgeregt: »Sie landet, bleib weg jetzt, sonst wirst du verletzt.«

Es war lautes Sausen und Fauchen und Schießen zu hören, dann lange Stille. Schließlich fragte ich leise: »Alles okay bei euch?«

Immer noch Stille. »Alles *okay*?«, fragte ich.

Immer noch Stille. Ich öffnete die Tür einen Spalt und sah vorsichtig hindurch. Mein Mann saß auf dem Sofa und schlug sich mit den Händen auf die Knie. Das Luftgewehr lag auf dem Boden. Ninki und die Fledermaus waren verschwunden.

»Kann ich reinkommen?«, fragte ich.

»Weiß ich nicht«, sagte mein Mann und sah mich mit bitterem Blick an, »hast du eine Eintrittskarte?«

»Ich meine«, sagte ich, »wo ist die Fledermaus?«

»Sie hat sie mit ins Esszimmer genommen«, sagte mein Mann.

In der Tapete über dem Sofa war ein Loch. Im Esszimmer brummte Ninki lustvoll aus tiefster Kehle. »Sie war schneller als die Kugel, das ist alles«, sagte mein Mann vernünftig. »Ich war gerade so weit zu zielen, und sie ist an mir und an der Kugel vorbei und hat die Fledermaus gerade erwischt, als die Kugel in die Wand ist.«

»Solltest du die Fledermaus dann nicht aus dem Esszimmer befördern?«, fragte ich.

Er fing wieder an, sich auf die Knie zu schlagen. Ich ging zum Sofa, schüttelte die Decke gründlich aus, um sicherzugehen, dass es nur eine Fledermaus gewesen war, die jetzt weg war, und setzte mich dann mit meinem Krimi in meinen Sessel. Nach einer Weile kam Ninki aus dem Esszimmer, nickte meinem Mann verächtlich zu, sah mich an, grinste dem Luftgewehr zu, sprang auf den Sessel meines Mannes und legte sich auf seiner Zeitung schlafen.

Ich nahm das Luftgewehr und legte es auf das oberste Regalbrett in der Speisekammer, wo es, glaube ich, immer noch liegt. Ab und zu fällt mir ein, dass ich es, falls Einbrecher kommen, herunterholen und das Haus damit beschützen kann, aber ich glaube, ein Küchenmesser wäre sicherer, es sei denn, Ninki ist in der Nähe und passt auf mich auf.

Erst am nächsten Vormittag kam der Mann, der das Küchenfenster ersetzen sollte, und als Laurie, der sich widerstrebend auf den Weg zur Schule machte, dem Mann erzählte, sein Vater hätte es mit einem Gewehr zerschossen, lachte ich fröhlich und merkte an, Jungs hätten immer so gute Geschichten parat, um ihre eigenen Vergehen zu bemänteln. Laurie sah mich mit ehrlicher Entrüstung an, und ich sagte, er könne sich aus der Speisekammer ein Päckchen Kaugummi nehmen. Obwohl ich nicht dafür bin, Kinder zum Lügen zu ermutigen, und auf gar keinen Fall nahelegen möchte, dass ein Päckchen Kaugummi eine solche Schamlosigkeit verschleiern könnte, wirkte Laurie sehr zufrieden damit, auf Kosten seines Vaters einen Witz gemacht zu haben. Mir kam nie in den Sinn, dass die Basis unserer elterlichen Autorität langsam bröckelte, bis er drei, vier Tage später mit zerrissener Jacke aus der Schule kam und den Eindruck vermittelte, unschuldig sehr zu leiden. Er kam eine halbe Stunde zu spät und war in Begleitung von zweien seiner Freunde, beide von unerfreulichem Charakter. Sie betraten mannhaft das Haus und dann das Arbeitszimmer, wo mein Mann friedlich für einen Artikel über ausgestorbene Fische recherchierte. Ich bekam oben einen Teil des Gesprächs mit, während ich versuchte, Jannie nach ihrem Mittagsschlaf wieder anzuziehen. Geistig kaum gefordert, hörte ich ohne besondere Aufmerksamkeit hin. »Und sie haben mit Steinen geworfen«, sagte einer von Lauries Freunden mit dünner, aufgeregter Stimme; er ist etwas älter als Laurie und erzählt normalerweise Lauries Geschichten für ihn, wenn Laurie zu bescheiden ist, sie selbst zu erzählen, »und sie haben *schreckliche* Wörter benutzt und Laurie *verprügelt* und *alles.*«

»Und wo warst *du* die ganze Zeit?«, fragte mein Mann. Ich konnte durch den Fußboden hindurch spüren, wie im Arbeitszimmer die gerechte Empörung zunahm. »Wo wart ihr zwei denn, als diese Jungs Laurie verprügelt haben?«

Einen Moment herrschte Stille, dann Lauries Stimme: »George war hinter dem Baum, und William ist hergelaufen, um es dir zu erzählen.« Laurie hielt offenbar kurz inne, um nachzudenken. »Ich bin nicht weggelaufen«, fügte er schließlich hinzu, »weil das in der Schneehose hier nicht gut geht.«

Der Feind – das konnte ich oben durch das Fenster sehen – lungerte noch draußen herum, im Begriff, hügelabwärts den Rückzug anzutreten, aber bereit, auch die nächste Schlacht zu schlagen. Dann hörte ich die Haustür zuschlagen. Mein Mann rückte vor, tapfer flankiert von Lauries Freunden, während Laurie vorbildlich diskret drinnen blieb, gleich hinter der Haustür, und schrie: »Jetzt kommt mein *Vater*!«

Auf halber Höhe des Hügels wartete der Feind auf meinen Mann, der – ich konnte es zwar nicht hören, aber sehen – wild auf ihn einredete, während der Feind ihn mit großen, ehrlichen Augen ansah. Die Schlacht war schnell entschieden; mein Mann machte kehrt und stapfte zum Haus zurück, und der Feind ging weiter hügelabwärts, drehte sich in sicherer Entfernung um und gab unhörbare Beleidigungen von sich.

Als mein Mann wieder reinkam, ging ich nach unten. »Und?«, fragte ich.

Alle begannen gleichzeitig zu reden. »Und sie haben Laurie *verprügelt* und *alles*«, sagte sein redseliger Freund.

»Sie haben sogar mich verfolgt«, fügte der andere Freund hinzu.

»Und diese verdammte alte Schneehose«, sagte Laurie gleichzeitig, während sich über allem die Stimme meines Mannes erhob: »Dem sollte man Benehmen beibringen. So ein Junge muss mal ordentlich verdroschen werden.«

Hinter mir kam Jannie die Treppe herunter und fragte hoffnungsfroh: »War Laurie böse? Ich war lieb, oder? Hat Laurie was *neues* Böses gemacht?«

Nachdem ich die diversen politischen Manöver in Angriff und Verteidigung eingeteilt hatte, ging die Geschichte ungefähr so: Laurie und seine zwei Freunde waren nach der Schule auf dem Nachhauseweg und dachten an nichts Böses, taten niemandem etwas zuleide und kümmerten sich um ihren eigenen Kram. Tatsächlich blieben sie sogar ganz von selbst stehen, um die Bücher eines kleinen Mädchens aufzuheben, die ihr in eine Schlammpfütze gefallen waren. Sie krümmten nicht mal in Gedanken irgendwem ein einziges Haar und waren alle drei äußerst unangenehm überrascht, als der Größte ihrer Feinde, ein Junge namens David Howell, hinter ihnen auftauchte und an der Kapuze von Lauries Jacke zog. Als Laurie »Hey!« sagte – was wir übereinstimmend vollkommen gerechtfertigt fanden –, spuckte David ihn an, tat ein halbes Dutzend verbotener Schimpfwörter kund und schlug schließlich zu. Lauries zwei Freunde beteiligten sich nicht aktiv an dem Kampf, teils, weil David größer war als sie alle drei, und teils, weil sie, wie sie in aller Ausführlichkeit erklärten, das starke Gefühl hatten, es sei Lauries Kampf und sich einzumischen unsportlich. Nach Hause hatten sie Laurie trotzdem begleitet, um als seine Zeugen aufzutreten und dafür zu sorgen, dass Gerechtigkeit waltete.

»Was habt ihr mit David gemacht?«, fragte ich meinen Mann.

»Ich habe gesagt, du wirst es seiner Mutter erzählen«, sagte er rechtschaffen.

Ich kenne Davids Mutter von Elternabenden, habe sogar schon mit ihr gesprochen. Sie ist eine dieser beeindruckenden Frauen, die Ausschüsse für das Freigabealter von Filmen leiten, mit dem gesamten sechsten Jahrgang eine der hiesigen Fabriken besuchen oder Steinschleudern verbieten, und ich wage zu behaupten, dass sie jedem als Erste einfiele, sollte es nötig werden, dass die Mütter das gesamte Schulgebäude anheben und im Ganzen an einen anderen Ort tragen. Ich hielt es deshalb, ehrlich gesagt, für einen gravierenden taktischen Fehler, Davids Mutter in diesen Vorfall einzubeziehen.

Aber die vier sahen mich vertrauensvoll an – fünf, wenn man Jannie mitzählt, die »armer, armer Laurie« sagte und ihm heftig den Kopf rubbelte.

»Ich rufe sie direkt an«, sagte ich und versuchte, es resolut und bedrohlich klingen zu lassen. Nach dem unvermeidlichen Herumgefummel mit dem Telefonbuch fand ich die Nummer der Howells, und schließlich – alle anderen saßen erwartungsvoll um das Telefon herum – räusperte ich mich, straffte die Schultern und gab der Vermittlung forsch die Nummer durch. Einen Moment später sagte eine feste, sachliche Stimme »Hallo?«.

»Hallo«, sagte ich matt, »ist da Mrs. Howell?«

»Ja«, sagte sie. Sie klang recht zivil, deshalb änderte ich meine Meinung und sagte so höflich, wie ich konnte:

»Mrs. Howell, ich weiß nicht, ob Ihr Sohn David Ihnen erzählt hat, dass er heute auf dem Nachhauseweg meinen Sohn Laurie angegriffen hat, aber ich dachte, ich rufe einfach mal an, und wir gucken, was wir machen können.« Als mir klar wurde, dass das Ende etwas schwach war, fügte ich hinzu: »Laurie ist *ziemlich* schlimm verletzt.«

Laurie sah befriedigt auf und nickte. »Sag, ich wäre tot«, sagte er.

»Mrs. Howell«, sagte ich in den Hörer und warf Laurie dabei einen finsteren Blick zu, »ich finde *wirklich*, ein Junge, der so viel größer ist als Laurie – ein Junge, der so viel größer ist wie David –, ich meine, David ist so viel größer als Laurie, dass ich *wirklich* finde –«

Mrs. Howell hatte die ganze Zeit über geschwiegen. Nun sagte sie liebenswürdig: »Da stimme ich Ihnen natürlich vollkommen zu. Aber ich kann das gar nicht glauben. David ist so ein stiller Junge. Ist Ihr kleiner Sohn sicher, dass es nicht David Williams war oder David Martin?«

»Sicher, dass es nicht David Williams war oder David Martin?«, fragte ich das Publikum jenseits des Telefons hoffnungsvoll. Alle schüttelten entschieden die Köpfe, und einer von Lauries Freunden – der, der weggelaufen war – sagte begeistert: »Ich kenne David Howell, und er war es auf jeden Fall. Außerdem macht er immer solche Sachen, er hat Laurie jetzt schon zwei, drei Mal verprügelt. Und mich auch. Er verprügelt jeden.«

»Es war mit Sicherheit Ihr David«, sagte ich zu Mrs. Howell. »Da sind sich alle einig. Er hat mit Laurie auf dem Nachhauseweg Streit angefangen und Laurie wirklich *ziemlich* schlimm wehgetan.«

»Also«, sagte sie und fügte dann hinzu: »Ich werde auf jeden Fall mit David reden.«

»Danke«, sagte ich, vollkommen zufrieden mit diesem leeren Triumph, aber mein Mann sagte: »Sag ihr, dass er zu mir auch frech war.«

»Zu meinem Mann war er auch frech«, sprach ich gehorsam in den Hörer.

»Wirklich?«, sagte Mrs. Howell, als wäre David zu ihrem Mann ständig frech und das nun wirklich keine Überraschung. »Also«, sagte sie noch mal, »ich werde auf jeden Fall mit ihm reden.«

»Sag ihr, dass er mich ständig verprügelt«, sagte Laurie.

»Und die Schimpfworte nicht vergessen«, forderte mich einer von Lauries Freunden auf.

»Und ein bisschen mehr Nachdruck«, sagte mein Mann. »Warum sollte er mit so was davonkommen?«

»Sorgen Sie dafür, dass das ein für alle Mal aufhört«, sagte ich eindringlich.

Ihr Tonfall wurde jetzt schärfer. »Ich *sagte* doch, ich rede mit David«, wiederholte sie unheilvoll.

»Danke«, sagte ich eilig und legte auf.

Wir gratulierten uns gegenseitig zu unserem Sieg, als das Telefon klingelte. »Hier ist Mrs. Howell«, sagte sie, als ich abnahm, und klang gar nicht mehr so zivil. »Ich habe mit David gesprochen«, fuhr sie fort. »Ich sagte Ihnen ja, dass ich das tun würde. Und es ist wohl so, dass David nicht alleine schuld ist.« Sie sprach die letzten Worte gedehnt, als zöge sie daraus ein grimmiges Vergnügen.

»Ich verstehe nicht«, sagte ich. »Laurie ist ja nur den Weg entlangge—«

»Entschuldigung«, sagte sie, immer noch genießerisch.

»Was ist mit dem Stein, den er nach David geworfen hat?«

Ich sah Laurie über das Telefon hinweg an, und er erwiderte meinen Blick mit ruhigem Ernst. »Was für ein Stein?«, fragte ich, und Lauries Blick wankte nicht, aber seine Augen zeugten von einer angenehmen Erinnerung.

»Laurie«, sagte Mrs. Howell schlicht, »hat einen Stein geworfen und David am Kopf getroffen. Er hat eine riesengroße Beule. David hatte bis dahin *nichts* gemacht. Aber wenn Ihr kleiner Sohn mit Steinen wirft, kann ich die Schuld wohl kaum –«

Unvermittelt zog ich mich auf sichereres Terrain zurück. »Damit wollen Sie doch sicher nicht sagen«, sagte ich, »dass es *irgendeine* Entschuldigung dafür gibt, wenn ein größerer Junge einen kleineren schlägt?«

»Darüber werde ich mit David noch sprechen«, sagte sie steif. »Aber dass Lauries Vater David dann einen kleinen Schleimer genannt hat und gesagt hat, er sollte ausgepeitscht werden –«

»Und was ist mit den Schimpfworten, die David benutzt hat?«, setzte ich eindrucksvoll zum Gegenschlag an. »Die waren so schlimm, dass Laurie nicht im Traum daran denken würde, sie zu wiederholen.«

Laurie und seine zwei Freunde sagten sofort laut, um welche Schimpfworte es sich handelte.

»Ihr Mann hat zu David gesagt, er sollte ausgepeitscht werden«, sagte sie unbeeindruckt und fast, wie mir schien, als wäre er nicht der Erste, der bei David heftige Strafen empfahl, »und der arme kleine David hat versucht, ihm zu sagen, dass Laurie mit Steinen geworfen hat. Bei einem

Kind, das mit Steinen wirft, sollte man allerdings *wirklich* etwas machen. Von *meinen* Kindern wirft keins mit Steinen; das ist etwas, was *ich* überhaupt nicht ertrage. Aber der arme kleine David –«

»David hat genauso mit Steinen geworfen«, sagte ich. »Und wenn mein Mann gesagt hat –«

»Das habe ich nicht gesagt«, sagte mein Mann.

»Es gibt sicherlich keine Entschuldigung dafür, wenn ein erwachsener Mann einen armen kleinen Jungen drangsaliert.«

Ich ruderte etwas zurück. »Und was ist mit dem armen kleinen Laurie?«, fragte ich. »Er ist *ziemlich* schwer verletzt. Es gibt wohl kaum eine Entschuldigung dafür –«

»Der arme kleine David –«, begann sie.

»Und mein armer kleiner –«, sagte ich und setzte dann noch mal neu an. »Mein Mann, meine ich. Was ist mit den Schimpfworten, die *er* sich anhören musste?«

Plötzlich fiel mir wieder ein, wie Mrs. Howell mal an einer Debatte teilgenommen und mit absoluter Überzeugung an der Meinung festgehalten hatte, dass unser Bundesstaat sich von den Vereinigten Staaten lossagen sollte, damit seine natürlichen Rohstoffe nicht vollständig abgebaut würden. »Außerdem –«, sagte sie.

»Wie kann man ein Kind so erziehen?«, sagte ich leise. »Was sind Sie nur für eine Mutter?«

Mein Publikum wurde, wie ich bemerkte, unruhig. Lauries zwei Freunde zogen ihre Überschuhe an; Laurie hatte mit Jannie ein bemüht beiläufiges Spiel begonnen, wegen dem sie sich inzwischen fast an der Küchentür befanden, und mein Mann schlenderte beinah lautlos wieder in sein Arbeitszimmer.

»Jetzt hören Sie mir mal zu«, sagte Mrs. Howell mit lauter werdender Stimme, »jetzt hören Sie mir mal zu –«

Ich legte graziös den Hörer auf und folgte Laurie in die Küche.

»Laurie«, sagte ich streng, »hast du mit einem Stein nach David geworfen?«

Laurie legte grübelnd die Stirn in Falten, den Kopf zur Seite geneigt, mit einem Finger nachdenklich auf seine Wange tippend. »Hab ich vergessen«, sagte er schließlich.

»Dann versuch dich zu erinnern«, sagte ich drohend. Laurie schüttelte verzweifelt den Kopf. »Ich hab's einfach vergessen«, sagte er.

Ich ging zur Tür des Arbeitszimmers. »Hast du zu David gesagt, er sei ein kleiner Schleimer?«, fragte ich.

Mein Mann sah von seinem Artikel über ausgestorbene Fische auf. »Ein was?«, fragte er.

»Ein kleiner Schleimer.«

»Mach dich nicht lächerlich«, sagte mein Mann. »Warum sollte ich zu diesem Wie-hieß-er-noch sagen, er sei ein kleiner Schleimer?« Er wandte sich wieder seinem Artikel zu. »Machst du dir deshalb *immer noch* Gedanken?«

Das Telefon klingelte. Ich ging mit großen Schritten hin und riss den Hörer von der Gabel. »Ja?«, sagte ich.

»Wenn Sie denken, Sie könnten einfach so auflegen, nur weil Ihr Sohn ein kleiner Rüpel ist und gerne mit Steinen wirft und –«

»Wenn Sie denken, Sie und Ihr schwachsinniger David könnten einfach alle Kinder hier schikanieren, nur weil er übergroß und dumm ist –«

»Wenn Sie mal –«

»Vielleicht sollten *Sie* mal –«

Wir legten gleichzeitig auf. Mein Mann öffnete die Tür des Arbeitszimmers und sah heraus. »Mit wem hast du gesprochen?«, fragte er.

»Hör zu«, sagte ich, »wenn du dich einfach um deinen eigenen Kram kümmern und Laurie seine Streitereien selber lösen lassen und nicht zu mir kommen würdest, damit –«

»Ich bin lieb, oder?«, fragte Jannie. Sie war zu mir gekommen und zog an meiner Hand. »Ich *bin* doch lieb, oder?«

Mein Mann sagte laut: »Komm, wir boxen ein bisschen, Sohnemann. Hol die Boxhandschuhe.« Ohne mich anzusehen, fügte er hinzu: »Wir gehen in den Schuppen. Dann ...«, sagte er nachdenklich, »stört der Lärm deine Mutter nicht beim Telefonieren.«

»*Bin* ich doch?«, fragte Jannie flehentlich. »Oder?«

Ich griff nach dem Telefonhörer und zögerte dann. Es war Zeit, die Kartoffeln fürs Abendessen aufzusetzen; kurz sah ich vor mir, wie Mrs. Howell mit einer Hand Kartoffeln schälte, während sie mit der anderen den Hörer hielt, und ich hörte Laurie aufjaulen, als er sich mit ziemlicher Sicherheit eine rechte Gerade einfing.

»Hilfst du Mami beim Essenmachen?«, fragte ich Jannie.

Mrs. Howell und ich trafen uns am nächsten Vormittag an der Fleischtheke im Lebensmittelladen; sie lächelte, und ich lächelte, und dann sagte sie: »Und, wie geht es Laurie heute?«

»Schon viel besser, danke«, sagte ich feierlich. »Und David?«

»Ganz ordentlich«, sagte sie, ohne mit der Wimper zu zucken.

»Schreckliche kleine Biester«, sagte ich.

»Alles Lügner«, sagte sie. »*Ich* glaube denen kein Wort.«

Wir lachten beide und wandten uns dem Fleisch zu. »Aber essen müssen sie«, sagte sie schwermütig. »Ich schätze, heute gibt es wieder mal Hamburger.«

»Ich hatte an Leber gedacht«, sagte ich.

»Isst Laurie Leber?«, fragte sie interessiert. »David würde sie nicht anrühren; machen Sie sie auf eine spezielle Art?«

Ich weiß noch, dass Laurie in jenem Herbst und Winter, wenn ich ihn dazu zwang, noch seine rote Latzhose trug, auf die ich – zu einer Zeit, als ich freier war und sehr viel mehr Zeit für die schönen Kleinigkeiten des Lebens hatte – in grüner Seide »Laurie« gestickt hatte. Er trug sie, wie ich mich erinnere, nur ein einziges Mal zur Schule, danach handelten wir aus, dass er, wenn ich ihn nicht mehr zwingen würde, die Hose in der Öffentlichkeit zu tragen, versuchen würde, sich dazu zu bringen, sie zumindest bei strikt privaten Anlässen anzuziehen. Als sie ihm sichtlich zu kurz, dabei aber sichtlich kaum getragen war, strich ich in einer Laune das »Laurie« mit einer grün gestickten Linie durch, stickte darunter »Jannie« und kürzte sie zusammen mit einem halben Dutzend weiterer Latzhosen für Jannie. Sie trug sie im Spätfrühling und im Frühsommer, als Laurie zum ersten Mal zum Friseur ging, um sich die Haare schneiden zu lassen; sie trug jetzt auch die grüne Kordjacke, die Laurie am Tag unseres Umzugs angehabt hatte. Das war, als sich mein persönlicher Zeitplan noch um Säume und Schokoladenpudding drehte. Wenn ich nicht gerade die einen ausließ oder kürzte, rührte ich das andere. Im Sommer erbte Jannie zur Vorbereitung auf die Vorschule im Herbst eine Reihe langärmeliger T-Shirts, die glücklicherweise geschlechtslos sind, und Tausende alleinstehende Socken. Laurie hatte für die Schule eine neue Jacke bekommen, die wir Anorak nennen sollten, nicht Jacke, und seine Schuhe waren so riesig, dass mir unangenehm bewusst wurde, dass er von den niedrigpreisigen Größen in die höherpreisigen gewachsen war.

Sommer vergehen so schnell, mit einem Minimum an Wäsche und einem Maximum an Tageslicht, dass niemand von uns je in der Lage war, diesen unendlich grausamen Moment zu bemerken, wenn das Jahr sich wendet und die Tage kürzer werden; gerade haben die Kinder morgens noch Limonade im Garten getrunken und sich darüber ausgelassen, was sie im Sommer alles bauen wollen, schon harken sie nachmittags Blätter zusammen, und Jannie verliert eine Sandale im Blätterhaufen, die vielleicht bis zum nächsten Frühjahr verschollen bleibt. Mütter haben ihre eigenen jahreszeitlichen Beschäftigungen; eines Nachmittags saß ich still im Wohnzimmer und verlängerte und kürzte weltvergessen Latzhosen. Ich hatte drei Stück fertig – eine gekürzt, zwei verlängert –, als Laurie hereinkam, mitten im Zimmer stehen blieb und mich düster ansah. Hinter ihm kamen seine lieben Freunde Stuart und Robert reingezuckelt, und bald darauf, ungefähr so lange, wie kurze dicke Beinchen brauchen, um hinterherzukommen, kam Jannie reingestapft. Wiederum gefolgt von unserem großen Hund Toby. Sie stellten sich mitten auf dem Teppich in eine Reihe und blickten mich stumm an.

Ich sah auf und zwang mein Gesicht in ein fröhliches

breites Lächeln. Ungefragt sagte ich: »Ihr könnt alle etwas Süßes aus der Schale auf dem Tisch haben.«

»Nein, danke«, sagte Laurie düster.

»Nein, danke«, sagte Robert.

»Nein, danke«, sagte Stuart.

Traurig standen sie da und beobachteten, wie ich die Nadel durch den Stoff zog.

»Nein, danke«, sagte Jannie.

Laurie seufzte tief, desgleichen Stuart und dann Robert. Ich setzte ein falsches Lächeln auf und fragte: »Möchtet ihr lieber einen Apfel?«

Laurie schüttelte den Kopf, desgleichen Stuart und Robert und schließlich auch Jannie.

»Überhaupt nichts«, sagte Laurie tragisch. Er schritt zum Sofa und setzte sich, und Robert und Stuart folgten ihm. Die drei beobachteten mich beim Nähen, und ich versuchte verlegen zu verbergen, was ich tat.

Toby saß ruhig auf dem Fußboden und sah ratlos von mir zu den Jungs.

»Würdet ihr gern zum Laden laufen und Eis für uns holen?« Die Jungs schüttelten die Köpfe wie ein einziger Mann.

Jannie hatte sich neben Toby auf den Boden gepflanzt und fragte mich: »Besserst du Lauries Hosen aus?«

»Ja, genau das mache ich«, sagte ich heiter.

»Für die Schule morgen?«, fragte Jannie.

Lange herrschte Stille. Dann sagte Laurie: »Aaaaaah, sei *still*«, zu Jannie.

»Wieso redest du davon?«, fragte Stuart.

»Blöde Jannie muss immer die Klappe aufreißen«, sagte Robert.

»Ist doch nicht so schlimm, Jungs«, sagte ich. »Ihr hattet doch einen schönen Sommer.«

»Aber *Schule*«, sagte Laurie wie jemand, dem eine große Ungerechtigkeit widerfährt.

»Ich weiß«, sagte ich. »Wollt ihr Kekse?«

»Nää«, sagte Laurie.

»Warum *müssen* wir überhaupt zur Schule?«, fragte Stuart.

»Blöde erste Klasse«, sagte Robert.

»Aber warum denn«, sagte ich heimtückisch, »ehe ihr's euch verseht, werdet ihr es ganz toll finden in der Schule. Ihr habt nur vergessen, wie es in der Schule ist.«

»*Nee*, haben wir nicht«, sagte Robert.

»*Ich* hab die Schule immer *geliebt*«, sagte ich.

Das war so offensichtlich die Unwahrheit, dass niemand es für nötig hielt, mir zu antworten, auch nicht aus Höflichkeit. Stattdessen saßen sie weiter da und starrten mich an.

»Warum macht ihr nicht irgendwas – spielen oder so?«, fragte ich. »Dann vergesst ihr das alles.«

»Wir können Schule spielen«, schlug Jannie vor. »Können wir Schule spielen?«

Sie verstummte, als sich ihr drei böse Gesichter zuwandten.

»Wir könnten Rad fahren«, sagte Robert wenig begeistert.

»*Ja*, macht das doch«, sagte ich extrem lebhaft. »*Das* wäre lustig.«

»Wir können Krieg spielen«, sagte Stuart.

»Wir können Laden spielen«, sagte Laurie.

»Wir können Schule spielen«, sagte Jannie.

»Oder«, sagte Stuart, »wir sind Indianer, und Jannie ist unsere Gefangene ...«

»Wir können sie festbinden«, sagte Laurie und sah seine Schwester nachdenklich an.

»Ich bin eure Gefangene«, sagte Jannie fröhlich, »und ihr müsst mich festbinden und Indianer sein.«

»Nein, *passt auf*«, sagte Robert. Sofort kam in alle drei Jungen Leben. Robert rollte sich vom Sofa und rannte in den Flur, die anderen beiden folgten ihm. Wenig später hievte sich Jannie vom Boden hoch und ging hinterher. Toby öffnete ein Auge, seufzte tief und erhob sich; er hatte sich gerade auf den Weg gemacht, als die drei Jungs und Jannie eilig wieder hereinkamen.

»Pass auf«, sagte Laurie aufgeregt zu mir, »wir machen eine Vorführung. Du bist das Publikum, und du musst in die Küche gehen, solange wir das vorbereiten.«

Es war der letzte Ferientag; ich führte die Nadel sorgfältig durch den Saum, den ich gerade nähte, faltete die Latzhose und legte sie beiseite. Laurie und Robert schoben mich in die Küche, wo ich mich hinsetzte, mir ein paar Kekse nahm und kauend wartete.

Nach ungefähr fünfminütigen lauten Beratungen riefen sie mich zurück und drückten mich aufs Sofa. Dann setzte sich Stuart auf den Sessel, den ich frei gemacht hatte, und griff nach der Zeitung.

»Ich soll die Zeitung lesen«, sagte er herablassend zu mir.

Laurie und Robert und Jannie und Toby waren im Esszimmer; ich hörte sie streiten. Endlich klopfte es an der Tür zum Wohnzimmer, und Stuart legte die Zeitung hin und sagte: »Herein.« Laurie kam herein, mit Cowboyhut,

Sporen, Gewehr, Cowboyjacke, Halstuch, Lasso und Stiefeln. »Hey, Pardner«, sagte er.

»Hey, Pardner«, sagte Stuart.

Laurie setzte sich Stuart gegenüber in einen Sessel, und er und Stuart sahen sich eindringlich an.

»Wie geht's, Pardner?«, erkundigte sich Laurie schließlich.

»Oh, mir geht's gut, Pardner«, sagte Stuart. Sie kicherten kurz, dann sagte Stuart mit einer raumgreifenden Geste: »Nimm dir was Süßes, Pardner.«

»Danke, Pardner, das mach ich gern«, sagte Laurie. Er stolzierte zum Tisch, nahm sich etwas Süßes und kehrte zu seinem Sessel zurück. Er aß auf, leckte sich die Finger, griff sich dann mit einem lauten, theatralischen Stöhnen an den Bauch und rollte sich vom Sessel auf den Boden, wo er, immer noch stöhnend, liegen blieb. »Verstehst du?« Er hob den Kopf und sah mich an. »Die Süßigkeit war vergiftet.«

»Verstehe«, sagte ich. »Sehr wirkungsvoll.«

Laurie blieb bewegungslos liegen, und es trat eine lange Pause ein, in der Stuart unruhig wurde und zu der Schale mit den Süßigkeiten blickte. Schließlich sagte er: »*Los*, Robert«, und Robert antwortete aus dem Esszimmer: »Okay, ich *komm* ja schon. Ich muss mein Gewehr mitbringen, oder?«

Dann klopfte es erneut an der Esszimmertür, und Stuart sagte: »Herein.«

Robert kam herein und sagte: »Hey, Pardner«, und setzte sich.

»Hey, Pardner«, sagte Stuart. »Nimm dir doch was Süßes.«

»Warum nicht«, sagte Robert. Er nahm eine Süßigkeit, schluckte sie im Ganzen herunter und fiel dann stöhnend auf Laurie.

»Jetzt ich«, johlte Jannie aus dem Esszimmer, kam hereingeeilt, sagte über die Schulter »Hey, Pardner« zu Stuart und nahm sich eine Süßigkeit. »Kann ich auch zwei?«, fragte sie mich, und ich schüttelte den Kopf. Sie aß ihre Süßigkeit, stöhnte schrill auf und setzte sich auf Robert.

»Ich glaub, ich nehm mir auch was Süßes«, sagte Stuart. Stöhnend fiel er auf den Haufen.

Ich begann zu applaudieren, aber Laurie hob den Kopf und sagte: »Das ist noch nicht das Ende.«

»Entschuldigung«, sagte ich. Ich wollte nach einer Süßigkeit greifen, erinnerte mich noch rechtzeitig daran, dass sie vergiftet waren, und zog die Hand wieder zurück.

Laurie löste sich aus dem Haufen. »Jetzt die Postkutsche«, sagte er.

Die anderen standen auf und wischten sich den Staub ab. Alle kehrten ins Esszimmer zurück, ich wartete.

Schließlich tauchte Laurie wieder auf, Toby am Halsband haltend. »Ich bin der gute Cowboy«, erklärte er mir. »Ich bin Hopalong Cassidy, und ich –«

»*Ich* bin Hopalong Cassidy«, protestierte Roberts Stimme im Nebenzimmer.

»Ich bin Roy Rogers«, fuhr Laurie ruhig fort, »und das ist die Postkutsche, mit der ich fahre.«

»Was ist die Postkutsche?«, fragte ich verwirrt.

»Toby«, sagte Laurie. Toby sah mich entschuldigend an. »Also«, sagte Laurie, »das Gold ist in der Postkutsche, und die bösen Kerle wollen es sich holen, und ich und meine Bande reiten hier so lang ...« Er zerrte Toby mit

Galoppgeräuschen durch das Zimmer, und der stolperte widerstrebend hinter ihm her.

»Guter Hund«, sagte ich beruhigend, und Toby senkte den Kopf und galoppierte eisern weiter. »Guter Hund«, sagte ich.

Als sie zum zweiten Mal an der Esszimmertür vorbeikamen, überfiel sie die Banditenhorde. Stuart und Robert schwenkten ihre Gewehre, brüllten Furcht einflößend und machten gleichzeitig die Geräusche von Hufen und Geschützfeuer nach. Jannie, ein kleiner, untersetzter Cowboy mit Schlapphut und Wasserpistole, folgte kämpferisch und sagte ohne Rücksicht auf Verluste: »Peng.«

»Wir decken dich«, stieß Hopalong Cassidy hervor. Roy Rogers suchte todesmutig Schutz hinter einem Sessel, während die Kutsche eilig zum Sofa trottete und versuchte, auf meinen Schoß zu gelangen.

Stuart und Robert waren ebenfalls in Deckung gegangen, einer in der Esszimmertür, der andere in der Kaminecke. Sie schossen quer durchs Zimmer, zielten sorgfältig und zeigten sich nur kurz, um sofort wieder in ihrem Versteck zu verschwinden.

Jannie setzte sich mitten auf den Fußboden und fing an, ihre Sandalen auszuziehen. »Hab was im Schuh«, erklärte sie mir. »Moment, Jungs, muss mich um meinen Schuh kümmern.«

»Geh in Sicherheit«, schrie Laurie sie an, »willst du, dass wir dich umbringen, Weib?«

»Peng«, sagte Jannie und zielte mit ihrer Wasserpistole auf ihn. »Peng«, sagte sie zu Stuart und »Peng« zu Robert. »Ich hab euch alle drei umgebracht«, sagte sie. »Jetzt kann ich mich um meinen Schuh kümmern.«

Laurie bewegte sich schrittweise vom Sessel weg, bis er schutzlos dastand. »Zugriff«, sagte er plötzlich. »Waffen fallen lassen.«

Gehorsam ließen Stuart und Robert ihre Gewehre fallen und hoben die Hände. Laurie ging zu ihnen, sein Gewehr im Anschlag, und durchsuchte die beiden. Dann schoss er sie nieder. Beide fielen zu Boden und starben einen schrecklichen Tod. Robert hievte sich auf einen Ellbogen und sagte: »Joe, Joe.«

»Was, Joe?«, fragte Laurie sich umdrehend.

»Knöpf dir die Kerle vor, die das gemacht haben«, sagte Robert.

»Mach ich mit Sicherheit«, sagte Laurie. Er drehte sich nachdenklich um und erschoss Jannie, die überrascht aufsah. »Ich hab doch gesagt, ich muss mich um meinen *Schuh* kümmern«, sagte sie verärgert.

»Trotzdem«, sagte Laurie.

»Okay«, sagte Jannie und ließ sich bereitwillig auf die Seite fallen, wobei sie sich weiter den Schuh anzog.

»Gut«, sagte ich, noch einmal applaudierend, »das war ja ganz schön aufregend –«

»Schau«, sagte Laurie ernst, »wir *proben* nur. Was du hier siehst, ist nur die *Probe.*«

»Wenn wir mit der *Probe* fertig sind, kommt die richtige Aufführung«, bestätigte Stuart.

»Zugriff«, sagte Laurie zu ihm.

»Nicht ich«, sagte Stuart schlecht gelaunt. »Warum muss *ich* immer der sein, der zugreift?«

»Hände hoch«, befahl Laurie. Robert schlich sich hinter ihm an und stieß ihm sein Gewehr ins Kreuz. »Selber Hände hoch!«, rief Robert.

Laurie ließ sein Gewehr fallen, und Stuart griff danach. Robert erschoss Stuart und Laurie, und beide fielen ächzend zu Boden.

»Wer ist noch mal der Gute?«, fragte Stuart plötzlich. »Ich hab's vergessen.«

»Ich bin Gene Autry«, sagte Laurie.

»Ich bin Roy Rogers«, sagte Robert.

»Dann bin *ich* der Gute«, sagte Stuart. »Zugriff!«

Stuart erschoss Robert und Laurie.

»Wir *sterben* nicht richtig«, sagte Laurie vom Fußboden. »Wir müssen uns mehr rumwälzen.«

»Und wir müssen auch mehr von unseren Pferden mitgeschleift werden«, ergänzte Robert.

»Zugriff!«, sagte Jannie plötzlich. Verblüfft drehten sich Gene Autry, Roy Rogers und Hopalong Cassidy um; Jannie hatte sie alle im Visier ihrer Wasserpistole.

»Das ist ein *Frauenzimmer*«, sagte Stuart.

»Ein Cowgirl«, präzisierte Robert.

»Das ist Jesse James«, sagte Laurie. »Jetzt musst du uns alle erschießen, Jan.«

»Peng, peng, peng«, sagte Jannie, und die Helden fielen zu Boden, rollten herum, stöhnten und wurden sogar ein bisschen von ihren Pferden mitgeschleift.

Während sie noch stöhnten, schlich ich mich davon, in die Küche, wo ich Saft in vier Gläser goss und Kekse auf einen Teller legte. Als ich wieder ins Wohnzimmer kam, wischten sich die Schauspieler den Staub ab.

»Das war eine tolle Aufführung«, sagte ich.

»Morgen kommt die *richtige*«, sagte Laurie. Dann entgleisten ihm die Gesichtszüge. »Hab ich total vergessen«, sagte er.

Ich erlaubte mir einen kurzen und angenehmen Gedanken an die ruhigen Vormittage, die langen schönen Nachmittage, das frühe Zubettgehen. »Aber«, sagte ich mit großer Herzlichkeit, »bevor wir's uns versehen, ist schon wieder Sommer.«

»Ein was?«, sagte Jannie.

»Wozu?«, sagte Laurie.

Alle sagen immer, das dritte Baby sei das einfachste, und ich weiß jetzt auch, warum. Es ist das einfachste, weil es am meisten Spaß macht, weil man es schon zweimal erlebt hat und Bescheid weiß. Man weiß zum Beispiel, wie man im siebten Monat in einem Umstandskleid aussieht, und man weiß, wie man die Fußbremse am Kinderwagen löst, ohne herumzurütteln wie eine Anfängerin, und man weiß, wie man kurz vor der Geburt seine Schuhe zukriegt und welche Übungen man danach machen sollte, und auch wenn man vielleicht nicht gerade lässig ist, erledigt man das Ganze doch ein kleines bisschen müheloser. Rührselige Menschen versichern einem immer, dass Frauen noch ein drittes Baby kriegen, weil sie Babys lieben, und zynische Leute scheinen immer zu behaupten, eine Frau mit zwei gesunden, lebhaften Kindern im Haus würde für zehn ruhige Tage im Krankenhaus *alles* tun; mein eigener Standpunkt befindet sich irgendwo dazwischen, aber ich gebe zu, dass ich zu Letzterem tendiere.

Denn es *war* mein drittes, bei dem mir viele unnötige Unannehmlichkeiten erspart blieben. Zum Beispiel hat uns niemand niedliche rosafarbene Pullover geschenkt. Wir bekamen nur ein Paar Babyschuhe, und zwar ein weißes, mit Rosenknospen übersätes, das jemand Laurie zur

Geburt geschenkt hatte und das ich, noch im ursprünglichen rosa Seidenpapier, einer Freundin schenkte, als *sie* ihr erstes Baby bekam; sie schickte es dann ihrer Cousine in Texas zu deren zweitem Baby, und die Cousine schickte es wieder gen Osten, als eine gemeinsame Freundin Zwillinge bekam; die gemeinsame Freundin schenkte es mir mit einer Karte, auf der »Alles Liebe für das Baby« stand, das rosa Seidenpapier war kaum zerknittert. Ich stellte die Schühchen behutsam beiseite, denn ich kannte jemanden, der im Juni ein Baby erwartete.

Ich bekam von meiner Nachbarin den Kinderwagen zurück, den ich ihr geliehen hatte, holte die Wiege vom Dachboden, wusch mich durch die Kommode mit Babyhemdchen und Wolldecken, informierte die amtierenden Kinder rechtzeitig und verbrachte einen liebe- und mühevollen Monat damit, meinen Koffer zu packen. Diesmal wusste ich genau, was ich ins Krankenhaus mitnehmen würde, es zusammenzusuchen dauerte jedoch und erforderte dann noch eine überstürzte Reise in die nächste Metropole. Aber schließlich hatte ich alles gepackt: ein mit Spitze besetztes gelbes Nachthemd, ein weißes Nachthemd, das sich am Hals mit einer blauen Schleife binden ließ, die zwei schicksten Bettjacken, die ich finden konnte – dafür musste ich in die Stadt fahren –, und dann zwei Pfund von dem selbst gemachten Karamell, so viele Krimis, wie reinpassten, und eine Tüte Äpfel. Beinah in letzter Minute ergänzte ich noch eine Schachtel Pralinen, eine Flasche teures Parfüm und meine Zahnbürste. Ich habe von Leuten gehört, die ihre eigene Satinbettwäsche mit ins Krankenhaus nehmen, aber das erschien mir immer als eine Verschwendung von wertvollem Kofferplatz.

Mein Arzt war sehr freundlich und meine Bekannten sehr aufmerksam; in den zwei Wochen, bevor ich ins Krankenhaus ging, riefen fast alle, die ich kannte, fast jeden Tag an und fragten: »Bist du immer noch da?« Meine Schwiegereltern legten sich für einen Besuch bei uns auf ein Wochenende fest, an dem ich den astronomischen Berechnungen zufolge ein zwei Wochen altes Baby vorzuzeigen gehabt hätte; sie reisten an, ich spielte mit einer gewissen Zurückhaltung die Gastgeberin, und beim Abschied beäugten sie mich ungnädig und leicht misstrauisch. Meine Mutter schickte ein Telegramm aus Kalifornien, in dem stand: »Alles in Ordnung? Soll ich kommen? Wo bleibt das Baby?« Meine Kinder waren mürrisch, mein Mann betreten.

Es war, wie gesagt, alles vollkommen normal, bis zu dem schrecklichen – ebenfalls vollkommen normalen – Moment, als ich um zwei Uhr morgens aus dem Bett sprang, als läge eine Erbse unter meiner Matratze; ich schaltete das Licht an, und mein Mann fragte verschlafen: »Kommt das Baby?«

»Ich weiß es wirklich nicht«, sagte ich nervös. Ich sah mich nach dem Wecker um, den ich abends immer verstecke, damit ich morgens, wenn er klingelt, aufstehen und ihn suchen muss. Er war schwer zu finden, wenn er nicht klingelte.

»Soll ich aufwachen?«, fragte mein Mann ohne jedes Anzeichen der Vorfreude.

»Ich kann den *Wecker* nicht finden«, sagte ich.

»Wecker?«, fragte mein Mann. »Wecker. Weck mich in fünf Minuten noch mal.«

Ich machte den Koffer auf, nahm einen Krimi heraus

und setzte mich mit einer Decke in den Sessel. Nach ein paar Minuten kam Ninki, die normalerweise am Fußende von Lauries Bett schläft, herein und machte es sich auf einer Ecke der Decke zu meinen Füßen gemütlich. Sie schlief den Großteil der Nacht über genauso friedlich wie mein Mann, nur dass sie von Zeit zu Zeit den Kopf hob und mich mit einem Ausdruck leiser Verachtung ansah.

Weil das Krankenhaus fünf Meilen von unserem Haus entfernt liegt, hatte ich das ungute Gefühl, viel Zeit einplanen zu müssen, insbesondere, da wir beide nicht fahren konnten, ich also unser hiesiges Taxi rufen musste, um ins Krankenhaus zu gelangen. Um halb acht rief ich meinen Arzt an, wir plauderten ein Weilchen, dann sagte ich, ich würde den Kindern noch Frühstück machen und abwaschen und dann ins Krankenhaus kommen, und er sagte, wunderbar, dann würden wir uns später dort sehen; unausgesprochen waren wir beide der Überzeugung, dass ich vor Sonnenuntergang wieder im Einsatz sein dürfte.

Ich ging in die Küche und machte mich systematisch an die Arbeit, fröhlich summend und nur gelegentlich nach der Rückenlehne eines Stuhls greifend und den Atem anhaltend. Mein Mann erzählte mir später, er hätte seine Tasse samt Untertasse (die, auf der »Vater« stand) im Ofen gefunden, aber ich neige zu der Annahme, dass er viel zu aufgeregt war, um als zuverlässiger Informant zu gelten. Meiner eigenen Erinnerung nach habe ich alles so gemacht, wie ich es schon tausend Mal gemacht hatte – die routinierten Handgriffe eines Schulmorgens, so vertraut, dass ich sie normalerweise kaum bewusst wahrnehme. Zum Beispiel die Bratpfanne. Mein einziges unmittelbares Ziel war eine Tasse Kaffee, und ich beschloss, den Kaffee vom Vorabend aufzuwärmen, statt mir die Zeit für frischen zu nehmen; es schien mir äußerst logisch, ihn in der Pfanne aufzuwärmen, denn wie jeder weiß, wird Flüssigkeit in einem großen, flachen Behältnis schneller heiß als in einem kleinen, hohen wie der Kaffeekanne. Ich will aber gar nicht abstreiten, dass es komisch *wirkte*.

Als dann die Kinder herunterkamen, schien alles schön seinen Gang zu gehen; Laurie griff grimmig nach zwei Gläsern für sich und Jannie und füllte sie mit Saft. Mir bot er auch eins an, aber ich hatte keine Lust, etwas zu essen, oder irgendetwas anderes zu tun, was mein prekäres Gleichgewicht zwischen zwei und drei Kindern gefährden könnte, oder meine morgendliche Arbeit für mehr als Kaffee zu unterbrechen, den ich beharrlich weiter in der Pfanne zubereitete. Mein Mann kam herunter, setzte sich an seinen üblichen Platz, sagte den Kindern Guten Morgen, nahm von Laurie ein Glas Saft entgegen und fragte mich strahlend: »Wie fühlst du dich?«

»Fantastisch«, sagte ich und präsentierte allen ein gigantisches Lächeln. »Mir geht es wunderbar.«

»Gut«, sagte er. »Was meinst du, wann sollten wir aufbrechen?«

»Wahrscheinlich gegen zwölf«, sagte ich. »Alles bestens, wirklich.«

Mein Mann fragte höflich: »Kann ich dir mit dem Frühstück behilflich sein?«

»Nein, wirklich«, sagte ich. Ich hielt inne, um Atem zu holen, und lächelte beruhigend. »Mir geht es *richtig* gut.«

»Würdest du es persönlich nehmen«, fragte er immer noch sehr höflich, »wenn ich dieses Ei aus meinem Glas nähme?«

»Natürlich nicht«, sagte ich. »Tut mir leid; keine Ahnung, wie es da hingekommen ist.«

»Macht überhaupt nichts«, sagte mein Mann, »ich hatte nur Durst.«

Alle sahen mich schräg an, und ich lächelte ihnen weiterhin beruhigend zu; es *ging* mir fantastisch; die Monate des Wartens waren fast vorbei, meine akribischen Vorbereitungen erfüllten endlich ihren Zweck, morgen würde ich mein gelbes Nachthemd anziehen. »Ich bin *so* froh«, sagte ich.

Vielleicht war mir ein bisschen schwindelig. Und da *waren* auch Schmerzen, und zwar echte, nicht so ein schwacher Abklatsch, wie ich ihn mir in den letzten Wochen herbeifantasiert hatte. Ich tätschelte Laurie den Kopf. »Und«, fragte ich in dem Ton, den ich in den letzten Monaten ungefähr fünfhundert Mal angeschlagen hatte, »wollen wir lieber einen kleinen Jungen oder einen kleinen Jungen?«

»Setzt du dich nicht zu uns?«, fragte mein Mann. Er hatte die Ausstrahlung eines Menschen, der davon ausgeht, dass sich irgendwie klären wird, wie er in diese Reihe ungewöhnlicher Ereignisse verwickelt werden konnte. »Ich glaube, du solltest dich hinsetzen«, drängte er.

Ungefähr da wurde mir klar, dass er recht hatte. Ich sollte mich setzen. Tatsächlich sollte ich sogar direkt ins Krankenhaus fahren, unverzüglich. Ich warf das beruhigende Lächeln ab und ließ die Gabel fallen, die ich mit mir herumgetragen hatte.

»Besser, ich beeil mich«, sagte ich unangebrachterweise.

Mein Mann rief das Taxi und holte meinen Koffer herunter. Die Kinder würden bei Freunden schlafen, wir hatten geplant, sie auf dem Weg ins Krankenhaus dort abzugeben; jetzt jedoch hatte ich das Gefühl, keine Zeit dafür zu haben. Ich begann, schnell zu sprechen.

»Du musst dich um die Kinder kümmern«, sagte ich zu meinem Mann. »Achte drauf, dass ...« Ich hielt inne. Ich weiß noch, dass meine Gedanken eine unglaubliche Klarheit und Geschwindigkeit hatten. »Achte drauf, dass sie zu Ende frühstücken«, sagte ich. Schlafanzüge auf der Wäscheleine, dachte ich, Schule, Katzen, Zahnbürsten. Milchmann. Latzhosen müssen geflickt werden, Wäsche. »Ich sollte eine Liste machen«, sagte ich undeutlich. »Dem Milchmann für morgen Abend einen Zettel schreiben. Und Seife. Wir brauchen Seife.«

»Ja, Liebes«, sagte mein Mann immer wieder. »Ja, Liebes, ja, Liebes.«

Das Taxi kam, und plötzlich verabschiedete ich mich von den Kindern. »Bis später«, sagte Laurie lässig. »Viel Spaß.«

»Bring mir was mit«, fügte Jannie hinzu.

»Mach dir keine Sorgen«, sagte mein Mann.

»Nein, mach du dir keine Sorgen«, sagte ich zu ihm. »Es gibt keinen Grund zur Sorge.«

»Es wird alles gut gehen«, sagte er. »Keine Sorge.«

Ich wartete einen guten Moment ab und kletterte dann ohne jede Grazie ins Taxi; ich wagte es nicht, dem Taxifahrer gegenüber ein beruhigendes Lächeln zu riskieren, nickte ihm aber munter zu.

»Ich bin in einer Stunde bei dir«, sagte mein Mann nervös. »Und mach dir keine Sorgen.«

»Es wird alles gut gehen«, sagte ich. »Keine Sorge.«

»Kein Grund zur Sorge«, sagte der Taxifahrer zu meinem Mann, und wir fuhren los. Mein Mann stand händeringend auf dem Rasen, während das Taxi wie verrückt um jeden noch so kleinen Hubbel herumlavierte.

Ich saß sehr ruhig auf dem Rücksitz und versuchte, nicht zu atmen. Einen Arm liebevoll um meinen Koffer gelegt, in dem mein gelbes Nachthemd war, versuchte ich mir eine Zigarette anzuzünden, ohne irgendwelche Muskeln zu bewegen, außer denen in Händen und Hals, und ohne meinen Koffer loszulassen.

»Das wird ein schöner Tag«, sagte ich schließlich zum Taxifahrer. Wir hatten eine zwanzigminütige Fahrt vor uns, mindestens – deutlich länger, wenn er weiter im Zickzack fuhr. »Ganz schön warm für diese Jahreszeit.«

»War *gestern* auch schon ziemlich warm«, sagte der Taxifahrer.

»Das stimmt, gestern war es warm«, bestätigte ich und hielt inne, um Atem zu holen. Der Fahrer, der es offensichtlich vermied, mich über den Rückspiegel anzusehen, sagte ein bisschen hysterisch: »Wahrscheinlich wird's morgen auch wieder so warm.«

Ich wartete einen Moment, dann war ich in der Lage, zweifelnd zu sagen: »Ist die Frage, wie lange es so warm bleibt. Vielleicht kühlt es morgen schon ab.«

»Jedenfalls«, sagte der Taxifahrer, »war es gestern warm.«

»Gestern?«, sagte ich. »Ja, da war es warm.«

»Heute wird's auch schön«, sagte der Fahrer. Ich klammerte mich fester an meinen Koffer und gab ein leises Geräusch von mir – am ehesten als Aufjaulen zu beschreiben –, und das Taxi zog wie angestochen nach links rüber und nahm einsatzfreudig Fahrt auf.

»Wirklich warm«, plapperte der Fahrer, vorgebeugt und gegen das Lenkrad gelehnt. »Der wärmste Tag, den ich zu dieser Jahreszeit je erlebt hab. Normalerweise ist es um diese Zeit kühler. Gestern war es *furchtbar* –«

»War es nicht«, sagte ich. »Es war eiskalt. Ich kann den Krankenhausturm sehen.«

»Ich weiß noch, dass ich dachte, wie warm es ist«, sagte der Fahrer und bog in die Zufahrt zum Krankenhaus ein. »Es war so warm, dass es mir sofort auffiel. ›Was für ein warmer Tag‹, dachte ich, so warm war es.«

Wir fuhren mit einer Extrakurve vor dem Krankenhauseingang vor, und der Fahrer sprang von seinem Sitz auf, kam ums Auto herum, öffnete mir die Tür und nahm meinen Arm.

»Meine Frau hat fünf bekommen«, sagte er. »Ich nehm den Koffer, Miss. Fünf und keinerlei Probleme, bei keinem Einzigen.«

Er schob mich durch die Tür und zum Empfang. »Hier«, sagte er zur Rezeptionistin. »Bezahlen können Sie später«, sagte er zu mir und floh.

»Name?«, fragte die Rezeptionistin mich höflich, den Bleistift im Anschlag.

»Name«, sagte ich vage. Dann fiel er mir wieder ein, und ich sagte ihn ihr.

»Alter?«, fragte sie. »Geschlecht? Beruf?«

»Schriftstellerin«, sagte ich.

»Hausfrau«, sagte sie.

»Schriftstellerin«, sagte ich.

»Ich schreibe einfach Hausfrau«, sagte sie. »Behandelnder Arzt? Wie viele Kinder?«

»Zwei«, sagte ich. »Bisher.«

»Normale Schwangerschaft?«, fragte sie. »Blutprobe? Röntgenbilder?«

»Hören Sie –«, sagte ich.

»Name des Ehemanns?«, fragte sie. »Adresse? Beruf?«

»Schreiben Sie einfach Hausfrau«, sagte ich. »Sein Name fällt mir jetzt wirklich nicht ein.«

»Ehelich?«

»Was?«, fragte ich.

»Ist Ihr Mann der Vater dieses Kindes? Sie haben doch einen Ehemann?«

»Bitte«, sagte ich in klagendem Ton, »kann ich einfach raufgehen?«

»Also *wirklich*«, sagte sie und schnaubte, »Sie bekommen schließlich nur ein *Baby*.«

Sie winkte mit einer zierlichen Geste eine Schwester herbei, die nach demselben Arm griff wie alle anderen an diesem Morgen, und im Fahrstuhl war diese Schwester sehr nett. Sie erkundigte sich zweimal, wie es mir ging, und fragte »Entbindung?«, als wir den Fahrstuhl verließen; meinen Koffer trug ich inzwischen selbst.

Oben stießen zwei weitere Schwestern zu uns; wir machten gepflegt Konversation, während ich das Krankenhaushemd anzog. Die Schwestern waren am Abend zuvor alle auf einer Stationsparty gewesen, und eine von ihnen war komplett zum Schießen gewesen; sie war auch, als ich mich auszog, noch zum Schießen, denn immer mal wieder drehte sich eine von den anderen beiden Schwestern zu mir um und sagte: »Ist sie nicht echt zum Schießen?«

Ich machte ein paar Bemerkungen, nur um zu zeigen, dass auch ich unbekümmert und keineswegs nervös war;

ich kommentierte lachend das Krankenhaushemd und fragte amüsiert und mit einer gewissen Vorahnung, was für einen Apparat sie da hereinschoben.

Eine halbe Stunde später kam mein Arzt, der offenbar gerade drei Tassen Kaffee und eine gute Zigarre genossen hatte; er tätschelte mir die Schulter und sagte: »Wie geht es uns?«

»Ganz gut«, sagte ich mit einem unsicheren Kichern, das in einem Quaken endete. »Was glauben Sie, wie lange es noch dauern wird, bis –«

»*Darum* brauchen wir uns noch eine ganze Weile keine Sorgen zu machen«, sagte der Arzt, lachte freundlich und nickte den Schwestern zu. Alle begannen sofort, sich um mich zu kümmern. Eine strich mein Kissen glatt, eine nahm meine Hand, und die dritte strich mir über die Stirn und sagte: »Schließlich bekommen Sie ja nur ein *Baby.*«

»Rufen Sie mich, wenn Sie mich brauchen«, sagte der Arzt beim Gehen zu den Schwestern. »Ich bin unten in der Cafeteria.«

»*Ich* rufe Sie, wenn ich Sie brauche«, sagte ich Unheil verkündend zu ihm, und eine der Schwestern sagte mit honigsüßer Stimme: »Wir wollen doch nicht, dass sich unser Ehemann Sorgen macht.«

Ich machte ein Auge auf. Plötzlich saß mein Mann neben dem Bett und sah aus, als versuche er, nicht zu schreien. »Die haben *gesagt*, ich soll reinkommen«, sagte er. »Ich hatte das Wartezimmer gesucht.«

»Anderes Ende vom Flur«, sagte ich grimmig, haute auf die Klingel, und die Schwester kam angelaufen. »Schaffen Sie ihn hier raus«, sagte ich und deutete mit dem Kopf auf meinen Mann.

»Die haben *gesagt*, ich s—«, sagte mein Mann und sah die Schwester elend an.

»Aaaalles gut«, sagte die Schwester und fing wieder an, mir über die Stirn zu streichen. »Der Göttergatte gehört genau hierher.«

»Entweder er geht oder ich«, sagte ich.

Die Tür flog auf, und der Arzt kam herein. »Hab gehört, dass Sie da sind«, sagte er herzlich und schüttelte meinem Mann die Hand. »Sehen bisschen blass aus.«

Mein Mann lächelte schwach.

»Ist noch nie ein Vater bei draufgegangen«, sagte der Arzt und schlug ihm auf den Rücken. Er wandte sich mir zu. »Wie geht's uns?«, fragte er.

»Furchtbar«, sagte ich, und der Arzt lachte erneut. »Ich war gerade auf dem Weg nach unten. Kommen Sie mit?«

Niemand schien an diesem Vormittag wirklich zu kommen oder zu gehen. Ich machte die Augen auf, und sie waren da, ich machte die Augen wieder auf, und sie waren weg. Dieses Mal stand, als ich die Augen aufmachte, eine freundlich guckende Schwester neben mir und betupfte mit etwas Watte meinen Arm. Obwohl ich normalerweise Angst vor Spritzen habe, begrüßte ich diese mit einem beinahe überzeugenden Abbild meines alten beruhigenden Lächelns. »Jedenfalls freu ich mich, *Sie* zu sehen«, sagte ich zu der Schwester.

»Weichei«, sagte sie mit Nachdruck und stach mir die Spritze in den Arm.

»Wann fängt das ungefähr an zu wirken?«, fragte ich sie mit tiefem Misstrauen. Ich habe bei Krankenschwestern immer Angst, dass sie denken, der psychologische

Effekt würde reichen, und mir in Wirklichkeit irgendein wirkungsloses, wenn auch harmloses Gebräu spritzen.

»Sie werden es nicht mal merken«, sagte sie rätselhaft und ging.

Die Wirkung setzte plötzlich ein. Ungefähr fünf Minuten, nachdem sie weg war, fing ich an zu kichern. Ich war allein im Zimmer und lachte vor mich hin, als ich die Augen aufmachte und eine Frau neben dem Bett stand. Es war ein Mensch, keine Schwester, sie trug einen schlabberigen blauen Bademantel. »Ich bin auf der anderen Seite vom Flur«, sagte sie. »Ich höre Sie die ganze Zeit.«

»Ich habe gelacht«, sagte ich mit großer Würde.

»Ich habe es gehört«, sagte sie. »Morgen bin es vielleicht ich.«

»Sind Sie wegen eines Babys hier?«

»Irgendwann«, sagte sie düster. »Ich war vor zwei Wochen schon mal hier, ich hatte Schmerzen. Ich komme morgens, und abends sagen sie zu mir: ›Gehen Sie nach Hause, warten Sie noch ein bisschen.‹ Also gehe ich wieder nach Hause und komme drei Tage später wieder, mit Schmerzen. Und die sagen zu mir: ›Gehen Sie nach Hause, warten Sie noch ein bisschen.‹ Also komme ich gestern wieder, mit Schmerzen. Noch darf ich hierbleiben.«

»Was für ein Pech«, sagte ich.

»Ich hab meine Mutter daheim«, sagte sie. »Sie kümmert sich um alles und kocht, aber langsam glaubt sie, ich hätte sie unter Vorspiegelung falscher Tatsachen geholt.«

»So ein Pech«, sagte ich. Ich fing an, mit den Fäusten an die Wand zu hämmern.

»Hören Sie damit auf«, sagte sie. »Man kann Sie hören. Das hier ist mein drittes. Bei den ersten beiden – nichts.«

»Es ist auch *mein* drittes«, sagte ich. »Mir egal, wer mich hört.«

»Meine Kinder sagen jedes Mal, wenn ich nach Hause komme ›Wo ist das Baby?‹ Meine Mutter auch. Mein Mann fährt mich jedes Mal her und holt mich wieder ab.«

»Mir haben alle gesagt, das dritte Baby wär am einfachsten«, sagte ich und fing wieder an zu kichern.

»Liegt da und lacht sich kaputt«, sagte sie. »Ich wünschte, *ich* hätte was zu lachen.«

Sie winkte mir, drehte sich um und ging traurig durch die Tür. Ich öffnete ein müdes Auge, und mein Mann saß bequem in seinem Sessel. »Ich sagte«, sagte er laut, »ich sagte: ›Macht es dir was aus, wenn ich lese?‹« Auf seinem Schoß lag die *New York Times.*

»Schau mal«, sagte ich, »habe ich irgendwas zu lesen? Hier liege ich und hab nichts zu tun und niemanden zum Reden, und du sitzt da direkt vor meiner Nase und liest die *New York Times,* und ich liege hier und hab nichts –«

»Wie geht es uns?«, fragte der Arzt. Er war plötzlich viel größer als vorher, und die Wände des Zimmers wackelten merklich.

»Doktor«, sagte ich, und ich glaube, meine Stimme war ein kleines bisschen lauter als beabsichtigt, »besser, Sie geben mir –«

Er tätschelte mir die Hand, und mein Mann, nicht der Arzt, sagte: »Hör auf zu schreien.«

»Ich *schreie* nicht«, sagte ich. »Ich mag nicht mehr. Ich hab meine Meinung geändert, ich will überhaupt kein Baby, ich will nach Hause und das Ganze vergessen.«

»Ich weiß *genau*, wie du dich fühlst«, sagte er.

Meine Antwort bestand aus einem einzigen Wort, von

dem ich zwar gewusst hatte, dass ich es *kannte*, ich war allerdings nicht davon ausgegangen, es jemals aus meinem damenhaften Mund zu hören.

»Hör auf, so zu schimpfen«, sagte mein Mann eindringlich. »*Bitte* red nicht so.«

Ich ging davon aus, vollkommen bei Bewusstsein zu sein, und sah ihn würdevoll an. »Wer macht das denn?«, fragte ich. »Du oder ich?«

»Alles in Ordnung«, sagte der Arzt. »Wir sind auf dem besten Weg.« Die Wände bewegten sich zu meinen beiden Seiten, und die Frau im blauen Bademantel winkte aus einer offen stehenden Tür.

»Sie liebte mich, weil ich Gefahr bestand«, sagte ich zu meinem Arzt, »ich liebte sie um ihres Mitleids willen.«

»Schon gut, alles in Ordnung«, sagte der Arzt. »Luft anhalten.«

»Ist er mit der *New York Times* fertig?«

»Seit Stunden«, sagte der Arzt.

»Was liest er jetzt?«

»Die *Tribune*«, sagte der Arzt. »Luft anhalten.«

Es war so unglaublich hell, dass ich die Augen zumachte. »So eine schöne Zeit«, sagte ich zum Arzt. »Danke der Nachfrage, wirklich, ich kann Ihnen gar nicht sagen, wie ich es genossen habe. Nächstes Mal müssen Sie zu uns ko-«

»Es ist ein Mädchen«, sagte der Arzt.

»Sarah«, sagte ich höflich, als würde ich sie einander vorstellen. Ich glaubte immer noch, bei vollem Bewusstsein zu sein, und dann war ich es plötzlich. Mein Mann saß neben dem Bett und lächelte fröhlich.

»Was ist denn mit *dir* passiert?«, fragte ich ihn. »Kein *Wall Street Journal*?«

»Es ist ein Mädchen«, sagte er.

»Ich weiß«, sagte ich. »Ich war dabei.«

Ich war in einem schönen, sauberen Zimmer. Es bestand kein Zweifel, dass es vorbei war; ich konnte unter der Bettdecke meine Füße erkennen.

»Es ist ein Mädchen«, sagte ich zu meinem Mann.

Die Tür ging auf, und der Arzt kam herein. »Na«, sagte er, »wie geht es uns?«

»Gut«, sagte ich. »Es ist ein Mädchen.«

»Ich weiß«, sagte er.

Die Tür war offen geblieben, und ein Gesicht sah herein. Mein Mann, der Arzt und ich drehten uns glücklich um. Es war die Frau im blauen Bademantel.

»Ist es schon da?«, fragte ich sie.

»Nein«, sagte sie. »Ihrs?«

»Jap«, sagte ich. »Fahren Sie wieder nach Hause?«

»Also«, sagte sie, »ich hab mir überlegt: Zu Hause schreien die Kinder rum, und meine Mutter guckt enttäuscht, als hätt' ich irgendwas gemacht. Mein Mann greift jedes Mal zum Autoschlüssel, wenn ich aufspringe. Meine Schwester ruft jeden Tag an, und wenn ich drangehe, legt sie auf. Hier kriege ich drei Mahlzeiten am Tag, die ich nicht selbst kochen muss, ich kenne alle Schwestern und lerne eine Menge Leute kennen, die hier ein und aus gehen. Ich wär doch *bescheuert*, nach Hause zu fahren. Was ist es, Junge oder Mädchen?«

»Ein Mädchen«, sagte ich.

»Ein Mädchen«, sagte sie. »Das Dritte soll am einfachsten sein.«

Zwei

Ich glaube, alle Frauen, besonders Hausfrauen, neigen dazu, in Listen zu denken. Ich bin ungeachtet aller gegenteiligen Meinungen schon immer davon ausgegangen, dass Frauen logisch denken, aber erst, als ich in jenem Jahr die Taschen meines leichten Sommermantels leerte, wurde mir klar, wie vollkommen der haushaltende Geist in diesem Listenmuster aufgeht, wie die Vorstellung einer Reihe von Dingen, die fügsam aufeinanderfolgen, die einzig mögliche Herangehensweise ans Leben ist, wenn man es mit einem Haus und einem Ehemann und Kindern führen muss, von denen niemand auf die Idee käme, den anderen fügsam zu folgen. Was mich nachdenklich stimmte, waren die kleinen Zettel, die ich in den Taschen meines Sommermantels fand; auf dem einen stand »Müsli, Schuster, Brot, Käse, Erdnussbutter, Abendzeitung, Dtzd. Donuts, BILD ANRUFEN«. Ich zeigte die Liste meinem Mann, er las sie sich zweimal durch und sagte, sie ergebe keinen Sinn. Als ich sagte, sie ergebe sehr viel Sinn, weil sie der Hauptstraße unserer Stadt erst die eine Seite rauf und dann die andere Seite runter folgte – ich muss das Müsli in einem bestimmten Laden kaufen, weil es nur dort die Sorte gibt, die die Kinder mögen –, fragte er, was

BILD ANRUFEN heißen soll? Ich erklärte, es bedeute, dass ich den Bildeinrahmer anrufen müsse, bevor ich losging, und es stehe da in Großbuchstaben, damit ich, wenn ich mir die Liste im Laden ansah und merkte, dass ich vergessen hatte, ihn anzurufen, noch bei ihm in der Werkstatt vorbeigehen konnte; mein Mann schnaubte und sagte, wenn er seine Akten so organisieren würde wie ich meine Erledigungen ... Die andere Liste, die ich in meinem Sommermantel fand, begann »Sommermantel in Reinig«.

Die Tatsache, dass ich den Sommermantel *nicht* in die Reinigung gebracht hatte (ach, diese ersten Herbsttage mit ihrer traurigen Schärfe in der Luft, die leuchtenden Blätter, die unsere Straße zu einer Linie aus Farben machen, das Gefühl, Vorräte für den Winter anzulegen, und die Kürbisse), änderte erst mal nichts an meiner Überzeugung, dass das Voranschreiten von einer Sache zur nächsten, die auf einer Liste stehen, zutiefst logisch ist, wenn auch ineffektiv. Sag meiner Nachbarin, dass du den neuen Linoleumboden in ihrer Küche magst, und sie wird sagen: »Wirklich, gefällt er dir? Ich wollte eigentlich Weiß, nicht Blau, aber das wird so schnell dreckig, und John mag Blau ja immer am liebsten, aber die Mülleimer und der Küchentisch haben ja ein helleres Blau, und dann hätten wir *die* neu gebraucht, wobei dann die Gardinen ...« Von da könnte sie auf diverse Themen kommen (wobei ich natürlich davon ausgehe, dass sie nicht unterbrochen wird, etwa, weil ich von mir erzähle oder weil John vorschlägt, Cracker und Käse für alle rauszubringen, oder weil irgendwo oben ein Kind weint), sie könnte zum Beispiel die Müll-Abzweigung nehmen und eine Liste von Dingen nennen, die dreckig werden (»... schwarzes Linoleum, darauf ist wirklich jeder Fußabdruck zu sehen, weißt du ... «) oder von Dingen, die *nicht* dreckig werden (»... und obwohl es ein ganz helles Gelb war, ließ es sich ganz leicht abwischen ... «), oder sie könnte auf die anderen Einrichtungsgegenstände in der Küche zu sprechen kommen (»... und sie hatte *so* hübsche Gardinen, sie wirkten nur irgendwie in einer *Küche* komisch ... «) oder im Badezimmer (»... und im Bad hatten sie dieselben Kacheln, nur in Rosa, und die Vorhänge waren ... «) oder sogar auf Johns Vorlieben und Abneigungen (»... aber er würde natürlich nie was mit Knoblauch essen, deshalb muss ich alle Rezepte nehmen, die ich kriegen kann, und sie ... «).

Ich glaube, damit hat es zu tun, dass mein Sommermantel es nie in die Reinigung schaffte. Man kann an jedem beliebigen Punkt einer Liste beginnen und alle Richtungen gleichzeitig einschlagen, voll, wie die Welt ist, aber auch wenn eine Liste etwas sehr Befriedigendes ist, ist es außergewöhnlich schwer, sich dabei auf das eigentliche Thema zu konzentrieren. Genau an dieser Stelle muss ich beispielsweise an Mokkatassen denken. Ich persönlich ziehe extragroße Kaffeetassen vor, serviert man Kaffee aber in diesen winzigen Tassen, wirkt es so kultiviert (ich sehe hier eine Liste, die mit winzigen Löffeln weitergeht und mit Digestifs und mit mir in einem langen Kleid am Tisch, und alle sind geistreich, und die Kinder träumen süß in ihrem Zimmer, während ein tüchtiges Kindermädchen über sie wacht), so gekonnt (auf diese Liste gehören auch ein Hausmädchen und ein Butler, denn die Tassen müssen abgewaschen und die winzigen Löffel poliert werden) und so elegant (vor Jahren versprach mir meine Mutter ein silbernes Kaffeeservice, und dann ist da noch der

Couchtisch, den wir von Großtante Martha erbten, und wenn mein Mann mal anfangen würde, ihn abzuschleifen und zu lackieren …), dass ich, besessen, wie ich davon bin, ständig alles zu verändern, den Mokkatassen am Ende doch erliegen werde. Was mich überhaupt dazu bewog, über Mokkatassen nachzudenken, war die Bemerkung einer guten Freundin, die sagte, sie persönlich möge es nicht, nach dem Abendessen aus unseren großen Kaffeetassen zu trinken, sie ziehe Mokkatassen vor, weil sie ihren Kaffee brühend heiß möchte. Das brachte mich natürlich zu diversen Themen in Bezug auf *ihren* Haushalt; sie ist eine *sehr* gute Freundin, und ich würde ihr im Leben nicht sagen, dass es bei unserem letzten Besuch im Bad keine Seife gab. Ich mag sie furchtbar gern, aber es ist eine Tatsache, dass sich die Fenster in ihrem Gästezimmer nicht öffnen lassen. Sie ist eine großartige Frau, und wenn sie ihren Kaffee bei uns aus kleinen Tassen trinken möchte, soll sie ihn in kleinen Tassen bekommen, auch wenn ich bei unserem letzten Abendessen in ihrem Haus eine Spinne im Salat hatte.

Wenn wir Mokkatassen hätten, dann wäre – wieder einer anderen Liste zufolge – die Stunde nach dem Abendessen, die kompliziert ist, weil Kinder aus der Badewanne kommen und Kinder drängende Probleme beim Lesenlernen haben und Geschirr auf dem Tisch auf den Abwasch wartet und Hunde und Katzen nach ihrem Abendessen verlangen – dann wäre diese Stunde bei uns vielleicht das entscheidende bisschen kultivierter; vielleicht würden die Kinder, wenn sie sähen, wie wir endlos unsere Mokkatassen nachfüllen, nachdenklich auf Zehenspitzen aus dem Esszimmer schleichen. Wenn wir Mokkatassen hätten, würde vielleicht das Ehepaar zu Besuch kommen, das keine Kinder und einen sehr großen Widerwillen gegen unsere Gastfreundschaft entwickelt hat. Wenn wir Mokkatassen hätten, könnten wir vielleicht sogar darüber hinwegsehen, dass der sehr große Widerwille des Ehepaars von unserer aufbrausenden Reaktion ausgelöst wurde, nachdem sie so abweisend zu unseren Kindern gewesen waren. Wir sollten wirklich kultivierter leben.

Und dann ist da natürlich noch die Frage nach den Tassen selbst. Ich bin sofort in Versuchung, sie so preiswert wie möglich zu kaufen (*das* wäre doch mal eine Liste: Preise von Sachen), und hatte an den Schnäppchenmarkt gedacht (»... ich hab *so* süße kleine Tassen gekauft, du glaubst es nicht, Tassen und Untertassen musste man zwar separat kaufen, aber ich hab kaum mehr bezahlt ...«), verwarf die Idee aber aus Gründen des Stolzes (»... und das hätte natürlich jeder *gesehen*, weil sie dasselbe Muster hatten ...«). Ich sollte in ein großes Kaufhaus gehen und sie dort kaufen, damit ich anschreiben lassen kann (»... anschreiben lassen? Weißt du, was *mir* passiert ist, als ...«), und ich fürchte, nach einem langen Einkaufstag habe ich dann vier billige geblümte Mokkatassen gekauft und ein paar Schüsseln (ich brauche *so* dringend Schüsseln) und ein paar Gläser, ganz wunderbar für die Kinder, wenn sie zum Frühstück Besuch haben, und wenn ich schon mal in der Abteilung bin, kann ich auch gleich nach einem Elektromixer gucken, es sind ja nur noch vier Monate bis zu meinem Geburtstag.

Kürzlich habe ich ein Gespräch aufgeschrieben, als Tabelle oder auch als doppelte Liste, geführt von zwei Frauen, eine davon ich. Das Gespräch begann recht höflich mit einem Kompliment meinerseits für den neuen Schonbezug meiner Freundin, den sie selbst gemacht hatte. Wir handelten schnell die Schonbezüge ab (maßgefertigt, Preise), den Wert einer Nähmaschine, Kleidung, die Kinder zur Schule tragen, und Kinderschuhe (Preise). Dann merkte sie an, sie hasse es zwar, süße Sachen zu wiederholen, die ihre Kinder gesagt hätten, aber sie *müsse* mir erzählen, was ihre Tochter neulich gesagt habe. Ich vergalt es ihr mit einer echt cleveren Geschichte über Jannie. Sie sagte, die Preise seien wirklich schrecklich. An der Stelle, wir beide am Jammern, hätte das Gespräch beendet sein können, aber glücklicherweise kam einer unserer Männer herein und fragte, ob wir nicht eigentlich vorgehabt hätten, Bridge zu spielen? Denn wenn *ja*, die Karten seien ausgeteilt und die Stühle stünden bereit. Wir setzten uns, und sie erzählte mir, wie sauer ihr Mann beim letzten Mal gewesen war, als wir Bridge spielten, weil sie zweimal nicht bedienen konnte, und ich erzählte ihr die traurige kleine Geschichte, wie mein Mann mal mit zwei Herzen eröffnet hatte und ich zwei Pik sagte und er sagte drei Karo, und dann saß ich da mit König, Bube, Karosieben und … na ja, *sie* erzählte *mir* von Leuten, die *sie* mal gekannt hatten, und *ich* erzählte *ihr* von Leuten, die *wir* mal gekannt hatten, und dann sagte sie, also, wie manche Leute ihre Kinder erziehen, und ich erzählte ihr von den schlechten Manieren der Kinder unserer Freunde, und sie sagte, klar, Reformpädagogik, und mein Mann sagte, wir wollten doch Bridge spielen, oder? Dann sagte sie, ihr würde meine neue Bluse gefallen, und ich sagte, ich wünschte, ich könnte selbst nähen, und sie sagte, die Geschäfte seien auch wirklich schrecklich. Ich erzählte ihr von der Verkäuferin, die so unverschämt war, dass ich wieder ging, ohne irgendetwas zu kaufen, und sie sagte, der Schlachter in unserem Lebensmittelgeschäft sei heute wegen der Hamburger wirklich richtig gemein gewesen. Ich sagte, wir könnten uns aktuell nicht mal Hamburger leisten, und sie erzählte mir, dass die Preise seit gestern um mindestens zwei Cents gestiegen seien. Ich sagte, soweit ich wüsste, sei der Hauptgrund dafür, dass sie das Schulmittagessen gestrichen hätten, der Preis, und sie sagte, so, wie die Dinge stünden, koste es wirklich weniger, das Mittagessen zu Hause vorzubereiten und mitzugeben. Ich sagte, das Problem sei nur, Laurie möge am liebsten Brote mit kaltem Fleisch, und sie fragte, ob ich diesen neuen Aufstrich aus Oliven schon ausprobiert hätte. Als ich Nein sagte, sagte sie, sie hätte auch eine neue Backmischung ausprobiert, die toll sei, man brauche aber *unbedingt* einen elektrischen Mixer dafür, und ich sagte, mein Geburtstag sei nur noch vier Monate hin. Mein Mann bot mit lauter Stimme dreimal Herz. Ich bot dreimal Pik und sagte, ich beneide sie um die Kekse, die sie backe, meine Kinder würden lieber bei ihr Kekse essen, weil wir immer nur gekaufte hätten. Sie sagte schüchtern, sie hätte eine neue Zitronenbaisertorte gemacht, die sie nach dem Bridgespielen servieren wollte, und mein Mann sagte, ach, spielen wir Bridge? Ihr Mann bot viermal Herz, sie bot vier ohne Trumpf, und ich sagte, ich hätte vor, einen Satz Mokkatassen zu kaufen.

Wir spielten das Blatt mit sechs Pik, und es war ein leichtes, aber es stellte sich heraus, dass ich mich, *wenn* ich einen elektrischen Mixer anschaffte, unbedingt ein bisschen umsehen und einen richtig guten nehmen musste; sie hat eine Freundin, die ihren ein einziges Mal benutzt hat, und dann ging er kaputt. Natürlich hat sie vom Hersteller sofort einen neuen bekommen, aber mein Mann glaubte, wenn seine Partnerin irgendetwas anderes als das Herzass Ass ausgespielt hätte ... Ich nahm das Rezept für die Zitronenbaisertorte mit, und als ich nach Hause kam, machte ich eine neue Liste, die anfing mit »Zitronen, Mokkatassen, Sommermantel in die Reinigung ...«.

Dieser Sommermantel war ein guter; ich hatte ihn in den letzten beiden Jahren im College getragen und seitdem jeden Sommer. Mit drei kleinen Kindern erkannte ich deutlich, was ich mit nur einem Kind schon vermutet und mit zwei Kindern fast schon geglaubt hatte – dass Eltern sich automatisch damit abfinden müssen, jedes einzelne Kleidungsstück mindestens zwei Jahre über seine normale Lebenserwartung hinaus zu tragen. Durch die langen Sommer – die übrigens heißer sind als in meiner Kindheit, so wie die Winter kälter sind – komme ich gut mit meinem Sommermantel und meinen wenigen überlebenden Baumwollkleidern, aber der Winter ist eine andere Sache; wenn ich nicht jemanden finde, der die Taschen meines alten Pelzmantels ausbessert, kann ich nicht mal mehr ein Taschentuch mitnehmen, es sei denn, ich binde es mir um, wie Jannie. Aber weil es so lächerlich ist, mitten im Sommer einen Pelzmantel auszubessern, habe ich in der oberen Schublade meiner Kommode eine kleine Liste, die dort seit – ich glaube – zwei Jahren liegt. Darauf steht »P.mantel ausbessern«.

Als ich eines Sommermorgens aufwachte – der Wecker hatte wieder versagt, zum dritten Mal in dieser Woche –, war es schon zu heiß, um sich zu bewegen. Ich lag ein paar Minuten im Bett, willens aufzustehen, aber nicht in der Lage, die dafür nötige Energie aufzubringen.

Im Zimmer der Mädchen erhoben sich leise Stimmen zum Gesang, und ich lauschte glücklich und dachte, wie erfreulich es war, wenn ein Bruder und zwei Schwestern so liebevoll miteinander spielten; dann plötzlich drangen die Worte des Liedes in meinen erhitzten Geist vor, und ich war mit einem Satz aus dem Bett und raste den Flur entlang.

»Die Kleine hat eine Spinne gegessen, die Kleine hat eine Spinne gegessen«, sangen sie.

Als ich die Tür öffnete, wandten sich mir drei unschuldige Gesichtchen zu. Laurie saß in seinem mit Cowboys bedruckten Schlafanzug auf der Kommode und schlug mit einem Bügel den Takt. Jannie saß in ihrer rosa Schlafanzughose und ihrem besten Organdy-Festkleid auf ihrem Bett. Sally sah mich durch die Stäbe ihres Bettchens neugierig an, grinste und zeigte dabei ihre vier Zähne.

»Was hast du gegessen?«, fragte ich. »Was hast du im Mund?«

Laurie schrie triumphierend: »Eine Spinne! Sie hat eine Spinne gegessen.«

Ich nötigte sie, den Mund aufzumachen; er war leer. »Hat sie sie *runtergeschluckt*?«

»Warum?«, fragte Jannie mit großen Augen. »Wird ihr davon schlecht?«

»*Jannie* hat sie ihr gegeben«, sagte Laurie.

»Aber *Laurie* hat sie gefunden«, sagte Jannie.

»Aber gegessen hat sie sie selbst«, sagte Laurie eilig.

Müde ging ich wieder in mein Zimmer, widerstand der

großen Versuchung, mich wieder hinzulegen, und fing an, mich anzuziehen.

Die Unterhaltung der Kinder ließ vermuten, dass auch sie das taten, was man anziehen nennen könnte.

»Zieh das der Kleinen an«, sagte Laurie.

»Sie ist zu klein«, wandte Jannie ein.

»Stimmt«, sagte Laurie. »Zieh es ihr trotzdem an.«

»Sie kann mein *blaues* T-Shirt anziehen«, sagte Jannie.

»Das T-Shirt ist nicht so schön«, sagte Laurie.

»Ist es wohl«, sagte Jannie.

»Ist es nicht«, sagte Laurie.

»Ist es wohl«, sagte Jannie.

»Ist es nicht«, sagte Laurie.

»Kinder«, rief ich lauter als sonst um neun Uhr morgens. »Hört bitte auf zu streiten und zieht euch an.«

»*Laurie* hat angefangen«, rief Jannie.

»*Jannie* hat angefangen«, rief Laurie.

Hastig fuhr ich mir mit dem Kamm durchs Haar und eilte den Flur entlang; vom Beeilen wurde mir noch heißer. Ich hob Sally aus ihrem Bettchen und setzte sie auf Jannies Bett, um sie anzuziehen, und Laurie und Jannie hörten sofort auf, sich anzuziehen, setzten sich aufs Bett und sahen zu. Ich wickelte Sally mit dem Dreifachmüttern eigenen lässigen Tempo, entschied mich dagegen, ihr mehr als eine Windel anzuziehen, und machte mich mit ihr unter dem Arm auf den Weg nach unten. Hinter mir erhob Jannie weinerlich ihre Stimme.

»Meine Schuhe sind weeeeeeeeeeeg«, heulte sie.

Laurie kicherte boshaft. Ich sah, dass er sich Jannies rote Sandalen selbst anzog, sinnierte kurz und bitter darüber, dass Siebenjährige gute und schlechte Tage haben, und sagte entschlossen: »Und dafür ziehst du ihre Schuhe jetzt Jannie an und machst sie auch für sie zu.«

Ich wusste sofort, was er tun würde, und trat den taktischen Rückzug nach unten an, bevor ich ihn dabei erwischen konnte. In der Küche war es wärmer denn je, und ich setzte Sally in ihren Hochstuhl und öffnete Fenster und Türen, um Luft hereinzulassen. Das helle Sonnenlicht beruhigte mich; gegen zehn würden wir mit dem Frühstück fertig sein, ich hätte meinen Kaffee getrunken; vielleicht wäre mir sogar danach, mit den Kindern schwimmen zu gehen oder ein Picknick zu machen. Mit der Munterkeit und der lebhaften Anmut, mit der ich mich auch sonst dem Frühstückmachen widme, füllte ich die Kaffeekanne und stellte sie auf den Herd, füllte Sallys Flasche und machte sie heiß, dann sah ich mich nach Phoebe um. Phoebe war unsere Haushaltshilfe und verfügte als einheimisches Mädchen im Denken und im Handeln über die Unabhängigkeit der gebürtigen Vermonterin; ich erwartete sie jeden Morgen um acht, aber sie machte sehr deutlich, wie selbstständig sie war, und kam regelmäßig um neun. An diesem Morgen war keine Spur von ihr, nicht mal an ihrem morgendlichen Lieblingsplatz auf der seitlichen Veranda, wo sie, wenn ich spät aufstehe, Solitär spielt. Verärgert begann ich den Tisch zu decken.

Laurie kam schwerfällig die Treppe heruntergesprungen, gefolgt von Jannies wütendem Geheul.

»Wo ist Phoebe?«, wollte er wissen.

»Noch nicht da«, sagte ich knapp, weil ich mir selbst nicht traute, falls ich mehr sagte. »Einen Zehner, wenn du den Tisch deckst.«

Laurie fing an, laut zu singen, und klapperte lebhaft

mit dem Besteck. Je lauter er sang, desto stärker wurde mein Verdacht. »Hast du Zähne geputzt?«, fragte ich ihn.

Er sang noch lieblicher. »Ob du *Zähne* geputzt hast?«, fragte ich.

Das Telefon klingelte. Weil ich mich auf der falschen Tischseite befand und von den Stühlen behindert wurde, hatte Laurie ganze fünf Fuß Vorsprung.

»Hallo?«, sagte er höflich, wie er es gelernt hatte. »Hier ist Laurence.« Sein Blick schwenkte bedeutsam zu mir, und er guckte bekümmert. »Nein«, sagte er traurig, »sie ist leider noch nicht aufgestanden. Sie schläft noch.«

»Junger Mann«, sagte ich unheilvoll, und er wich zurück, sodass ich nicht an den Hörer kam. »Ich sage es ihr, wenn sie wach ist«, sagte er und legte schnell auf. »Ich wusste, dass du mit *der* nicht reden willst«, sagte er. »Sie redet immer so lange, und du bist doch mit dem Frühstück und allem beschäftigt.«

»Wer?«, fragte ich.

»Ich schreib es dir auf« sagte Laurie. Er griff nach Stift und Telefonblock und begann, in seiner mühsamen Druckschrift zu schreiben. Der Kaffee kochte über, und ich eilte in die Küche. Ich stellte den Herd aus, gab Sally ihre Flasche – sie lernt gerade, ihre Milch aus einem Becher zu trinken, besteht aber darauf, außerdem eine volle Flasche zu bekommen, aus keinem anderen Grund als dem, eine Waffe zu haben, falls jemand so dumm sein sollte, mit dem Kopf in ihre Nähe zu kommen – und fing an, Eier in eine Schüssel zu schlagen. Jannie kam die Treppe heruntergetrampelt, die Schuhe, wie mir vorher klar gewesen war, jeweils am falschen Fuß.

»Wo ist Phoebe?«, fragte sie.

»Sie ist heut nicht gekommen«, sagte Laurie. »Mommy ist *schrecklich* wütend. Mommy bringt sie wahrscheinlich um.«

»Laurie«, sagte ich, aber es ging schon los. »Mommy bringt Phoebe um, Mommy bringt Phoebe um.«

Mein Mann kam herunter, mit dem federnden Schritt, den man üblicherweise mit Daddys verbindet, die ein nahrhaftes Frühstück mit ihren Kinderchen vor sich haben; er betrat die Küche und sah sich um. »Wo ist Phoebe?«, fragte er.

»Nicht hier«, sagte ich.

»Mommy bringt Phoebe um«, skandierten die Kinder.

»Du musst das Mädchen wirklich feuern«, bemerkte mein Mann. »Guten Morgen, Kinder.«

»*Guten* Morgen, Daddy«, sagte Jannie herzig.

»*Guten* Morgen, Dad«, sagte Laurie mannhaft.

Ich drehte mich um. Jannie balancierte die Saftgläser übereinander. Laurie legte aus Messern und Gabeln eine Eisenbahn. Sally trank ihre Flasche leer und warf sie auf den Boden.

»Es ist heiß«, merkte mein Mann an. Er setzte sich an den Tisch, rettete ein Messer und eine Gabel vor Laurie und ein Glas Saft vor Jannie. »Warum lässt du die Kinder mit dem Geschirr spielen?«, fragte er. »Haben sie nicht eigentlich genug Spielsachen?«

Ich fühlte mich nicht in der Lage zu antworten. Ich stellte die Eier, den Toast und den Kaffee auf den Tisch und setzte mich; ich konnte schon sehen, dass mein Kaffee zu heiß sein würde, und es war vollkommen offensichtlich, dass der Toast verbrannt war.

»Was ist das denn für 'n Mist?«, sagte Laurie mit Blick auf seinen Teller.

»Es war einmal«, bemerkte Jannie, den Mund voller Ei, »es war einmal ein kleiner Junge, der hatte keine Mutter und keinen Vater und lief einfach auf die Straße.«

»Was ist mit ihm passiert?«, fragte Laurie interessiert.

»Er wurde von einem Laster gefressen«, sagte Jannie nüchtern.

»Das ist *nicht* witzig«, sagte Laurie.

»Ist es wohl«, sagte Jannie.

»Ist es nicht«, sagte Laurie.

Das Telefon klingelte. Ich saß in der Ecke hinter Sallys Hochstuhl fest, und Laurie schaffte es wieder vor mir. »Hier ist Laurence«, hörten wir ihn deutlich sagen. »Wer spricht, bitte?«

Er kam in die Küche und richtete sich an seinen Vater. »Es ist Mr. Feeley«, sagte er. »Er fragt, ob du heute Abend Poker spielen kannst.«

Mein Mann mied meinen Blick. »Sag, ich rufe zurück«, sagte er.

»Es war einmal ein kleiner Junge«, sagte Jannie, »der hatte keine Mutter und keinen Vater.«

»Was ist mit ihm passiert?«, fragte ich pflichtbewusst, da Laurie noch am Telefon war.

»Er wurde von einem Bären gefressen«, sagte Jannie. »Kann ich was Süßes, wenn ich aufgegessen hab?«

Jedes Kind hatte auf dem Tisch ein mit Zuckerkugeln gefülltes Spielzeug stehen; es waren kleine Flugzeuge aus Glas, und die winzigen bunten Kügelchen darin waren eigentlich zum Dekorieren von Kuchen gedacht. Jannie war von diesen Süßigkeiten bezaubert, während Laurie sich in seiner Abgebrühtheit darüber im Klaren war, dass der gesamte Inhalt eines Flugzeugs kaum einem mit Schokolade überzogenen Pfefferminz entsprach.

»Wenn du das Frühstück bis auf den letzten Bissen aufisst«, sagte ich, »kannst du dir was davon nehmen.«

»Es war einmal ein kleiner Junge«, sagte Jannie und schob mit dem Griff ihrer Gabel ihr Ei über ihren Teller, »der hatte keine Mutter und keinen Vater.«

»Was ist mit ihm passiert?«, fragte Laurie und glitt auf seinen Stuhl. »Er sagt, du sollst vor zwei anrufen«, vertraute er seinem Vater an.

»Er wurde von einem Elefanten gefressen«, sagte Jannie. »Guck, kein Frühstück mehr da.«

Ich hob mit einem Löffel ihren Teller an, sammelte das Ei vom Tisch und beförderte es wieder auf ihren Teller. »Jeden Bissen«, sagte ich bestimmt. »Sonst gibt es nichts Süßes.«

»Es war einmal ein kleiner Junge«, sagte Jannie traurig, »der hatte keine Mutter und keinen Vater.«

Sie wartete einen Moment, aber niemand sagte etwas; Laurie war mit seinem Toast beschäftigt, ich versuchte, Sallys Löffel aus ihrem Mund zu bekommen, und mein Mann zählte das Geld in seiner Brieftasche.

»›Es war einmal ein kleiner Junge‹«, sagte Jannie laut, »›der hatte keine Mutter und keinen Vater‹, habe ich gesagt.«

»Was ist mit ihm passiert?«, fragte Laurie resigniert.

Jannie kicherte. »Er wurde von einem Fahrrad gefressen«, sagte sie.

»Fertig«, verkündete Laurie plötzlich. »Seht ihr?« Er drehte seinen Teller um, stellte seine Tasse verkehrt herum darauf und krönte die Konstruktion mit seinem Saftglas.

»Laurence«, sagte sein Vater abwesend, »deine Serviette liegt auf dem Fußboden.«

Laurie schnappte sich sein Süßigkeitenflugzeug und zog sich zurück. Ich hob seine Serviette auf, demontierte die Milchtasse und das Saftglas, erwischte Jannies Teller, als er gerade im Begriff war, vom Tisch zu rutschen, rettete Sallys Löffel und sagte zu meinem Mann: »Noch Kaffee?«

Er sah tief in seine Tasse. »Ja, bitte«, sagte er.

Das Frühstück war gleich geschafft.

Laurie hatte seine Zuckerkügelchen in eine kleine Schale geschüttet und rührte energisch darin herum. »Guck mal«, sagte er und kam zu Jannie an den Tisch, »guck mal, Wirbel.«

»Ich will meine Süßigkeiten«, sagte Jannie sofort.

»Guck mal, kleine Wirbel«, sagte Laurie zu seinem Vater. »Wirbel«, sagte er zu mir. Plötzlich hatte er eine Idee, nahm eine Handvoll Kügelchen und legte sie auf das Tablett von Sallys Hochstuhl; sie rollten hin und her, und Sally betrachtete sie zweifelnd.

»Iss, Sally«, sagte Laurie. »Iss, iss, iss, iss, iss, iss, iss, iss ...«

»Laurence«, sagte ich empört.

»Okay, okay«, sagte Laurie. »Guck mal, Sally. Süßigkeiten.«

Er zeigte auf die kleinen Kugeln, und Sally versuchte probeweise, eine zu fassen zu kriegen. Aber sie hatte nicht genug Kontrolle über ihre Finger, fing an zu kichern und jagte die Kugeln über das Tablett ihres Hochstuhls.

»Hört mal«, schrie Laurie, »Phoebe kommt.«

»Phoebe kommt«, stimmte Jannie lauthals ein. Sie fing an zu zappeln, während Laurie sein Flugzeug und seine Zuckerkugeln zusammenraffte und sich bereit machte, zur Tür zu flitzen. Jannie wippte mit ihrem Stuhl nach hinten, Laurie stieß gegen sie, und beide fielen hin, Jannies Teller folgte elegant, samt Ei.

»Kann ich jetzt meine Süßigkeiten haben?«, fragte Jannie mich vom Boden aus mit hoffnungsvollem Blick. »Das war *Laurie*.«

»Phoebe«, schrie Laurie an der Haustür. »Mommy bringt dich *um*, und Daddy sagt –«

Das Telefon klingelte. Diesmal schaffte ich es zuerst. Ich nahm ab und sagte schwer atmend: »Hallo?«

»Hallo?«, sagte eine hohe, dünne Stimme. »Könnte ich bitte mit Laurence sprechen?«

Phoebe war für lange, lange Zeit die letzte meiner Hilfen. Nicht dass ich keine Hilfe im Haus *gebrauchen* könnte, aber um es ganz offen zu sagen, bin ich der Typ, bei dem sich nahezu arbeitsunfähige Wichtigtuer pudelwohl fühlen. Ich habe im Leben noch nicht so getan, als wäre ich eine tüchtige Hausfrau; ich kriege ganz ordentliche Lebkuchen hin und weiß ein bisschen was über Zwiebelsuppe, aber ansonsten gehen meine Fähigkeiten nicht über oberflächliches Fegen und Abstauben hinaus. Gemachte Betten, Eingemachtes mit Datumsetikett, selbst genähte passende Schonbezüge oder gut gebügelte Hemden sind nicht meins. Und in der Abteilung Hilfe anheuern schneide ich auch nicht besonders gut ab; in unserer Stadt erwartet man vom Arbeitgeber (typischerweise ein zuverlässiger Neuengländer, der sich wegen eines gebrochenen Beins oder einer unheilbaren Krankheit »eine Hilfe nimmt«), »mitzuarbeiten«, auf Dreck zu achten und allzeit besonnen zu bleiben.

Deshalb habe ich am Ende immer Leute wie Phoebe. Könnte sie Fischsuppe oder Donuts zubereiten, hätte sie in unserer Stadt ein eigenes Haus. Hätte sie die natürliche Gabe, Dinge sauber zu bekommen oder drei rebellische Kinder ins Bett, hätte sie in der nächstgrößeren Stadt eine einträgliche Anstellung. Wüsste sie, wie man überhaupt irgendetwas richtig macht, würde sie nicht für mich arbeiten.

Nehmen wir zum Beispiel Hope. Ich gerate immer an diese Leute, weil ich eine Anzeige in die Zeitung setze, und irgendjemand hat sie Hope offenbar vorgelesen. Ich wollte die Anzeige auf kluge und unwiderstehliche Weise formulieren, so etwas wie: »Ich bin im Haushalt praktisch hilflos. Ich weiß wirklich *gar nichts* über Hausarbeit. Gibt es vielleicht ein nettes Mädchen, das mir für einen angemessenen Lohn helfen will?« Was ich stattdessen schreibe, für einen Dollar pro zehn Wörter und drei Tage, ist: »Haushaltshilfe gesucht. Gute Ref. Angem. Bez. Kinder, Kochen, Wäsche, Putzen.«

Ich nehme immer die Erste, die kommt, meist ohne daran zu denken, die guten Referenzen zu überprüfen. Und das nicht nur, weil ich extrem gutgläubig bin, sondern mindestens teilweise, weil ich vor jedem Angst habe, der mir direkt in die Augen schaut und deutlich spricht, und diese Frauen, die einen Job mit angem. Bez. suchen und keinerlei ernste Absichten verfolgen in Sachen Kochen, Wäsche, Putzen, haben immer eine sehr klare und deutliche Stimme, wenn sie mit mir reden. Ich bin meist nicht in der Lage, überhaupt irgendetwas zu sagen, oder was ich sage, kommt vollkommen schräg rüber, sodass zaghafte Erklärungen gleich klingen wie platte Anordnungen – aus der Aussage, eigentlich könne niemand außer mir für meinen Mann kochen, weil er seltsame Vorstellungen von Essen habe, wird etwa, ich wolle auf jeden Fall alles allein kochen, anders als es in der Anzeige stand, mit der Zusatzklausel, mein Mann sei leider verrückt und lebe nur von Brot und Wasser.

Der einzige Mensch, dem ich in so einer Situation jemals entkommen bin, war eine Dame von schätzungsweise zweihundert Jahren, die eines Tages auf eine meiner üblichen Anzeigen hin auftauchte; ich versuchte das Gespräch mit großem Ernst zu führen und sie beantwortete bescheiden und zurückhaltend alle meine schüchternen Fragen, bis ich mit der lachenden Stimme, die ich für kontroverse Themen reserviert habe, erwähnte, dass Geschirr in einer Familie von unserer Größe ein Problem sei, insbesondere, fügte ich hinzu, das Abwaschen.

»Geschirr«, sagte sie eifrig, »ich *liebe* Geschirr.«

»Dann sammeln Sie es wahrscheinlich?«, fragte ich in Ermangelung einer besseren Frage.

»Geschirr abwaschen«, sagte sie. »Ich kann gar nicht damit aufhören. Wenn ich nicht aufpasse –«, sie gackerte erfreut –, »dann wasche ich es wieder und wieder und wieder und wieder, den ganzen Tag lang. Den ganzen Tag lang«, und wieder gackerte sie.

Ich sagte, ich würde ihr wegen der Stelle Bescheid geben, und als sie weg war, rief ich die Nummer an, die sie mir gegeben hatte, und hinterließ die Nachricht, ich hätte gerade erfahren, dass meine Mutter bei uns einziehen würde, ich also keine Haushaltshilfe mehr bräuchte.

Diese nette alte Dame, die im Grunde sympathisch war und immerhin eine Vorliebe für Sauberkeit hatte, ließ ich mir entgehen, um Hope einzustellen. Hope wusch nicht gerne ab, aber sie tat es. Sie trug adrette Kittelschürzen, obwohl sie im Haus eine Vorliebe für hochhackige schwarze Riemchensandaletten hatte. Sie hatte nichts dagegen, dass ich für meinen Mann kochte, was, wie sich herausstellte, jedoch unnötig war; Hope verbrachte die meiste Zeit in der Küche und machte Kekse, die nicht zu schwer waren und gut schmeckten, und Käsesoufflés und Schokoladenkuchen und Brathähnchen. Ich überprüfte sogar ihre guten Ref. Die alte Dame, mit der ich sprach, war voll des Lobes über sie. »So ein *gutes* Mädchen«, sagte die alte Dame mit Nachdruck – möglicherweise mit zu viel Nachdruck, denke ich jetzt. »Sie müssen sich wegen Hope überhaupt keine Gedanken machen, so ein *gutes* Mädchen. Geben Sie nichts darauf, was Sie so hören – Hope ist ein *gutes* Mädchen.«

Das einzige Problem mit Hope war, dass sie Ende der ersten Woche verschwand, samt ihrem Gehalt, zehn Dollar, die sie sich von mir geliehen hatte, und meinen Überschuhen. Zwei Tage nach Hopes Verschwinden klingelte es an der Tür, vor der eine sichtlich entschlossene Dame mit misstrauischem Blick stand. »Ist Hope da?«, fragte sie mich.

»Nein, sie ist nicht hier«, sagte ich kurz angebunden, nicht sonderlich erpicht auf das Thema Hope.

»Ich bin ihre Bewährungshelferin«, sagte die Frau. »Wenn Sie wissen, wo sie ist, sind Sie verpflichtet, es mir zu sagen.«

»Wo sie auch sein mag, sie hat meine Überschuhe«, sagte ich und versuchte die Haustür zu schließen, aber die Bewährungshelferin lehnte sich mit der Schulter an den Türrahmen und sagte: »Es ist Ihre staatsbürgerliche Pflicht, diese Angelegenheit zu melden.« Nachdem ich ihr alles von Hope und meinen Überschuhen erzählt hatte, wies ich darauf hin, dass die zehn Dollar relativ unwichtig wären, dass es bei diesem anhaltend nassen Wetter aber blöd sei, nichts an den Füßen zu haben, und ich fragte besorgt, wie die Chancen stünden, dass ich sie zurückbekäme.

»Die kriegen wir schon wieder«, sagte sie geheimnisvoll, »wenn sie nicht gerade ein Auto klauen, kommen sie ja nicht weit.«

Eine Woche später bekam ich eine Einladung ins örtliche Gefängnis, um Hope zu besuchen, die mir meine Überschuhe zurückgab und sich entschuldigte, sie so lange behalten zu haben. Sie erkundigte sich liebenswürdig nach den Kindern, den Katzen und dem Hund, bemerkte beiläufig, dass sie meinen Mann ja gar nicht richtig kennengelernt habe, und bat mich, die fünftausend Dollar Kaution zu übernehmen.

Ich sagte ihr ganz höflich, dass diese ständigen Zeitungsanzeigen mein Portemonnaie so belasteten, dass gerade genug für die Haushaltsausgaben bliebe, und fragte freundlich, wofür sie einsitze. Wie sich herausstellte, ging es um schweren Diebstahl; meine Überschuhe, sagte sie, habe sie immer nur als Leihgabe betrachtet; was ihr Sorgen bereite, sei vielmehr ein Problem mit dem Pelzmantel einer Frau, für die sie früher gearbeitet habe. Ich schüttelte der Frau des Gefängniswärters herzlich die Hand, lehnte ein Stück frisch gebackene Biskuittorte ab und entfernte mich. Ungefähr einen Monat später schickte ich Hope eine Stange Zigaretten und ein paar Zeitschriften ins Gefängnis und bekam einen innigen Brief zurück, in dem stand, sie werde nach ihrer Entlassung in jedem Fall wieder für uns arbeiten, ob wir drei Jahre warten könnten?

Zwischen dem Besuch bei Hope und ihrem Brief kam und ging Amelia. Amelia war mir von einer Nachbarin mit der ausdrücklichen Erklärung empfohlen worden, Amelia sei kein intelligentes Mädchen, aber in der Lage, einfache Tätigkeiten im Haushalt zu übernehmen, da sei sie zuversichtlich. Amelia wusch das Geschirr ab, nur nicht besonders gründlich. Sie kam jeden Morgen zu Fuß zu uns, indem sie jeden Tag in jedem Haus der Siedlung nachfragte, ehe sie unseres fand. Sie versuchte nie, sich meine Überschuhe zu leihen, die ich ohnehin in dem einzigen abschließbaren Schrank im Haus verwahrte, und ich glaube tatsächlich, dass sie, auch nachdem sie zwei Tage für uns gearbeitet hatte, noch unfähig war, den Weg von der Küche zur Haustür zu bewältigen, ohne über die Möbel zu stürzen.

Wie Hope hatte auch Amelia nur einen gravierenden Fehler. Am zweiten Tag, den sie bei uns war – ganz zufällig war es auch ihr letzter –, backte sie Kekse und verbrachte den ganzen lustigen Nachmittag glücklich vor sich hin plaudernd in der Küche mit Abmessen, Herumklappern und Unordnung machen.

Nach dem Abendessen präsentierte Amelia mit einem Kichern und einer überschwänglichen Geste den Nachtisch. Sie stellte den Teller mit Keksen vor meinen Mann, der ein ängstlicher Mensch ist und seine Kaffeetasse fallen ließ, nachdem er einen Blick auf die Kekse geworfen hatte. »Sünder« stand in pinkfarbenem Zuckerguss darauf. »Sünder, tu Buße.«

Phoebe blieb nicht viel länger bei uns als Amelia. Sie hatte die Angewohnheit, morgens mit dem Motorrad anzureisen, aber nach zwei Wochen rief eines Morgens ihre Mutter an, um zu sagen, dass in einer benachbarten Stadt ein Treffen der American Legion stattgefunden habe und dass Phoebe nun in Kansas City sei. Es war in jenem Sommer schrecklich heiß, und ich musste immer wieder an die arme alte Phoebe in Kansas City auf ihrem Motorrad denken. Vielleicht war ich insgeheim neidisch auf das Motorrad, weil es sich dabei um eine Art zu reisen handelt, mit der ich nicht vertraut bin; vielleicht gefiel Laurie die Vorstellung wilden, lauten Herumbrausens. Im Spätsommer fragte er mich eines Morgens: »Warum haben wir kein Auto?« Ich stand am Herd und rührte Schokoladenpudding – eins der Talente der verschollenen Phoebe –, und er saß malend am Küchentisch. Jannie saß auf dem Boden, zog umständlich ihre Puppe an und sang vor sich hin, während sie die Arme der Puppe brutal in einen Babyschlafsack stopfte.

»Warum haben wir kein Auto?«, wiederholte ich geistesabwesend. »Ich schätze, weil niemand hier Auto fahren kann.«

»Wenn wir ein Auto hätten«, sagte Laurie in dem Ton, den, wie mir langsam klar wurde, alle siebenjährigen Jungen ihren Müttern gegenüber anschlagen, ein Ton, als würden sie einen relativ unkomplizierten Sachverhalt einem etwas dummen Geschöpf erklären, das dazu neigt, rührselig und unverschämt zu werden, wenn man es nicht im Zaum hält, »wenn wir ein Auto hätten, könnten wir rumfahren.«

»Aber hier kann niemand fahren«, sagte ich.

»Und wir könnten überall hin, wo wir hinwollen«, sagte Laurie. »Und wir müssten nicht laufen oder mit anderen Leuten fahren oder ein Taxi nehmen.«

»Und wer würde fahren?«

»Ich könnte vorne sitzen«, sagte Laurie, »und Jannie und Sally könnten hinten sitzen.« Er dachte nach. »Und Daddy könnte auf dem Trittbrett mitfahren.«

»Und was würde ich machen?«, fragte ich. »Fahren?«

»Ich möchte vorne sitzen«, sagte Jannie, hob den Kopf und sah ihren Bruder finster an. »Ich will vorne sitzen, und Laurie soll mit der Kleinen hinten sitzen.«

»Ich sitze vorne«, sagte Laurie. »Ich bin älter.«

»Aber ich bin ein Mädchen«, sagte Jannie unbestreitbar.

»Aber wer würde *fahren?*«, fragte ich.

»Kannst du etwa nicht Auto fahren?«, fragte Laurie mit hörbarer Verachtung in der Stimme.

»Nein, kann ich nicht.«

»Und Daddy?«

»Auch nicht.«

»Ihr könnt *beide* nicht Auto fahren?«

»Genau.«

Laurie legte seinen Pinsel hin und sah mich lange an. »Was kannst du denn *überhaupt?*«, fragte er.

»Also«, sagte ich, »ich kann Schokoladenpudding machen, und ich kann abwaschen, und ich kann …«

»Das kann *jeder*«, sagte Laurie. »Ich meine, kannst du nicht *Auto* fahren?«

»Nein«, sagte ich scharf, »ich kann nicht Auto fahren. Und ich habe übrigens auch nicht vor, es zu lernen. Und ich möchte jetzt kein einziges Wort mehr dazu –«

»Wenn wir ein Auto hätten«, sagte Jannie, »könnte ich

vorne sitzen, und Laurie könnte mit der Kleinen hinten sitzen.«

»Ich bin älter«, sagte Laurie mechanisch. »*Du* sitzt hinten.«

»Ich bin ein Mädchen«, sagte Jannie.

»Warum darf die Kleine nicht vorn sitzen?«, fragte ich unwillkürlich. »Sie ist jünger. Und sie ist ein Mädchen.«

»Aber wenn Laurie und ich zusammen hinten sitzen, streiten wir uns«, sagte Jannie.

»Das stimmt«, sagte ich. »Dann vielleicht –« Aber der Schokoladenpudding wurde fest, und ich musste aufhören zu reden.

Jannie fing an, eins ihrer Morgenlieder zu singen. »Was machst du auf der Erde«, sang sie leise, »was machst du auf der Erde? Ich mache platschi-platsch. Was machst du auf der Erde, auf der Erde, was machst du? Ich mache stampfi-stampf. Wir graben und es regnet.« Während sie sang, schuckelte sie ihre Puppe, Laurie malte konzentriert, und ich summte vor mich hin, während ich Pudding auf Teller verteilte und mich fragte, ob ich zum Mittagessen schon wieder Hühnersuppe machen konnte.

Jannie begann das Lied zum dritten Mal von vorn, und Laurie legte sein Blatt beiseite und fragte gedankenverloren: »Was hast du gesagt, warum haben wir kein Auto?«

»Wir haben kein Auto«, sagte ich erschöpft, »weil Daddy und ich beide lieber Rollschuh fahren.«

»Kann Daddy Auto fahren?«, fragte Jannie. »Daddy kann alles, oder?«

Ich zögerte, so schnell nicht in der Lage, darauf eine Antwort zu finden, und Laurie sagte: »Wenn wir ein Auto hätten, könntest du mit uns eine Runde drehen.«

»Jetzt hört mir beide mal zu«, sagte ich mit großer Entschlossenheit, aber im selben Moment wachte die Kleine auf, und auf dem Weg nach oben hörte ich, wie Laurie Jannie verträumt fragte: »Jannie, was würdest du machen, wenn eine Schlange kommt und dich auffrisst?«

In unserer Familie nimmt ein Gespräch wie das über das Auto nie ein Ende, niemals. Beim Abendessen sagte Laurie zu seinem Vater: »Mommy will ein Auto kaufen und uns darin rumfahren.«

»Und ich darf vorne sitzen«, sagte Jannie.

»*Ich* darf vorne sitzen«, sagte Laurie. »Ich –«

»Ich bin ein Mädchen«, sagte Jannie.

Mein Mann sah mich milde überrascht an. »Ein Auto?«, fragte er perplex. »Du meinst, du könntest mich zum Friseur fahren? Und ich müsste nicht –«

»Moment«, sagte ich, »Moment, Moment.«

»Ich darf vorne sitzen«, sagte Laurie.

»Ich bin ein –«

»Vorne sitze *ich*«, sagte mein Mann kategorisch.

Der Mann von der Fahrschule hieß Eric, war ungefähr achtzehn Jahre alt und amüsierte sich unverhohlen darüber, jemanden kennenzulernen, der nicht Auto fahren konnte. Als ich ihm in schneidendem Ton entgegnete, er müsse in seinem Beruf doch einige Menschen kennenlernen, die nicht Auto fahren konnten, lachte er und sagte, Leute in meinem Alter versuchten normalerweise nicht mehr, neue Tricks zu lernen.

Ich betrachtete das Auto mit einem doppelten Satz Pedale, das er auf unserer Auffahrt geparkt hatte, und sagte unaufrichtig, er würde sich vielleicht noch wundern, wie schnell ich lernte. Er tätschelte mir die Schulter und sagte: »So ist es brav.«

Laurie und Jannie und mein Mann mit der Kleinen auf dem Arm standen jubelnd und winkend auf der Veranda, als ich mit Eric davonfuhr, in eine Ecke des Sitzes gedrückt, um nirgendwo gegenzukommen, denn ich hatte Angst, das Auto würde sonst außer Kontrolle geraten und wie wild von der Straße flitzen, dabei ohne Zweifel unschuldige Menschen töten und meinen Fahrstunden sehr wahrscheinlich ein Ende machen. Laurie und Jannie und mein Mann mit der Kleinen auf dem Arm standen auch zwei Stunden später wieder jubelnd auf der Veranda, als ich mit Eric zurückkam, schockiert und verwirrt und nicht bereit, vernünftig auf kindisches Geplapper darüber einzugehen, wie wir erst herumfahren würden, wenn wir ein Auto hätten.

Ich nahm bei Eric zehn Stunden, in denen es darum ging, anhalten und anfahren zu lernen, wenden – wobei ich hinten eine Beule ins Auto machte, aber Eric sagte, gegen so was seien sie versichert –, rechts abbiegen und links abbiegen, schalten, zurücksetzen und tanken, dazu Kapriolen, Herumwirbeln, Walzen und kringelige Ohnmachtsanfälle. Er weigerte sich, mir beizubringen, wie man das Licht anschaltet und was man macht, wenn irgendwo im Innern ein komisches Geräusch zu hören ist. Jedes Mal, wenn ich vor meinem Haus aus seinem Wagen stieg, mit weichen Knien und vom Festkrallen am Lenkrad verkrampften Händen, wurde ich von meiner treu ergebenen Familie mit Jubel und freundlicher Kritik empfangen. Einen von Lauries Freunden – einen jungen Herrn aus der Wölflingsgruppe, dessen Eltern beide fahren können und es auch seit Jahren tun – faszinierte ich, indem ich gegen die Steinmauer am Ende unseres Gartens setzte, etwas, das bisher noch niemand geschafft hatte, da die Mauer schätzungsweise sieben Fuß von der Auffahrt entfernt und deutlich zu sehen ist. Abends lernte ich mithilfe eines kleinen Buchs, das Eric mir verkauft hatte und das äußerst anschaulich erklärte, was zu tun war, wenn das Auto außer Kontrolle geriet, wenn man nur noch das lose Lenkrad in Händen hielt (daher mein lebhafter Eindruck, ich könnte das Auto lenken wie einen Bob, indem ich mich von einer Seite zur anderen lehnte), und wie man einen offenen Bruch verband.

Meine Prüfung, die – davon gehe ich auch weiterhin aus – dazu gedacht war herauszufinden, ob ich Auto fahren konnte oder nicht, bestand ich scheinbar ohne Mühe und mit nur einem einzigen schlechten Moment, als mir nämlich gesagt wurde, ich solle auf halber Höhe eines Hügels, der auch der Mount Everest hätte sein können, zum Stehen kommen, und mir klar wurde, dass der Prüfer unendlich amüsiert davon ausging, ich wäre in der Lage, auch wieder anzufahren. Er war ein sehr geduldiger Mann, der mehrere Minuten lang wartete und dabei sanft mit den Fingern gegen das Fenster trommelte, während ich meinen Kopf nach den Anweisungen durchforstete, die Eric mir zum Thema Anfahren am Berg gegeben hatte. (»Scharf einschlagen? Licht ausschalten? Einen Fuß auf der Kupplung, einen auf der Bremse und einen auf dem Gas ...?«) »Na?«, fragte der Prüfer und sah mich böse an.

Ich machte mit der einen Hand eine kompetente Bewegung und ließ die andere fest am Lenkrad, in dem obskuren Glauben, es sei mein Griff, der das Auto davon abhielt, rückwärts den Hügel hinabzurollen. »Staatsgesetz«, sagte ich unvorsichtigerweise. »Da kommt ein Kind, darf nicht losfahren.«

Er sah mich kurz an, reckte dann den Kopf aus dem Fenster und sah einen Jungen von ungefähr zwanzig Jahren über den Gehsteig schlendern. Ich hatte gehofft, ihn abzulenken, und das hatte ich auch, aber dann fand ich heraus, dass es gar nicht möglich ist, mit einem stehenden Auto am Berg unauffällig anzufahren. Ich bin fest davon überzeugt, der Prüfer gab mir den Führerschein nur, weil er sicher war, dass ich nie wieder einen Motor anlassen und damit auch keine erhebliche Bedrohung für den Straßenverkehr darstellen würde.

Inzwischen war beschlossen worden, wer vorne sitzen würde (die Kleine), ich hatte fahren gelernt, die Stunden waren bezahlt, und ich hatte ein kleines offizielles Dokument, das behauptete, ich könne Auto fahren. Fehlte nur noch ein Auto. Dies änderte ein Herr, der uns aus reiner Freundschaft, wie er sagte, eins *seiner* Autos verkaufte. Er sagte, er trenne sich nur ungern von ihm, besonders zu dem Preis, er sagte, das Auto sei besser als jedes fabrikneue auf dem Markt, er lobte seine Zündkerzen und seinen spatzenhaften Appetit auf Öl.

»Der Zigarettenanzünder funktioniert nicht«, merkte ich kritisch an.

»Die Uhr auch nicht«, sagte mein Mann.

»Und die Stoßstange ist eingedellt«, fügte ich hinzu.

»Ich sag Ihnen was«, sagte der Mann. »Ich bezahl die Kennzeichen.«

»Besser, du kümmerst dich gleich um den Zigarettenanzünder«, sagte mein Mann, als wir unser neues Auto betrachteten. »Und um die Uhr. Dann sind wir auf der sicheren Seite.«

»Ich muss nur gucken, wo ich es reparieren lasse«, sagte ich.

»Man kann nicht vorsichtig genug sein«, sagte mein Mann.

Ich stieg in den Wagen, dachte darüber nach, wie man den Motor startete, und fuhr sehr vorsichtig los, mitten auf der Straße, zu einer Werkstatt, zu der man gelangen konnte, ohne links abbiegen zu müssen, und dort sprach ich eine Weile mit einem dreck- und ölverschmierten jungen Mann, auf dem in großen roten Buchstaben »Tony« stand. »Nettes Auto haben Sie da«, sagte er, nachdem ich ihm erzählt hatte, dass wir es gerade gekauft hatten und was wir bezahlt hatten, und vertrauensselig hinzufügte, dass ich gerade fahren gelernt und noch nie ein Auto besessen hatte und nichts von Autos und Motoren verstand und vom Fahren eigentlich auch nicht. »Sie müssen mir sogar sagen, was ich tanken muss«, fügte ich lachend hinzu.

Tony nickte sachlich. »Aber Sie haben da wirklich ein schönes Auto«, sagte er noch einmal, »für den Preis bekommen Sie kein besseres. Muss natürlich bisschen was gemacht werden.« Er lachte. »Wenn's anders wär, wär's kein Auto«, erklärte er mir.

»Ja, ich weiß«, sagte ich. »Der Zigarettenanzünder –«

»Zum Beispiel die Kupplung«, sagte Tony. Er öffnete die Tür und drückte nachdenklich mehrmals das Kupplungspedal. »Sie verstehen wahrscheinlich nicht viel von Kupplungen, oder?«, fragte er. Ich schüttelte den

Kopf, und er fuhr fort. »Also, mit der Kupplung ist das so 'ne Sache. Sie fahren vielleicht ein-, zweitausend Meilen, und dann, plötzlich …« Er zuckte demonstrativ mit den Schultern. »… ist eine Reparatur fällig, die Sie vielleicht zwei-, dreihundert Dollar kostet. Immer besser, die Kupplung rechtzeitig in Ordnung zu bringen, spart Geld, Kosten und Verschleiß.«

»Sie meinen, ich muss sie reparieren lassen?«

Er zuckte wieder mit den Schultern. »Müssen Sie natürlich nicht«, sagte er. »Aber betrachten Sie's mal so. Sie haben kleine Kinder, Sie fahren mit ihnen im Auto rum, da wollen Sie doch kein Risiko eingehen.«

Nervös pflichtete ich ihm bei, mit meinen kleinen Kindern kein Risiko eingehen zu wollen.

»Na also«, sagte Tony. »Und Bremsen sind natürlich auch wichtig.« Er trat das Bremspedal und schüttelte traurig den Kopf. »Dieser Kerl, der Ihnen den verkauft hat …«, sagte er.

»Wird es sehr teuer?«, fragte ich.

»Na ja«, sagte Tony lachend. »Wir gucken es uns mal an und dann sehen wir, was Sie genau brauchen. Hat ja keinen Sinn, was zu machen, was Sie nicht *brauchen*«, sagte er leutselig.

Von da an ging es, soweit ich mich erinnere, um die Achse und irgendetwas namens Radsturz oder Radwucht oder Radflucht, und alles mit der Achse war immer teuer, weil jedes Auto der ganzen Welt außer der Marke und dem Modell, das ich hatte, über so kleine verstellbare Stifte verfügte, die sich für kleines Geld befestigen ließen, aber wenn Tony es mit nicht verstellbaren Stiften zu tun bekam, tja, alles mit der Achse war immer teuer. Auch

Karosseriearbeiten kosteten immer eine ganze Stange Geld, aber es ging hier ja schließlich um das Leben meiner Kinder.

»Sie müssen es als *Investition* betrachten«, sagte Tony ernst. »Es wär zum Beispiel nicht fair von mir, Sie mit diesen Zündkerzen losfahren zu lassen. Sie würden es zu Recht ziemlich mies von mir finden, wenn Sie in einem Monat wiederkommen müssten und eine dicke Rechnung von mir bekommen. ›Tony‹, würden Sie sagen, ›warum haben Sie das mit den Zündkerzen nicht schon längst gemacht, bevor ich so eine große Rechnung bekomme?‹ Deshalb ist es *jetzt* eine Investition, damit es *später* nicht so viel kostet. Und dann der Auspuff.«

»Auspuff«, sagte ich. Tony deutete auf etwas unter dem Auto, das ich nicht sehen konnte.

»Sehen Sie das?«, fragte er. »Das haben Sie bestimmt noch gar nicht gesehen, sonst hätten Sie mich ja drauf aufmerksam gemacht. Zum Glück hab ich es rechtzeitig gesehen, obwohl ich mit *so was* nun wirklich nicht gerechnet hab.«

»Was wär denn sonst passiert?«, fragte ich nervös.

Er schüttelte den Kopf. »Weiß man nie«, sagte er. »Vielleicht wär *gar nichts* passiert – eine Zeit lang. Und dann fahren Sie eines Tages bergauf, den Wagen voller Kinder ...« Er schüttelte erneut den Kopf. »Und die Bremsbeläge«, sagte er. »*Und* die Zündanlage.«

Dann machte ich einen der größten Fehler meines Lebens. »Und die Reifen?«, fragte ich.

»Das nennen Sie *Reifen*?« Tony lachte. »Also, ich sag mal so, ich hab mal jemanden gesehen, der hatte seine beiden kleinen Kinder dabei, und ich hab zu ihm gesagt –«

Zwei Wochen später bekam ich mein Auto wieder, und wir hatten uns genug Geld zusammengeliehen, um die Rechnung bezahlen zu können, woraufhin Tony sich vermutlich in ein Häuschen in den Hügeln zurückzog, um Stockrosen zu züchten. Das Auto sah exakt aus wie vorher und verhielt sich auch so, nur dass im Tank, den ich voll abgegeben hatte, fast nichts mehr drin war. Was Tony zufolge daran lag, dass sie den Wagen so oft in die Garage und wieder rausfahren mussten.

Ich fuhr mit allen zusammen inklusive Hund vier oder fünf Mal um den Block, und wir gratulierten uns gegenseitig zu unserer neuen Mobilität. Ich stellte fest, dass meine bisherige Haltung der schüchternen Dulderin nicht zu jemandem passte, der Auto fuhr, weshalb ich sukzessive in eine neue Persönlichkeit schlüpfte, schamlos und verwegen, meist mit einer Zigarette im Mundwinkel, weil ich beide Hände am Lenkrad brauchte. Wir machten Pläne, durch das ganze Land zu fahren, um Grandma und Grandpa in Kalifornien zu besuchen.

Etwas später, als ich mit einer Zigarette im Mundwinkel am Herd stand und Karamellpudding rührte und Laurie am Küchentisch ein Modellflugzeug zusammenklebte und Jannie an *ihrem* Herd einen Marshmallow-Schokoladeneis-Ananas-Kuchen machte, hob Laurie den Kopf und fragte: »Wir haben doch jetzt ein Auto, oder?«

»Ja«, sagte ich. »Warum?«

»Warum haben wir jetzt eins?«, fragte Laurie. »Wir hatten doch vorher nie eins.«

»Daddy geht immer noch zu Fuß zum Friseur«, sagte Jannie zu ihrem Herd.

»Ja, weil er *Angst* hat, ins Auto zu steigen«, sagte Laurie.

»Weißt du, was schön wär?«, fragte Jannie. »Schön wär, wenn wir ein Flugzeug hätten.«

»Hey«, sagte Laurie interessiert. »*Das* wär gut. Ich könnte auf dem Flügel sitzen und die Kleine –«

»*Ich* würde auf dem Flügel sitzen«, sagte Jannie sofort. »Ich –«

»Und was soll *ich* dann machen?«, fragte ich mit düsterer Stimme.

Beide drehten sich zu mir um und sahen mich an, die süßen, arglosen kleinen Gesichter voller Zuversicht.

Zu dieser Zeit war Laurie siebeneinhalb, und Jannie war viereinhalb, und Sally war anderthalb. Wir wohnten seit vier Jahren in unserem großen alten Haus, das einst riesig gewirkt hatte und nun gerade noch auszureichen schien, um uns und die Kinder und die Katzen und den Hund zu fassen. Wir hatten ein Auto und waren dazu übergegangen, einander zu erzählen, dass wir uns gar nicht mehr vorstellen konnten, wie wir ohne hatten leben können. Eine der beiden linken Säulen wackelte, wenn es stürmte, und musste verstärkt werden.

Als Jannie schon fast fünf war, gewann die Namensfrage größte Wichtigkeit. Bei ihrer Geburt wollte ihr Vater sie Jean nennen, und ich wollte sie Anne nennen, und wir einigten uns willkürlich auf Joanne, obwohl ich sie regelmäßig Anne nenne und ihr Vater sehr häufig nach Jean ruft. Ihr Bruder nennt sie Honey, Sis und Dopey, Sally nennt sie Nannie, und sie selbst nennt sich nach Belieben Jean, Jane, Anne, Linda, Barbara, Estelle, Josephine, Geraldine, Sarah, Sally, Laura, Margaret, Marilyn, Susan und – am eindrucksvollsten – Mrs. Ellenoy. Die zweite Mrs. Ellenoy.

Die *frühere* Mrs. Ellenoy – das weiß ich direkt von meiner Tochter – war eine liebenswürdige Frau gewesen, Mutter von sieben Töchtern, die alle Martha hießen, und sie und Mr. Ellenoy waren immer wütend aufeinander, bis sie eines Tages derart wütend aufeinander waren, dass sie sich gegenseitig mit Schwertern umbrachten. Ergebnis ist, dass meine Tochter die neue Mrs. Ellenoy ist und sämtliche Marthas als Stieftöchter geerbt hat. Wenn sie nicht Jean, Linda, Barbara, Sally und so weiter heißt, sondern Mrs. Ellenoy, dürfen ihre Töchter diese Namen tragen, sodass die Namen ständig wechseln und es manchmal sehr schwer ist, sich zu erinnern, ob man Janey Ellenoy anspricht oder ein kleines Mädchen namens Martha mit sieben Töchtern.

Da es in unserem Haus schon genug Verwirrung gibt, macht sich über die Namen der anderen niemand übermäßig Gedanken. Neuerdings bezieht Laurie vehement dagegen Stellung, Laurie genannt zu werden, und besteht darauf, entweder als Laurence oder als Sir angesprochen zu werden. Sally hieß zu Beginn Sarah, was zu Sally verkürzt wurde und sofort mit Sally Ellenoy verwechselt wurde, sodass wir die eine jetzt die Kleine nennen und die andere Sallyellenoy. Die Kleine ist so unmissverständlich wie Hund für den Hund, dessen Name allerdings Toby ist, nur dass die Kleine ihn Bowowby nennt und Laurence Trigger und Mrs. Ellenoy im Allgemeinen Kind. Die beiden Katzen sehen exakt gleich aus, deshalb nennen wir sie normalerweise Kitty. Ich selbst benutze zwei Namen, beruflich meinen Mädchennamen und dann den meines Mannes, und mein Mann, der alle Varianten von Vater zu hören kriegt, von Vati bis Dada, hört inzwischen auf fast alles, sogar – da er nicht leicht aus der Fassung zu bringen ist – auf Mr. Ellenoy.

Dort, wo wir feste Plätze haben, wie unsere Betten oder am Esstisch, ist es ein Leichtes, einfach den Platz anzusehen, den wir meinen, um einander anzusprechen. Auch werden bestimmte Fragen von der Person, die sie am meisten betreffen, erkannt, sodass etwas wie »Weißt du, dass die Bank wegen des Überziehungskredits angerufen hat?« oder »Hab ich dir nicht gesagt, du sollst dir was Sauberes anziehen?« oder »Musst du *schon wieder* raus?« oder »Hat sie auch schön ihre Cornflakes aufgegessen?« leicht vom richtigen Wesen beantwortet werden können, ohne dass man sich mühsam an einen Namen erinnern oder grob mit dem Finger zeigen müsste. Nur bei so allgemeinen Fragen wie »Na, wer hat sich denn da vorm Essen nicht die Hände gewaschen?« kommt das bittere Thema der Identifizierung auf.

Ich weiß natürlich bei allen, wie sie *aussehen.* Der Hund hat vier Beine und ist viel größer als die beiden Katzen, die sowieso immer als Einheit auftreten. Der Junge ist dreckig und trägt schäbige Jeans. Der Vater wirkt besorgt und etwas überfordert. Die ältere Tochter ist größer als die jüngere, allerdings gibt es da eine unheimliche Identitätsverschiebung, denn die kleinere trägt die Sachen, die eben noch die größere getragen hat, und beide haben blonde Locken und blaue Augen. Aber wie soll man sich zum Beispiel merken, welche zwei der drei Kinder bereits Windpocken hatten und welches Kind gegen Keuchhusten geimpft wurde und ob alle die vorgeschriebenen drei Impfungen bekommen haben oder eins alle neun und, am schlimmsten, welches der Ellenoy-Mädchen den Hintern versohlt bekam, weil es Laurences sechsschüssigen Revolver kaputt gemacht, geschweige denn wer es verpetzt hat?

Zum Beispiel: Eines Sonntagmorgens sah ich aus dem Küchenfenster und fand meine ältere Tochter bis zu den Knien in einer Schlammpfütze. »Joanne«, sagte ich scharf und schlug in bekannter Weise mit meinem Ehering gegen das Glas. Sie drehte sich um und lächelte, und ich trocknete mir mit dem Küchenhandtuch die Hände ab und ging zur Hintertür. »Was machst du da im Matsch?«

Meine Tochter sah mich amüsiert an. »*Das* ist Mrs. Ellenoy«, sagte sie und streckte den Arm aus. »*Ich* bin da drüben.«

Ein Problem bei all dem ist, dass es außerordentlich leicht ist, sich von einer bestimmten Aussage täuschen zu lassen.

»Joanne«, sagte ich, die leere Luft ansprechend, auf die sie zeigte, »komm jetzt sofort aus der Pfütze raus.«

»Komm da sofort raus«, ergänzte Mrs. Ellenoy nachdrücklich. »Joanne, ich schäme mich für dich.« Sie wandte sich an mich. »Ich weiß nicht, was wir mit ihr machen sollen«, sagte sie. »Joanne«, fügte sie hinzu, »du hast deine Mutter gehört. Komm jetzt sofort aus der Pfütze raus.« Sie nickte mir ermutigend zu. »Sie kommt gleich rein«, sagte sie. »Ich bleibe hier draußen und warte auf sie.«

Ich ging, Selbstgespräche führend, wieder rein, und eine Minute später steckte Mrs. Ellenoy ihren Kopf in die Küche. »Martha ist draußen«, sagte sie, »und sie hört erst auf zu weinen, wenn sie einen Keks kriegt.«

»Ich gebe einem kleinen Mädchen, das so matschverschmiert ist, keinen Keks«, sagte ich.

»*Martha* ist nicht matschverschmiert«, sagte Mrs. Ellenoy vernünftig. »Das war die schlimme Anne. Martha hat die ganze Zeit ganz ruhig unter dem Apfelbaum gespielt.«

Dann war da der schreckliche Moment im Restaurant, als alle sieben Ellenoy-Mädchen versuchten, auf Mrs. Ellenoys Schoß zu klettern, gerade als die Kellnerin einen Teller Suppe brachte. »Du *kannst* jetzt nicht auf meinen Schoß, siehst du nicht, dass ich mittagesse?«, fragte Mrs. Ellenoy verärgert, und die Kellnerin sah mich alarmiert an und machte einen Schritt zurück, direkt in Laurences Sporen tretend. Da war der schwarze Vormittag, den die Volkszählungsfrau bei uns verbrachte, weil sie klingelte, bevor ich angezogen war, und meine Tochter sie unterhielt, bis ich nach unten kam. Da war der unangenehme Vorfall, als meine Tochter hereintrottete und sagte: »Draußen ist eine Mrs. Harper, die fragt, ob du ihr einen Dollar gibst?«, und ich abwesend antwortete: »Sag Mrs. Harper, sie kann sich den Penny von meinem Schreibtisch nehmen und soll mich nicht weiter nerven.« Meine Tochter sagte es Mrs. Harper, und Mrs. Harper zog erbost und etwas verschreckt ab und schrieb ins Buch des Elternrats, ich würde mich weigern, meinen Anteil zu bezahlen.

Und da war dieser besonders rührende Vorfall, der wirklich viel über meinen Mann verrät; wie gesagt, er ist nicht leicht aus der Fassung zu bringen.

Neulich habe ich morgens ins Arbeitszimmer geguckt und sah, wie meine ältere Tochter sich neben ihren zeitunglesenden Vater aufs Sofa setzte. Unter dem Arm hatte sie *Der Zauberer von Oz,* und als ich zärtlich lächelnd weiterging, fragte sie ihren Vater: »Liest du mir ein bisschen vor?« Auf meinen Streifzügen durchs Haus kam ich regelmäßig am Arbeitszimmer vorbei und hörte das angenehme Dröhnen der Stimme meines Mannes, die sich den Weg in die Smaragdstadt bahnte. Irgendwann sah ich ins Zimmer, sah ihn immer noch vorlesen, allerdings allein, und fragte überrascht: »Du liest immer noch?«

»Ich lese Marilyn vor, bis Jean zurückkommt«, sagte er, ohne vom Buch aufzuschauen.

Ich ging nach draußen, wo meine Tochter unter dem Apfelbaum malte, und sagte im Plauderton: »Dad liest immer noch Marilyn vor.«

»Ich weiß«, sagte meine Tochter und nickte. »Ich war so unruhig, da bin ich gegangen.«

Wir spielten eine Runde Krocket und pflückten ein paar Blumen fürs Haus und bestellten Lebensmittel, und mein Mann las immer noch vor.

Nach einer Weile ging meine Tochter wieder ins Arbeitszimmer, sagte leise: »Rück mal ein Stück, Marilyn«, und setzte sich, um sich den Rest des Buches anzuhören.

»Dad hat sich den ganzen Vormittag selbst was vorgelesen«, bemerkte mein Sohn, als er sich an diesem Abend an den Esstisch setzte.

»Hab ich nicht«, sagte mein Mann. »Ich habe Marilyn vorgelesen.«

»Ich dachte, du hättest dir selbst vorgelesen«, sagte Laurie.

»Marilyn putzt sich nicht die Zähne«, sagte Mrs. Ellenoy. »*Keins* meiner Mädchen putzt sich die Zähne«, fügte sie wehmütig hinzu, »aber alle haben heute Nachmittag getanzt. Alle Mädchen haben im Garten getanzt. Martha und Sallyellenoy und Janey und Linda und Margaret −«

»Weißt du, was ich mir wünsche?«, fragte Laurie seinen Vater. »Ich wünschte, ich wäre jetzt in Texas auf einem Pferd.«

»– und Estelle und Barbara und Josephine, und alle haben getanzt«, fuhr Mrs. Ellenoy fort. »Und wir Ellenoys, wir haben auch alle getanzt.«

»Hast du bei der Bank angerufen?«, fragte mein Mann mit lauter Stimme, damit ich ihn hörte.

»Alle haben getanzt«, sagte Mrs. Ellenoy glücklich, »alle Mädchen haben getanzt.«

»Mommy«, sagte Sally und schlug wie verrückt mit ihrem Löffel auf den Teller, »Daddy, Nannie, Kitty, Mommy, Okay, Tschüss, Keks?«

Jannie sang in Moll leise den Kontrapunkt: »Sallys Po ist so trocken wie ein Floh, also tschau, mein Kuckuck Sally.«

Sally hatte ihr Hühnchen und ihre Kartoffeln aufgegessen und aß jetzt Erbse für Erbse mit den Fingern, Jannie drückte mit ihrem Löffel sorgsam ein Muster in ihre Kartoffeln, Laurie fuchtelte mit einem Hühnerbein vor seinem Vater herum und sagte laut: »Weißt du, was witzig ist?« Ich musste daran denken, wie die Kellnerin rückwärts in Lauries Sporen gelaufen war; früher oder später kommt wohl im Leben jeder Mutter der unvermeidbare Moment, wo sie mit zwei kleinen Kindern etwas in einem großen Laden kaufen muss. Obwohl ich mir immer wieder sage, dass Laurie und Jannie nicht undisziplinierter sind, nicht weniger ausgeglichen als andere Kinder ihres Alters, würde ich sie um nichts in der Welt noch mal mit in die Öffentlichkeit nehmen. Jannie brauchte Schuhe und Laurie eine Hose für die Schule, aus einem Material, das möglichst wie Eisenblech war, denn die Zweitklässler schienen sich an langen, ermüdenden Tagen damit zu amüsieren, sich gegenseitig mit der Schere Löcher in die Kleidung zu schneiden. Irrigerweise fand ich es besser, Jannies Schuhe und Lauries Hose in einem großen Kaufhaus in der nächsten Stadt zu kaufen, statt mich auf die kleinen Läden bei uns zu verlassen, und mir schien, dass ich die Kinder dabeihaben sollte, zum Anprobieren. Ich habe schon *versucht*, ihnen mit dem Umriss ihres Fußes auf Papier Schuhe zu kaufen, aber es verlief nie zufriedenstellend, abgesehen davon, dass es einem Kind Spaß macht, wenn man seinen Fuß abzeichnet.

Es war ein Mittwochvormittag, als ich die Kinder zusammensammelte. Laurie hatte ich von der Schule ferngehalten, weil ich die vage Vermutung hegte, dass die Läden mittwochs am wenigsten überfüllt wären. Ich habe keine Ahnung, wie ich darauf kam, dass die Läden mittwochs am wenigsten überfüllt wären, aber es spielte, wie sich zeigte, sowieso keine Rolle, weil meine Kinder in der Lage waren, zu jedem beliebigen Zeitpunkt jedes beliebigen Tages eine Menschenmenge zusammenzutrommeln.

Zu Beginn sahen wir alle sehr hübsch aus. Jannie trug ihren besten, dunkelroten Mantel, blaue Kniestrümpfe und ein blaues Béret. Laurie trug seinen Anzug, der ihm etwas zu klein war, seine dunkelblaue Krawatte, seine Sporen und zwei Pistolen mit Perlmuttgriffen, allerdings bestand ich darauf, dass er sie nicht mit Knallerbsen lud. Ich trug einen grauen Pelzmantel und die flachen Schuhe, die ich meist zu Hause trage, die ich für diesen Einkaufstag jedoch ausgewählt hatte, weil sie mir praktischer erschienen für den Zickzacklauf, den ich vor mir zu haben glaubte. Außerdem hatte ich mich in einem seltenen Anfall von Vernunft für den Einsatz gerüstet, indem ich absolut nichts bei mir trug – keine Handtasche, keine Handschuhe, keinen Hut. Ich vermutete, völlig zu Recht, dass ich alle Hände brauchen würde, die mir zur Verfügung standen. Mein Geld hatte ich in einem kleinen Geldbeutel in der Manteltasche, in der ich immer wieder nervös herumtastete, um sicherzugehen, dass es noch da war. Ich hatte meinem Mann, der auf Sally aufpasste, einfache Anweisungen hinterlassen (»wenn sie weint, ignorier sie, es sei denn, sie weint, weil sie in Not ist – den Unterschied erkennst du ganz bestimmt –, vielleicht weint sie auch, weil sie ihren kleinen Koffer aus dem Bettchen hat fallen lassen und will, dass du ihn aufhebst, aber gib ihr auf keinen Fall die Puppe mit dem blauen Kleid, denn deren Arm ist kaputt, und wenn sie was trinken will, gib ihr das halb volle Glas Milch unten links aus dem Kühlschrank, das hat sie beim Frühstück nicht ausgetrunken, und wenn du sie in den Laufstall setzt –«), und er hatte den größeren Kindern je zehn Cents gegeben.

Stilvoll begaben wir uns auf die Reise und kamen bis zur Haustür, wo Jannie sich rundweg weigerte weiterzugehen, es sei denn, sie dürfte ihren Puppenwagen und ihre Puppe mitnehmen. Es gab einen heftigen Streit; ich vertrat die »Entweder die Puppe bleibt zu Hause oder du«-Position, die immer verliert, und Laurie hängte sich an den Türknauf und sagte »*Los* jetzt, kommt schon«. Schließlich bekamen wir den Puppenwagen in den Bus, und Jannie beugte sich den ganzen Weg in die Stadt lang darüber und säuselte ihrer Puppe zu, niemand werde das süße Püppi zu Hause lassen, solange Jannie irgendwas zu sagen habe; Laurie erschoss durch das Busfenster Leute mit seinen perlmuttbesetzten Revolvern. Ich stellte im Kopf rasche und fehlerhafte Berechnungen darüber an, wie viel das Mittagessen und der Transport des Puppenwagens in einem Taxi wahrscheinlich kosten würden. Zum Glück war mein Einkaufszettel übersichtlich: J. Schuhe, L. Hose, und sollte ich *zufällig* an den Kostümen vorbeikommen, würde ich vielleicht einen Blick auf die dunklen Kostüme werfen, die schlichten, die gar nicht mehr hergestellt zu werden scheinen.

»Rück mal ein Stück«, sagte Jannie zu mir, »du sitzt auf Linda.«

»*Linda* ist auch mitgekommen?«, fragte ich ungläubig.

»Natürlich ist sie mitgekommen«, sagte Jannie, »und du sitzt auf ihr drauf.«

»Du und deine alten Mädchen«, sagte Laurie, zog den Kopf ein und zielte mit der Pistole. »Da, ich hab sie erschossen.«

Die Krise konnte in dem Moment nur abgewendet werden, weil der Bus vor dem Geschäft hielt, von dem ich törichterweise annahm, es hätte Schuhe in Jannies Größe und Hosen in Lauries Stärke und Kostüme in meiner Schattierung von Dunkel. Wir stiegen, Entschuldigungen murmelnd, aus dem Bus und erreichten ohne Probleme den Bürgersteig – eine ziemliche Leistung mit dem Puppenwagen, mit Linda und Laurie, der sich erst in letzter Minute an seine Manieren erinnerte und vom Gehweg zurückgeeilt kam, um mir die Tür aufzuhalten, nachdem ich bereits ausgestiegen war. Dadurch blieb Jannie allein und untröstlich auf dem Weg zurück, sodass sie traurig ohne uns loszog und ihren Puppenwagen über die Straße schob, während die Menschenmenge sich teilte, um ihr

Platz zu machen, und ein, zwei alte Damen sich lächelnd nach ihr umdrehten und sagten, wie süß und niedlich und bezaubernd sie sei.

Als Laurie und ich sie rufend eingeholt hatten, hingen Jannie und der Puppenwagen in der Drehtür fest.

Ich glaube, ich denke jedes Mal, wenn ich mit meinen Kindern ein Kaufhaus betrete, es wäre möglich, mit Kindern einkaufen zu gehen, sonst wären die zehntausend Mütter mit Kindern, die uns in diesem Moment umgeben, entweder Produkte meiner Einbildung, was durchaus möglich ist, oder Schauspielerinnen, die vom Kaufhaus bezahlt werden, damit es voll wirkt, was ebenfalls durchaus möglich ist, allerdings unangemessen, wenn man das Handelsvolumen bedenkt, um das es bei Laurie und Jannie geht; es *muss*, wie ich mir immer wieder sage, eine einfache und erbauliche Sache sein, seinen Kindern Kleidung zu kaufen. Mit Puppenwagen, Pistolen und allem schafften wir es auf die Rolltreppe, ein Gerät, das es – davon bin ich fest überzeugt – darauf abgesehen hat, kleine unvorsichtige Füße einzuklemmen oder, noch lieber, gut beschuhte mütterliche Füße, und ich sagte: »Vorsicht, Kinder, bitte.«

»Achte auf deine Füße, Linda«, wiederholte Jannie mehrmals, als wir in den ersten Stock fuhren, »achte auf deine Füße, Marilyn. Susan, du sollst auf deine *Füße* achten.«

Inzwischen trug ich den Puppenwagen unterm Arm; als ich im zweiten Stock die Jungsabteilung entdeckte, sagte ich zackig: »Okay, hier sind wir.« Den Puppenwagen unterm Arm, ging ich in die Knie und nutzte die freie Hand dazu, Jannie von der Rolltreppe zu schwingen.

Laurie ging mit dramatischer Geste von Bord, sodass ich ausholte und nach ihm griff, ehe er mit der Rolltreppe in die schrecklichen Tiefen tauchen konnte, in die sie sich entfernte. »Was ist denn mit *dir* los?«, fragte Laurie gereizt. »Hast du Angst oder was?«

»Linda«, sagte Jannie besorgt, »pass auf deine Füße auf, wenn du von der Rolltreppe trittst. Susan, Vorsicht. Linda, jetzt springen. Barbara, hilf Linda; Marilyn, warte, bis du an der Reihe bist; Margaret —«

»Jannie«, sagte ich, »hör bitte auf. Das können sie auch alleine.« Ein vertrautes, grässliches Gefühl bemächtigte sich meiner: das Gefühl, von einer Menschenhorde angestarrt zu werden — Verkäuferinnen, Abteilungsleiter, Mütter, makellose Kinder, vielleicht auch Beamte, die nach Schulschwänzern Ausschau hielten. »Nun kommt«, sagte ich nervös und fügte gerade noch rechtzeitig hinzu, »ihr Süßen.«

Ich stellte den Puppenwagen ab, und Jannie stellte sich dahinter, Hände auf der Stange, bereit, jederzeit loszuschieben. »Linda«, sagte sie leise, »alle Mädchen hinter mir aufstellen, bitte.«

»Wir kaufen was zum *Anziehen*?«, fragte Laurie und sah sich mit Verachtung im Blick um. »Ich dachte, du hast gesagt, wir essen *mittag*.«

»Wir kaufen dir eine Hose, Süßer«, sagte ich lieblich. Ich tackerte das »Süßer« an jeden meiner Sätze, aus Angst, dass mich jemand hörte. Im selben Moment, in dem unsere Prozession so weit war, sich in Bewegung zu setzen, sprach uns ein großer, rotgesichtiger Mann im zerknitterten Anzug an. »Madam?«, sagte er fordernd.

Er war kein Abteilungsleiter, und er war mit Sicherheit

kein Verkäufer; er hätte einfach ein Cowboy in Zivil sein können – aber in dem Fall hätte er sich wahrscheinlich an meinen Sohn gewandt, der ihm zumindest etwas Verständnis entgegengebracht hätte –, er war jedenfalls, wie mir klar wurde, als ich in meiner Tasche herumtastete, kein Dieb. »Kauft dieser Junge hier was zum Anziehen?«, fragte er mich und deutete mit großer Geste auf Laurie.

»So ist es«, sagte ich und fügte an Laurie gewandt hinzu: »Nicht wahr, Süßer?«

»Also, Madam«, fuhr der Mann fort, abwechselnd mich und – mit zögerlicher Herzlichkeit – Laurie anlächelnd, »ich repräsentiere die Firma Real Western Rancho Clothes. Wir möchten die Jungs kennenlernen, die hier einkaufen, und mit ihnen und ihren Müttern sprechen, um herauszufinden, was sie *eigentlich* gerne anziehen würden. Zum Beispiel«, fuhr er fort, offenbar mutiger werdend, da Laurie und ich – beide nicht als schnelle Denker bekannt – ihn nur mit leerem Gesichtsausdruck anstarrten, »zum Beispiel haben wir hier einen Jungen, das sehe ich sofort, der lebhaft ist und lustig, so ein richtiger Western-Rancho-Typ, draußen bei den Viehtreibern, wenn's Futter gibt –« Er ging neben Laurie in die Hocke und sah ihm direkt in die Augen. »Dieser Kerl braucht dringend die passenden Klamotten zum Viehtreiben. Und ich wette, unser Bursche erkennt eine gute Kluft, wenn er eine sieht, oder, Pardner?« Er gab Lauries Schulter einen freundlichen Knuff. »Was ist denn das?«, fragte er. »Dein Schießeisen?«

Laurie trat einen Schritt zurück. »Eine Pistole«, sagte er. »Dachten Sie, das wär ein Eichhörnchen, oder was?«

Der Mann lachte geschäftsmäßig, und ich sagte warnend »Laurie« und fügte »Süßer« hinzu. »Helles Köpfchen«, sagte der Mann zu mir. »Jetzt komm mit, Pardner, damit Kojote hier dich ablichten kann.«

»Was?«, fragte Laurie.

Der Mann lachte wieder und versuchte Laurie dorthin zu ziehen, wo ein weiterer unglücklich wirkender Mann mit schlecht sitzendem Cowboyhut hinter einer Kamera stand und aussah, als säße er viel lieber mit einem Martini auf einem Weidezaun. »Du bist dran, Pancho«, sagte der Mann im braunen Anzug nachdrücklich zu Laurie.

»Hey«, sagte Laurie und blieb, wo er war. Ich sah ihm an, dass er noch nicht sicher war, was er von der Sache halten sollte, hätte dem Mann aber ein, zwei Dinge zum Thema Jungs am Arm greifen sagen können (niemals *unterhalb* des Ellbogens). Jannie, die mit ihrem Puppenwagen durch die Gänge gewandert war und Linda, Marilyn, Susan und die anderen auf die diversen interessanten Dinge hingewiesen hatte, an denen sie vorbeikamen, drehte sich jetzt um und rief vom andern Ende des Geschäfts: »Mommy, Linda will, dass du ihr diesen Cowboyhut kaufst.«

»Loslassen«, sagte Laurie und befreite sich.

»Ist die Pistole geladen?«, fragte der Mann grinsend. »Hast du vor zu schießen, Fremder?«

»Was?«, fragte Laurie.

Der Mann sah zu mir auf und fragte: »Darf er schon fernsehen?«

»Ja«, sagte ich, »aber —«

»Na, worauf warten wir dann, Kumpel?«, sagte der Mann. »Dein Foto kommt in die Zeitung«, sagte er. »Und alle Mädchen werden es sehen.«

Laurie erstarrte. »Mädchen?«, fragte er. »Welche Mädchen?«

»Hast du keine Freundin?«, fragte der Mann.

»Ich bin ein verheirateter Mann«, sagte Laurie.

»*Laurie*«, sagte ich.

»Mommy.« Der Puppenwagen rumste mir in die Kniekehlen. »Mommy«, sagte Jannie, »ich hab gerufen und gerufen, und Linda hat auch nach dir gerufen, aber du hast nicht gehört. Wer ist der Mann, der mit Laurie redet?«

Sie ging dicht an den Mann ran und starrte ihm neugierig ins Gesicht. »Wer bist du?«, fragte sie. »Weiß Mommy, dass du mit Laurie redest?«

»Meine Schwester«, sagte Laurie. Vielleicht war es der letzte Funken Höflichkeit in ihm, vielleicht fürchtete er auch einfach, der Fremde könnte Jannie für seine Freundin halten.

»Das ist also die kleine Schwester?«, sagte der Mann. »Ziehst du sie an den Haaren?«, fragte er Laurie.

»An den *Haaren*?« Jannie stieß ein kurzes Lachen aus. »Und das«, fügte sie hinzu, »ist Linda, das ist Marilyn, und das ist Susan, das ist Barbara, und das hier – Margaret? Wo ist Margaret?«

»Margaret?«, sagte der Mann im braunen Anzug.

»Margaret«, sagte Jannie scharf und stampfte mit dem Fuß auf. »Margaret«, sagte sie, »komm sofort her. Was fällt dir ein, einfach so wegzulaufen? Du solltest an Ort und Stelle versohlt werden. Du böse, böse, böse, böse –«

»Jannie«, sagte ich hilflos, »bitte schimpf nicht mit ihr. Sie ist so klein.«

»Umso wichtiger, dass sie bei Linda bleibt«, sagte Jannie.

Der Mann im braunen Anzug, der immer weiter zurückgewichen war, straffte die Schultern und sah lange Laurie an, dann lange Jannie und dann, mit unergründli-

chem Blick, mich. Als er sich abwandte, sagte Jannie: »Du
kannst ja *mich* fotografieren, wenn du willst, und Linda
und Marilyn und alle, außer Margaret.«

Eine groß gewachsene Dame in Begleitung eines kleinen Jungen rauschte an mir vorbei und fasste den Fremden am Arm. »Sind Sie der Mann, der die Fotos für die
Zeitung macht?«, fragte sie. »Sind Sie das?«

»Ich trage immer Western-Rancho-Kleidung«, sagte
der kleine Junge angespannt; er trug einen hellblauen Gabardineanzug mit einem dunkelblauen Hemd und einer
dunkelroten, gemusterten Krawatte, die zu einem festen
Knoten gebunden war. Seine Schuhe waren poliert, seine
Krawattennadel funkelte. Seine Fingernägel waren, wie
ich sehen konnte, so sauber wie seine Ohren. Er trug eine
elegante Kappe, die er abnahm, als er den Mann im braunen Anzug ansprach. Ich sah zu Laurie, der ihn mit offenem Mund anstarrte.

»Hallo, Junge«, sagte Jannie. Dann flüsterte sie Laurie
zu: »Junge? Oder Mädchen?«

»Hm«, machte Laurie.

»Madam«, sagte der Mann im braunen Anzug, »hier
haben wir einen Jungen, das sehe ich sofort, der lebhaft ist
und lustig, so ein richtiger Western-Rancho-Typ, draußen
bei den –«

»In allen Zeitungen?«, fragte die Frau und wischte dem
Jungen mit einer Ecke ihres Taschentuchs einen Fleck aus
dem Gesicht.

»Hat er sich schmutzig gemacht«, sagte Laurie laut,
»das arme Ding.«

Mit einem gewissen zweifelhaften Stolz auf meinen
Sohn zog ich ihn am Kragen entschlossen in Richtung

der Abteilung, in der es Hosen in seiner Größe gab. Mit der anderen Hand schob ich den Puppenwagen, während Jannie Linda, Marilyn und den Rest mit lauten Anweisungen lachend vor sich hertrieb. Außerdem trug ich Jannies Béret und ihren Mantel – hätte man sie auf den Wagen gelegt, hätte es die süße Puppe gestört – und Lauries Jackett und meinen eigenen Mantel. Meine Stimme klang schrill, aber ich hängte nach wie vor beharrlich an jeden Satz ein »Ihr Süßen«.

Als ich Laurie erst mal in der Abteilung hatte, in der ich ihn haben wollte, war es nicht schwer, ihn dazu zu bringen, sich eine Hose auszusuchen. Außerdem suchte er sich noch einen Gabardineanzug aus, der dem des Jungen mit dem Bild in der Zeitung sehr ähnelte, Kostenpunkt 59,95 $, eine vollständige Weltraumrüstung, Kostenpunkt 47,00 $, eine sehr seltsame Pelzmütze, die er aus irgendwelchen Gründen toll fand und die mich 7,50 $ kosten würde, eine zottige Wildlederjacke, die sich Buffalo-Bill-Jacke nannte und bescheidene 32,50 $ kostete, sowie eine dazu passende Hose zu 17,00 $. Ich sortierte ein Teil nach dem anderen aus, mit der Begründung, dass es zu schwer, zu fellig, zu zottig oder zu teuer sei. Ich bot als Ersatz eine knallrote Fliege zu neunundsechzig Cents an. Nach einigem Hin und Her, in dessen Verlauf ich zu ihm sagte, vom Geld seines Vaters könne er kaufen, was er wolle, ließ er sich überzeugen, entweder die Fliege zu nehmen oder gar nichts, und der Verkäufer raunte mir zu: »*Ich* glaube ja nicht, dass der Trend sich durchsetzt.« Jannie amüsierte sich derweil damit, eine Pelzmütze nach der anderen anzuprobieren, zur extremen Verblüffung von Linda, Marilyn und den anderen. Außerdem kam sie mit einer harmlosen alten Dame ins Gespräch, die ein Geburtstagsgeschenk für ihren Neffen suchte und nur mit Mühe Jannies Einladung widerstehen konnte, mit uns weiter einzukaufen, Mommy würde ihr auch ein Paar Schuhe kaufen. Ich fügte das Päckchen mit der Fliege und den zwei Cordhosen dem Puppenwagen, Jannies Mantel und Béret, Lauries Anzugjacke und meinem Mantel hinzu. Zum Glück gab es Jannies Schuhe im selben Stockwerk; es war kaum vorstellbar, dass wir es in einen Fahrstuhl schafften, und es widerstrebte mir zutiefst, mich erneut auf die Rolltreppe zu begeben. In der Schuhabteilung setzte sich Jannie, versammelte ihre Mädchen um sich, faltete friedlich die Hände und verkündete, sie wolle ein Paar glänzende schwarze Schuhe mit hohen Absätzen, mit hübschen Riemchen und Glitzer und vorne offen.

»Schuhe für die Süßen?«, fragte der Schuhverkäufer fröhlich und platzierte seinen kleinen Hocker vor uns.

»Nur für mich und meine Mädchen«, sagte Jannie. »Wir brauchen alle Schuhe.«

Der Verkäufer hörte es nicht, weil ich ihm laut erklärte, dass wir stabile braune Schnürschuhe mit fester Sohle suchten. Ich wusste, dass es auf einen Kompromiss hinauslaufen würde, und dachte, wenn ich am äußersten anderen Ende anfinge, käme ich beim Verhandeln besser weg.

Als der Verkäufer die braunen Schnürschuhe brachte, warf Jannie nur einen kurzen Blick darauf. »Die sind für meinen Bruder«, sagte sie, »bring was für *mich*.«

Während dieses quälend langsamen Prozesses amüsierte Laurie sich damit, die Schuhkartons zu zählen, die der Verkäufer brachte, Jannie hielt eisern an der hochhackigen schwarzen Sandalette fest, und ich wurde immer angespannter und sagte Dinge wie »Wie willst du denn ohne Schuhe zur Schule gehen, denn du bekommst keine Schuhe, solange du dich nicht auch benimmst wie eine kleine Dame ...«.

Unter Tränen einigten wir uns auf ein Paar schwarze Lacklederschuhe, vollkommen unpraktisch, aber, wie ich mir immer wieder sagte, besser als die schwarzen Sandalen mit hohen Absätzen.

Als wir die Schuhabteilung verließen, sagte Jannie: »Ich bin nur froh, dass du nicht meine Mommy bist. Meine Mommy kauft mir immer die Schuhe, die ich haben will, und wenn *du* meine Mommy wärst, dann würde ich weglaufen.«

»Das sind die schlimmsten Schuhe, die ich je gesehen habe«, sagte Laurie zu ihr.

»Sie sind wunderschön«, sagte Jannie. »Und alle meine Mädchen haben auch solche.«

Ich fügte den Schuhkarton meinem restlichen Transportgut hinzu.

»Und jetzt *essen* wir was«, sagte Laurie.

Ich sah mit der allen Müttern gemeinsamen, unbewussten Hoffnung auf die Uhr, dass die Zeit auf magische Weise vergangen und bereits Zeit zum Schlafengehen wäre. Es war zehn vor zwölf; noch gute acht Stunden bis zum abendlichen Wunder, aber eine legitime Zeit, um zu Mittag zu essen.

»So, Kinder«, sagte ich im Restaurant und lächelte süß und verlogen über den Tisch, »und jetzt erinnern wir uns wieder unserer Manieren, ja?«

Jannie wirkte fröhlich und wach und fragte lieb: »Können wir zweimal Nachtisch haben?«

»Vielleicht, Ihr Süßen«, sagte ich mit demselben lieben Lächeln, »wenn wir vorher aaaaaalles aufessen.«

Kellnerinnen brauchen immer sehr lange, wenn man mit Kindern an einem Restauranttisch wartet. Ich würde das lieber nicht vollständig auf das Erscheinungsbild und Benehmen meiner Kinder zurückführen. Jedenfalls saßen wir – ich mit brav gefalteten Händen, Laurie mit den Ellenbogen auf dem Tisch und Jannie so weit auf ihrem Stuhl nach unten gerutscht, dass ihr Kinn bequem auf der Tischkante ruhte – seit, ich würde sagen, ungefähr zehn Minuten da und warteten, während Kellnerinnen vorbeihasteten und an den Tischen neben uns bedienten, mehr Butter brachten, stehen blieben, um gut gelaunt zu plaudern, beflissen auf die Gäste warteten, die sich nicht entscheiden konnten.

»Wann *kommt* die denn endlich?«, fragte Laurie.

»Ich will mein Mittagessen«, ergänzte Jannie. Sie holte aus und versetzte einem von Lauries Ellenbogen einen Hieb, sodass er krachend mit dem Kinn auf der Tischplatte landete. »Keine Ellenbogen auf dem Tisch«, sagte sie mahnend.

»So, Kinder«, sagte ich mit meiner sanften Stimme und warf Jannie dabei einen sehr düsteren Blick zu, »und jetzt erinnern wir uns daran, dass wir uns von unserer besten Seite zeigen wollten.«

»Aber *sie* –«, erhob Laurie die Stimme.

»Er hatte die Ellenbogen auf dem Tisch«, sagte Jannie. »Liebste Mommy, Laurie hatte seine ollen Ellenbogen auf dem Tisch, liebe Mommy.«

»Hör zu«, sagte Laurie, »*sie* hat einfach –«

»Ihr Süßen«, sagte ich mit, soweit möglich, noch sanfterer Stimme als zuvor, »wir wollen nicht vergessen, dass auch *andere* Leute versuchen, hier zu Mittag zu essen, und wir –«

»Was?«, sagte Laurie zu Jannie, die mit ernstem Gesicht in seine Richtung flüsterte.

»Nichts«, sagte Jannie und sah mich aufmerksam an. »Wir *benehmen* uns ja gut, liebste Mommy. Wir *lassen* die anderen Leute ja zu Mittag essen.«

»So ist es, Süße«, sagte ich zu ihr, »*meine* Kinder sind dermaßen gute –«

»Warum redest du so komisch?«, fragte Laurie mich interessiert, als die Kellnerin neben uns auftauchte. »Du klingst wie eine Katze.«

Er und Jannie lachten laut. »Sie klingt wie eine Katze«, sagte Jannie zu der Kellnerin.

»Möchten Sie bestellen?«, fragte mich die Kellnerin.

»Ich will Spaghetti«, sagte Jannie sofort.

»Ich will auch Spaghetti«, sagte Laurie.

»Mal sehen.« Ich sah auf die Karte. »Omelett?«, fragte ich Laurie. Und Jannie: »Gemüseteller?«

»Nein«, sagte Jannie. »Spaghetti.«

»Heute keine Spaghetti«, sagte die Kellnerin. Sie seufzte tief und fuhr sich durch die Haare. »Nur was auffer Karte steht«, sagte sie.

»Geflügelsalat?«, fragte ich. »Leber?«

»Leber«, sagte Laurie und stieß ein lautes Ekelgeräusch aus. »Leber-Beber-Bibber-Zitter-nitter-niemals –«

»Leber-Leber-Leber«, sagte Jannie.

»Kinder«, sagte ich, mich gerade noch rechtzeitig besinnend, sodass es freundlich klang. »Wir haben nicht so viel Zeit für die Entscheidung.«

»Ich hab mich entschieden«, sagte Laurie. »Spaghetti.«

Jannie wechselte abrupt die Seiten. »Gemüseteller«, sagte sie, »liebste Mommy.«

»Momentchen«, sagte die Kellnerin und ging weg.

Am Nachbartisch erhoben sich demonstrativ zwei unerfreulich wirkende Frauen mit Blumen an den Hüten und begaben sich zu einem Tisch am andern Ende des Raums. »Hört zu«, sagte ich gerade so laut, dass es an unserem eigenen Tisch zu hören war, »noch ein Wort von einem von euch, und *du*« – ich sah Laurie eindringlich an – »wirst direkt hier vor allen Leuten, wo alle dich auslachen, versohlt, und *du*« – ich sah Jannie eindringlich an – »wirst irgendwo versohlt, wo es *niemand* sieht und *niemand* dich hört. Und jetzt wird Jannie einen Gemüseteller essen und Laurie Geflügelsalat und ich Spaghetti – ich meine, ich ein Club-Sandwich. Hat jetzt irgendjemand noch irgendwas zu sagen?«

Sie starrten mich stumm an. Laurie sah finster drein und zeigte seine Zähne. Jannies Gesichtsausdruck war in Bewegung, ihre Mundwinkel wanderten nach unten, ihre großen blauen Augen füllten sich mit Tränen, und sie holte tief Luft. »Ein einziges Aufjaulen«, sagte ich lieblich, »und alle deine Mädchen bleiben heute Nacht draußen vor der Tür.« Sie schloss den Mund und blinzelte.

Laurie machte eine Bewegung, als greife er nach seinem Revolver.

»Der Mann kann dich immer noch fotografieren, weißt du«, sagte ich. Er legte beide Hände auf den Tisch.

»Ha, ha«, sagte Jannie bitter zu mir, »*du* hast ja nur einen Kopf.«

»Tu deinen Fuß hier rein«, sagte Laurie und hielt mir sein Wasserglas hin.

Die Kellnerin kam zurück. »Ham die Kinder sich ent-schie'n?«

»Gemüseteller«, sagte Jannie kleinlaut.

»Hühnchensalat«, sagte Laurie höflich. »Und zwei Tassen Kaffee, bitte.«

»Zwei Gläser Milch«, sagte ich zu ihr. »Und ich nehme ein Club-Sandwich.«

»Und Linda nimmt Spaghetti«, sagte Jannie, »und Marilyn nimmt Spaghetti, und Susan nimmt Spaghetti ...«

»Jannie«, sagte ich scharf.

»Und Margaret«, flüsterte Jannie, »Margaret muss den Gemüseteller nehmen.«

Wenn ich jeden Gedanken an mein dunkles Kostüm aufgab, stand uns nur noch bevor, die Rolltreppe ein zweites Mal zu meistern und es in einen Bus nach Hause zu schaffen. Ich seufzte. »Wie Daddy und Sally wohl zurechtkommen«, sagte ich.

Genau in diesem Augenblick kam die Kellnerin mit dem Teller Suppe an unseren Tisch und die sieben kleinen Ellenoys gaben ihr die Sporen.

Alle in unserer Familie lieben es, Rätsel zu lösen. Ich mache Kreuzworträtsel und lese Krimis, mein Mann fertigt Baseball-Punktetabellen an, rechnet die Durchschnittsleistungen aus und behauptet, er wüsste, wie hoch die Wahrscheinlichkeit ist, vier Asse nacheinander zu ziehen, Laurie ist süchtig nach Rätseln mit Aufgaben wie »Auf diesem Bild sind vierundfünfzig Gegenstände, die mit dem Buchstaben C beginnen«, Jannie legt Puzzles für Kinder, und Sally bekommt ein kompliziertes Gebilde aus Ringen und Stäben hin, für das wir anderen zwei Monate brauchen. Aber keiner von uns ist in der Lage, die Rätsel zu lösen, vor die wir uns mit unseren seltsam zerstreuten Leben selbst stellen; und neben familiären Denksportaufgaben wie »Warum sind da Rollerskates in Mommys Schreibtisch?« und »Was befindet sich *wirklich* hinten in Lauries Schrank?« und »Warum zieht Daddy die schönen Hemden nicht an, die Jannie für den Vatertag ausgesucht hat?« sind wir alle immer noch nervös wegen dem, was man das Große-Grippe-Mysterium nennen könnte. Tatsächlich wäre ich extrem dankbar, wenn das jemand für uns lösen könnte, denn wir haben sicherlich viel zu wenig Decken, und es ist wirklich ärgerlich, nicht mal den Schimmer einer Ahnung zu haben, warum. Hier in groben Zügen das Rätsel:

Wie gesagt, unser Haus ist groß, im ersten Stockwerk gibt es vier Zimmer und ein Bad, alle gehen von einem langen, schmalen Flur ab, den wir noch schmaler gemacht haben, indem wir zu beiden Seiten Bücherregale stehen haben, es sind also überall Bücher, wo keine Tür ist. Wie in den meisten Häusern befinden sich die Haustür und die Hintertür im Erdgeschoss. Das Schlafzimmer von meinem Mann und mir geht nach vorne raus, ist das größte und hellste und verfügt über ein Ehebett. Im benachbarten Zimmer, das den Mädchen gehört, stehen ein Kinderbett und ein kleines Einzelbett. Laurie hat in seinem Zimmer auf der anderen Flurseite ein Etagenbett und schläft oben. Im Gästezimmer am Ende des Flurs steht ein Ehebett. Das Ehebett in unserem Zimmer ist weiß bezogen, das Kinderbett mit rosa Leinen und Jannies Bett gelb. Lauries Bettwäsche ist aus grünem Leinen und die im Gästezimmer aus blauem. Die untere Etage von Lauries Bett wird nie bezogen, es sei denn, sie wird wirklich mal von jemandem benutzt, denn traditionell verbringt der Hund dort den Großteil seiner Zeit und betrachtet sie als sein Bett. Unser Bett verfügt mütterlicherseits über keinen Nachttisch. Das Bett im Gästezimmer steht mit einer Seite an der Wand. Ins Kinderbett passt außer der Kleinen niemand; die Leiter zur oberen Etage von Lauries Doppelstockbett ist sehr wackelig und steht in einer Zimmerecke; die Kinder gelangen ins Bett hinauf, indem sie am Fußende hochklettern. Alle drei Kinder sind es gewöhnt, abends ein Glas Apfelsaft ans Bett zu bekommen, nach dem sie süchtig sind. Laurie hat ein grünes Glas, Jannie ein rotes, Sally nimmt eins von den kleinen geblümten Quarkgläsern, und mein Mann benutzt einen Aluminiumbecher, weil er beim Tasten im Dunkeln schon so viele normale Gläser zerbrochen hat. Ich nehme weder Hustentropfen noch irgendeine andere Art Hustenmedizin.

Die Kleine schläft für gewöhnlich mit einem halben Dutzend Stoffbüchern, einer armlosen Puppe und einem kleinen Pappkoffer, in dem sich die Überreste eines halben Dutzends Kartenspiele befinden. Jannie ist sehr angetan von einer rosa Babydecke, die vom vielen Waschen eingelaufen ist. Im Zimmer der Mädchen ist es sehr warm, im Gästezimmer nicht so; in unserem Zimmer ist es eiskalt und in Lauries Zimmer ziemlich kalt. Wir alle, inklusive des Hundes, sind dafür berühmt, leicht ein- und tief zu schlafen; mein Mann isst nie süßen Kuchen.

Meinen Mann erwischte die Grippe zuerst, an einem Freitag, er knurrte und klagte und bibberte, bis ich ihn überredete, ins Bett zu gehen. Freitagabend waren Laurie und Sally fiebrig, und Samstag fingen Jannie und ich an zu husten und zu schniefen. Wir werden in unserer Familie auf verschiedene Arten krank; mein Mann ist während der gesamten Prozedur extrem reizbar und überzeugt, dass irgendjemand schuld ist an seiner Krankheit, Laurie ist immer etwas benommen und verstreut die Taschentücher in seinem Zimmer, Jannie hustet und hustet und hustet, Sally wird leuchtend rot, und ich leide stoisch schweigend, vorausgesetzt, jedem ist klar, dass ich krank bin. Insgeheim ist jeder von uns überzeugt, dass unsere eigene Krankheit sehr viel ernster ist als die der anderen. Wie dem auch sei, am Samstagabend brachte ich alle Kinder zu Bett, gab jedem ein halbes Aspirin und den üblichen Saft und deckte sie warm zu, dann brachte ich meinem Mann seinen Becher Wasser und seine Zigaretten und Streichhölzer und einen Aschenbecher; er hatte beschlossen, im Gästezimmer zu schlafen, weil es dort wärmer war. Gegen zehn Uhr überprüfte ich, ob alle Kinder zugedeckt waren und schliefen und ob Toby sich auf seinem Platz unten im Etagenbett befand. Dann nahm ich zwei Schlaftabletten und ging in mein eigenes Bett in meinem eigenen Zimmer. Da mein Mann im Gästezimmer war, schlief ich auf seiner Seite des Bettes, neben dem Nachttisch. Ich legte meine Zigaretten und Streichhölzer neben den Aschenbecher auf den Tisch, neben ein kleines Glas Brandy, den ich wirksamer finde als Hustensaft.

Irgendwann später wachte ich auf und stellte fest, dass Jannie neben dem Bett stand. »Kann nicht schlafen«, sagte sie. »Will in *dein* Bett.«

»Komm«, sagte ich. »Bring dein Kissen mit.«

Sie ging und holte ihr Kissen und ihre kleine rosa Decke und ihr Glas Saft, das sie auf den Fußboden neben dem

Bett stellte, weil sie die Seite ohne Nachttisch hatte. Sie legte ihr Kissen hin, wickelte sich in ihre rosa Decke und schlief ein. Ich schlief auch wieder ein, aber kurz darauf kam Sally herein und fragte verschlafen: »Wo ist Jannie?«

»Sie ist hier«, sagte ich. »Kommst du auch zu uns ins Bett?«

»Ja«, sagte Sally.

»Dann hol dein Kissen«, sagte ich.

Sie kam mit ihrem Kissen, ihren Büchern, ihrer Puppe, ihrem Koffer und ihrem Glas Saft zurück, das sie neben Jannies auf den Boden stellte. Sie drängte sich gemütlich an Jannie und schlief ein. Irgendwann hatten mich die beiden so an den Rand geschoben, dass ich mich müde rausrollte, mein Kissen und mein kleines Glas Brandy und meine Zigaretten und die Streichhölzer und meinen Aschenbecher nahm und ins Gästezimmer ging, wo mein Mann schlief. Ich drückte ein bisschen, und er knurrte, rutschte schließlich aber Richtung Wand, und ich platzierte meine Zigaretten und Streichhölzer und meinen Brandy und meinen Aschenbecher auf dem Nachttisch neben *seinen* Zigaretten und Streichhölzern und seinem Aschenbecher und seinem Wasserbecher, legte mein Kissen ins Bett und schlief ein. Kurz darauf weckte er mich und sagte, ich solle ihn rauslassen, weil es in diesem Zimmer zu heiß sei zum Schlafen und er wieder in sein eigenes Bett gehe. Er nahm sein Kissen und seine Zigaretten und Streichhölzer und seinen Aschenbecher und seinen Aluminiumbecher mit Wasser und tappte den Flur hinunter. Wenige Minuten später kam Laurie ins Gästezimmer, wo ich gerade wieder eingeschlafen war; er hatte sein Kissen und sein Glas Saft dabei. »In meinem Zimmer ist es zu kalt«, sagte er, und ich machte Platz und ließ ihn ins Bett, auf die Seite an der Wand. Nach ein paar Minuten kam der Hund herein, winselte unruhig, sprang ins Bett und kuschelte sich an Laurie, sodass ich entweder weggehen musste oder erdrückt worden wäre. Ich raffte von meinen Habseligkeiten zusammen, was ging, und machte mich auf den Weg in mein Schlafzimmer, wo mein Mann schlief, Jannie auf der einen Seite, die Kleine auf der anderen. Jannie wachte auf, als ich reinkam, und sagte »Mein Bett«, also half ich ihr, ihr Kissen und ihren Saft und ihre rosa Decke wieder zu ihrem eigenen Bett zu tragen.

Im selben Moment, in dem Jannie aus dem Bett stieg, rollte die Kleine herüber und drehte sich, sodass für mich kein Platz mehr war. Ich konnte nicht ins Kinderbett, und ich konnte auch nicht auf die obere Etage des Doppelstockbetts klettern, aber da der Hund im Gästezimmer war, holte ich mir die Decke aus dem Kinderbett, legte mich auf die untere Etage des Doppelstockbetts und stellte meinen Brandy und meine Zigaretten und Streichhölzer und meinen Aschenbecher neben dem Bett auf den Boden. Kurz darauf kam Jannie, die sich offenbar ausgeschlossen fühlte, mit ihrem Kissen und ihrer rosa Decke und ihrem Saft und kletterte nach oben ins Etagenbett, ihren Saft ließ sie neben meinem Brandy auf dem Boden stehen.

Gegen sechs Uhr morgens wollte der Hund rausgelassen werden, oder er wollte sein Bett zurück, jedenfalls stand er jaulend neben mir. Ich stand auf, ging niesend nach unten und ließ ihn raus, und dann beschloss ich, da es unten im Doppelstockbett sowieso zu kalt war, dass ich genauso gut unten bleiben und Kaffee kochen konnte, auf die Weise hätte ich wenigstens etwas Wärme. Während ich wartete, dass der Kaffee heiß wurde, erschien Jannie oben an der Treppe und fragte, ob ich ihr auch was Heißes bringen könnte, und im Gästezimmer hörte ich Laurie, also machte ich Milch warm, goss sie in einen Krug und beschloss, wenn ich schon dabei war, konnte ich genauso gut allen etwas Heißes bringen; ich nahm genug Tassen für alle raus, holte Kuchen und stellte ihn auf das Tablett und legte ein paar Zwiebelbrötchen für meinen Mann dazu, der keinen süßen Kuchen isst. Als ich mit dem Tablett nach oben kam, kicherten Laurie und Jannie zusammen im Gästezimmer, also brachte ich das Tablett dorthin, wobei ich Sally in unserem Schlafzimmer hörte. Ich ging zu ihr, die aufrecht im Bett saß und mit ihrem Vater redete, der noch gar nicht richtig aufgewacht war. »Karten spielen?«, fragte sie fröhlich, öffnete ihren Koffer und teilte ihm auf dem Kissen neben seiner Nase vier Karokarten, Ass und Bube sowie die Kreuzsieben aus.

Ich fragte meinen Mann, ob er Kaffee wolle, und er sagte, ihm sei schrecklich kalt. Ich schlug vor, dass er mit ins Gästezimmer käme, wo es wärmer wäre. Er und die Kleine folgten mir ins Gästezimmer, und mein Mann und Laurie stiegen ins Bett, und wir anderen saßen am Fußende, und ich goss Kaffee und warme Milch ein und gab den Kindern Kuchen und meinem Mann Zwiebelbrötchen. Jannie beschloss, ihre Milch und ihren Kuchen mit in ihr eigenes Bett zu nehmen, und da sie ihr Kissen verlegt hatte, nahm sie eins aus dem Gästebett mit. Sally tat es ihr natürlich gleich, ging aber zuerst noch mal in unser Schlafzimmer, um *ihr* Kissen zu holen. Mein Mann war schon wieder dabei einzuschlafen, während ich ihm noch Kaffee eingoss, und Laurie stellte seine warme Milch riskant aufs Kopfteil des Bettes und bat mich, sein Kissen für ihn zu suchen, also ging ich zum Etagenbett und holte sein Kissen von oben, das sich als Jannies entpuppte, und ihre rosa Decke war auch dabei. Ich ging mit meinem Kuchen und meinem Kaffee in mein eigenes Bett und hatte es mir gerade gemütlich gemacht, als Laurie hereinkam und betrübt sagte, Daddy hätte ihn aus dem Bett geschmissen, ob er hierbleiben könne. Ich sagte, natürlich, und er sagte, er würde sich ein Kissen holen, und kam eine Minute später mit dem Kissen unten aus dem Etagenbett zurück, das meins war. Er schlief sofort ein, und dann kam die Kleine herein, um ihre Bücher und ihren Koffer zu holen, und beschloss, mit ihrer Milch und ihrem Kuchen zu bleiben, also ging ich wieder ins Gästezimmer, brachte meinen Mann dazu, ein Stück zu rücken, und trank *dort* meinen Kaffee. Inzwischen hatte sich Jannie in die obere Etage des Doppelstockbetts begeben, um ihr Kissen zu suchen, hatte sich stattdessen das Kissen aus Sallys Bett und mein Glas Brandy genommen und lauschte gemütlich Lauries Radio. Ich ging nach unten, um den Hund reinzulassen, und er kam nach oben und stieg in sein Bett in der unteren Etage des Doppelstockbetts, und während ich weg war, war mein Mann wieder auf die zugängliche Seite des Gästebetts gerutscht, also ging ich in Jannies Bett, das eigentlich zu kurz ist, und holte aus dem Gästezimmer ein Kissen und meinen Kaffee.

Gegen neun Uhr kam die Sonntagszeitung, und ich ging runter, um sie zu holen, und gegen halb zehn wachten alle auf. Mein Mann war wieder in sein eigenes Bett gezogen, als Laurie und Sally es geräumt hatten, um in ihre eigenen Betten zu gehen, wobei Laurie Jannie ins Gästezimmer trieb, als er die obere Etage des Doppelbetts wieder bezog, und mein Mann wachte um halb zehn in Jannies rosa Decke gewickelt auf, den Kopf auf Lauries grünem Kissen, samt einem Stück Kuchen und Sallys Saft, den vier Karokarten, dem Ass, dem Buben und der Kreuzsieben. Laurie hatte oben im Doppelstockbett mein Glas Brandy und meine Zigaretten und Streichhölzer und das rosa Kissen der Kleinen. Der Hund hatte mein weißes Kissen und meinen Aschenbecher. Jannie hatte im Gästezimmer ein weißes Kissen und ein blaues Kissen und zwei Gläser Saft und die Zigaretten und Streichhölzer und den Aschenbecher meines Mannes und Lauries warme Milch, neben ihrer eigenen warmen Milch und ihrem Kuchen und den Zwiebelbrötchen ihres Vaters. Die Kleine hatte in ihrem Kinderbett den Aluminiumbecher mit Wasser und ihren Koffer und ihre Bücher und ihre Puppe und ein blaues Kissen aus dem Gästezimmer, aber keine Decke.

Das Rätsel ist natürlich, was wurde aus der Decke aus Sallys Bett? Ich habe sie aus ihrem Bett genommen und sie mit in die untere Etage des Doppelstockbetts genommen, aber der Hund hatte sie nicht, als er aufwachte, und sie war auch in keinem der anderen Betten. Es war eine blau gemusterte Patchworkdecke, die seitdem nicht mehr gesehen wurde, und ich würde schon sehr gerne wissen, wo sie steckt. Denn wie gesagt, wir haben viel zu wenig Decken.

Als das Wetter kühler wurde und die Schule wieder in Sichtweite kam, holte ich die etwas abgetragene rote Latzhose hervor, auf der durchgestrichen »Laurie« und darunter »Jannie« aufgestickt war; jetzt strich ich das »Jannie« aus und stickte »Sally« darunter. Die Hose war am

Po etwas dünn, und die Beine waren unten ausgefranst, aber das Gefühl stimmte. Sally erbte auch Hunderte von langärmligen T-Shirts und Tausende einzelne Socken. Laurie bekam eine Lederjacke, Jannie fing an, eine Handtasche zu tragen, zu Ninkis drittem Wurf gehörte ein Kätzchen ohne Schwanz, und die Familie einer Freundin von Jannie riss sich um genau dieses besonders entzückende Haustier. Jannie kam in eine Art private Vorschule, auf die ausschließlich kleine Mädchen gingen und die vormittags im Haus einer pensionierten Grundschullehrerin stattfand; Jannie begann zu hüpfen, statt zu gehen, und kicherte unerträglich mit ihren Freundinnen. Nach den ersten zwei Schulwochen rief die Mutter von Jannies Freundin entrüstet an, um mir zu sagen, dass dem Kätzchen plötzlich ein Schwanz gewachsen sei, der nach der Hälfte wieder aufgehört habe zu wachsen, und dass sie jetzt ein Kätzchen mit einem Halbschwanz hätten, was kein besonders entzückendes Haustier abgebe, und sie deutete unmissverständlich an, dass wir sie absichtlich in dem Glauben gelassen hätten, sie bekämen ein Kätzchen, das für immer ohne Schwanz bliebe.

Sally verwarf zu dieser Zeit jede Absicht, ein kooperatives Familienmitglied zu sein, gab sich den Namen »Tiger« und begann einen ständigen und scheinbar endlosen Krieg gegen Kleidung, Zahnbürsten, jedes grüne Gemüse und das Bett. Ihre Hauptwaffe war Kaugummi, das sie aus Lauries Taschen stahl und mit dem sie wahre Konstruktionswunder in ihren Haaren, Büchern und einmal auch auf der Schreibmaschine ihres Vaters vollbrachte.

Ich schätzte, dass ich seit unserem Einzug in dieses Haus mehr als fünfhundert Packungen Schokoladenpudding verbraucht hatte. Es wurde angeregt, einen neuen Schulbus anzuschaffen, der ab dem nächsten Schuljahr zum Einsatz kommen sollte; sein Fahrer sollte der jüngere Sohn der Harveys sein, der auf der Highschool gewesen war, als wir in die Stadt zogen. Äußerst widerwillig, mit vielen Bedenken, bedächtigem Ein- und wieder Auspacken und einer Riesenverwirrung über weiße Hemden bereitete sich mein Mann auf eine längere Reise nach New York vor.

Die Verabschiedung am Bahnhof war feierlich; unsere beiden größeren Kinder standen dicht bei uns, Sally saß schaukelnd auf einem Gepäckwagen. Laurie hatte vier Mal »Wo bleibt denn der Zug?« gesagt, und Sally hatte sieben Mal darauf hingewiesen, dass sie vorhabe, ihren Vater zu begleiten. Mein Mann hatte ungefähr elf Mal gesagt, er sei sicher, in seiner Abwesenheit würde alles gut laufen, und ich kann mich nicht erinnern, wie oft ich gesagt hatte, er solle sich um *uns* keine Sorgen machen; wir würden schon zurechtkommen. Der Zug hatte fünfzehn Minuten Verspätung, was uns allen Gelegenheit gab, uns zu wiederholen und diverse andere vollkommen vernünftige Bemerkungen zu machen wie »Junge, ich wette, *du* würdest dich nicht auf die Gleise stellen, wenn der Zug kommt« (Laurie zu Jannie) und »Hast du auch die warmen Socken eingepackt?« (ich zu meinem Mann) und »Was, wenn der Zug *niemals* kommt?« (Jannie zu ihrem Vater).

»Alte Frau Frank ging zum Schrank«, sagte Sally laut und nachdrücklich.

»Junge«, sagte Laurie zu seinem Vater, »ich wünschte, der Zug würde kommen. Komm, wir fahren nach Hause«, sagte er unvermittelt zu mir. »Der kann doch auch allein in 'nen Zug steigen.«

In die Menschenmenge auf dem Bahnsteig kam eine nervöse Unruhe; ich hatte gerade angefangen, Laurie streng zu erklären, dass wir schließlich hergekommen waren, um uns von Daddy zu verabschieden, als alle riefen »Da kommt er, da kommt er«, und Sally begann, schreiend auf und ab zu hüpfen, und Jannie und Laurie beide einen Satz nach vorn machten, sodass ich sie schnell an ihren Jacken zurückhalten musste. »Also«, sagte mein Mann zu mir.

»Auf Wiedersehen, auf Wiedersehen«, sagte ich. Mein Mann drehte sich im Davonlaufen um und winkte. Die Kinder winkten begeistert zurück und riefen »Auf Wiedersehen, auf Wiedersehen«, und ich hielt sie hinten an ihren Jacken fest. Ich unterdrückte angestrengt einen Anflug von ehrlichem Neid, als ich sah, wie der Zug losfuhr und mein Mann am Fenster winkte. »So, Kinder«, sagte ich schließlich, »dann ab nach Hause.«

»Ist Daddy jetzt weg?«, fragte Sally.

»Auf und davon«, sagte Laurie.

Ich bugsierte sie zum Wagen, hielt Sally davon ab, gleich auf der anderen Seite durchs Fenster wieder rauszuklettern, und zog meine Handschuhe an. »Alte Frau Frank«, sagte Sally, »ging –«

»Frank, Frank, Frank«, sagte Laurie. »Was ist denn an Frau Frank so besonders?«

»*Ich* rede gerade«, sagte Sally würdevoll. »Alte –«

»Kannst du nicht mal über *irgend*was anderes reden?«

»Können wir ein Eis?«, fragte Jannie und hängte sich hinter meinem Kopf über die Lehne. »Weil Daddy weg ist, können wir ein Eis oder einen Kaugummi oder einen Lutscher oder Softeis oder ein Eis? Weil Daddy weg ist?«

»Wir fahren jetzt direkt nach Hause und essen zu Abend«, sagte ich. »Und zum Nachtisch gibt's Schoko-pudding.«

»Nur für Daddy nicht«, sagte Laurie traurig.

Zu Ehren von Daddys Abreise gab es außerdem Hot-dogs und Bohnen mit Speck; ich machte den Kindern zu-erst Essen und richtete mir meins dann, den unwürdigen Gedanken verdrängend, dass mein Mann im Speisewa-gen der Eisenbahn, diesem Ort der Ungerechtigkeit und des gehobenen Lebens, zweifellos Roastbeef und Kaviar zu sich nahm, auf einem Tablett an, aß geistesabwesend meinen Hotdog und las einen Krimi. Das Haus war sehr still, nachdem die Kinder eingeschlafen waren, und plötz-lich fiel mir, ganz gegen meinen Willen, ein, dass unsere nächsten Nachbarn den Winter über in Florida waren. Ich ging früh zu Bett, mit meinem Krimi und der Kat-ze, und schlief bei eingeschaltetem Licht ein. Mehrmals in der Nacht wachte ich nervös auf, weil die Katze un-ruhig war, und obwohl es sich bei eingeschaltetem Licht schlecht schlief, zögerte ich, es auszuschalten; im Flur vor meiner Tür war deutlich ein bedrohliches Knarren zu hö-ren, und ich hatte immer mehr den Eindruck, Rauch zu riechen. Jedenfalls wachte ich morgens mürrisch und un-motiviert auf, nur um festzustellen, dass es halb acht war und nicht sieben (war das ominöse Knarren der Wecker gewesen, den ich vergessen hatte zu stellen?) und dass das, was durch das Fenster aussah und klang wie Regen, tatsächlich Regen war. Ich sprang aus dem Bett, knall-te das Fenster zu, machte das Licht aus, öffnete die Tür und schrie: »Ist etwa noch keiner wach?« Die Antwort war eine rasche Unruhe, als ließen mehrere Kinder hastig

Malbücher und Stifte fallen und bewegten sich zielstrebig in Richtung Schulkleidung. Mit ungeputzten Zähnen (das Wichtigste zuerst, sagte ich mir) eilte ich in die Küche, setzte Wasser für den Haferbrei auf, füllte die Saftgläser und – das Wichtigste zuerst – stellte die Kaffeemaschine an. Als Jannie in die Küche kam, hatte ich Schalen und Löffel rausgenommen; ich warf ihr einen taxierenden Blick zu und sagte: »Nimm die Kette ab. Das sind deine besten Schuhe, und es regnet. Zieh statt der Bluse einen Pulli an. Zähne putzen.« Und zu Sally hinter ihr: »Die Schuhe sind falschrum. Und ich hab dir gestern Abend eine ordentliche Latzhose rausgelegt, nicht Strandsachen. Und du musst Strümpfe anziehen.« Ich legte den Kopf in den Nacken und rief: »Laurie!«

Wenig später rief er zurück: »Ich ziehe mich an.«

»Sally«, sagte ich, »geh deinen Bruder wecken.«

»Es ist kalt«, sagte Jannie. Sie zitterte ausgiebig. »Es ist *schrecklich* kalt.«

»Hättest du einen Pulli an und keine Seidenbluse ...«, sagte ich. »Sally, du sollst deinen Bruder wecken.«

»Mir ist *kalt*«, sagte Sally.

»Bin wach«, sagte Laurie, der im Schlafanzug an der Küchentür auftauchte. »Mann, ist das kalt.«

Mir wurde klar, dass es wirklich kalt war; ich hatte mich bisher so schnell bewegt, dass mir diese undefinierbare Frostigkeit auf allem, was ich berührte, gar nicht aufgefallen war – auf den Löffeln, der Haferflockenschachtel, den Stuhllehnen. Ich sah Laurie an, und Laurie sah mich an, und dann sagte er nickend: »Jap. Ich wette, das ist es.«

Ich ging ins Wohnzimmer, Laurie folgte mir, Jannie folgte ihm, und Sally tappte hinterher und murmelte:

»Denn ihr armes Hundchen war vor Hunger krank.« Das Thermostat im Wohnzimmer stand bei zweiundzwanzig Grad, das Thermometer darunter zeigte sechzehn. Ich sah wieder Laurie an, und er nickte aufmunternd. Behutsam drehte ich das Thermostat auf dreiundzwanzig, auf sechsundzwanzig Grad, und wir lauschten mit angehaltenem Atem. Kein Brausen aus dem Keller; der Ofen war aus.

Ich bin so gar nicht technisch veranlagt. Ich habe aus vollem Herzen Angst vor Sicherungen und Motorrädern und Bodensteckern und Blitzableitern und Bohrmaschinen und großen Tieren und ganz besonders vor Heizöfen. Mühsam hat mir mein Mann im Laufe unseres Ehelebens beigebracht, gefährliche Geräte wie Toaster und elektrische Kaffeemaschinen zu benutzen, aber niemand wird mich je dazu bringen, in den Keller zu gehen und am Ofen herumzuspielen. Mir war ziemlich klar, dass die beste Möglichkeit, das Haus wieder warm zu bekommen, darin bestand, entschlossen zu einer kleinen Klappe an der Seite des Monsters zu marschieren und den dritten kleinen Knopf von links zu drücken; mein Mann und der Heizungsmann hatten es mir mal gezeigt, gemeinschaftlich, wieder und wieder, mit immer lauter werdenden Stimmen; noch *nie*, hatte mein Mann gesagt und mit den Fingerspitzen seine Stirn berührt, sei ein Ofen explodiert, weil irgendeine Frau den dritten kleinen Knopf von links gedrückt habe, noch *nie*. »Lady«, hatte der Heizungsmann gesagt und die Arme verschränkt, »mal angenommen, eines Tages müssen Sie den Ofen anwerfen, weil sonst niemand da ist, Sie *müssten* es machen ...«

Heldenhafter, als es meine Fähigkeiten für gewöhnlich

hergeben, schritt ich verantwortungsvoll auf die Kellertür zu, die Kinder versammelten sich hinter mir. »Der Ofen scheint aus zu sein«, sagte ich zu Laurie. »Ich laufe eben runter und werfe ihn wieder an.«

»Ja«, sagte Laurie. »Geh einfach runter.« Er sah mich skeptisch an.

Ich legte die Hand an den Knauf der Kellertür. »Es könnte auch was kaputt sein«, sagte ich. (War es der *dritte* kleine Knopf von links? Der zweite? Oder von rechts?) »Ich will ihn nicht anwerfen, falls er kaputt ist«, sagte ich zu Laurie. »Ich will ja keinen Schaden anrichten.«

»Vielleicht hat er kein Heizöl mehr«, schlug Jannie vor.

Ich wandte mich ihr dankbar zu. »Ja, stimmt«, sagte ich. »Wenn ich es mir so überlege, wäre es sehr gefährlich, ihn anzuwerfen, wenn er kein Öl hat. Dann reiben die Teile aneinander«, sagte ich zu Laurie, der bedächtig nickte. »Besser, ich rufe den Heizungsmann«, sagte ich.

Wir waren sowieso spät dran, *sehr* spät sogar. Es war halb neun, als alle Schuhe geschnürt, der Haferbrei aufgegessen, die Haare gekämmt, die Zähne geputzt, die Brotdosen gefüllt, die Hausaufgaben eingepackt, die Jacken an, die Turnschuhe gefunden waren und ich es geschafft hatte, eine Tasse Kaffee zu trinken. Ich setzte die Kinder in den Wagen, hielt wie ein elektronisches Auge nach Taschentüchern und Schmuggelware Ausschau, und es gelang mir, Sally ein kleines Plastiktelefon und zwei Kaugummis zu entreißen und Jannie einen großen Ring mit einem glitzernden Rubin und alles zu konfiszieren. Ich schloss die Autotür hinter ihnen, rannte auf die andere Seite, um Sally zu erwischen, die aus dem gegenüberliegenden Fenster stieg, zählte durch, um sicherzugehen, dass es drei waren, und setzte mich mit einem kleinen Seufzer auf den Fahrersitz.

»Wärst du eher aufgestanden«, merkte Jannie kritisch an, »müssten wir uns jetzt nicht so beeilen.«

Ich öffnete den Mund, um zu antworten, dachte noch rechtzeitig daran, dass die armen Süßen derzeit vaterlos waren, und sagte mit großer Zurückhaltung: »Na ja, wenigstens haben wir *jetzt* genug Zeit.« Ich drückte den Anlasser.

Jannie kicherte. »Laurie sitzt in seiner Schule bei den Mädchen, weil er so *hübsch* ist.«

»*Hey*, wehe, du –«

»Kinder«, sagte ich, »seid still.« Ich drückte den Anlasser. »Schließlich«, sagte ich mit einem hellen kleinen Lachen, »zieht Jannie Laurie nur auf, weil sie weiß, dass es ihn stört; ich schlage vor, du bleibst ganz ruhig, Laurie, dann wirst du sehen, wie schnell sie –« Ich drückte den Anlasser.

»Alte Frau Frank«, grätschte Sally in die Stille, »ging zum Schrank, denn ihr armes Hundchen war vor Hunger krank, und sie selbst aß zum Frühstück Haferbrei.« Sie fing wie wild an zu lachen. »Haferbrei«, wiederholte sie hilflos, »Haferbrei.«

Ich drückte den Anlasser und zog am Choke.

»Springt das Auto nicht an?«, fragte Jannie. Laurie schrie vor Lachen, und nach einem Moment der Fassungslosigkeit stimmte Jannie ein. »Alte Frau Frank –«, hob Sally an.

Ich drückte den Anlasser und zog den Choke und fing an, mit beiden Händen aufs Lenkrad zu hauen.

»Warum steigst du nicht aus und kurbelst?«, fragte Laurie johlend.

»Warum holst du dir nicht ein Pferd oder so?«, fragte Jannie.

»Alte Frau –«

»Ich hab' ihn nur abgewürgt«, sagte ich mit fester, beherrschter Stimme, sogar leicht amüsiert. »Dummes altes Auto«, sagte ich liebevoll und versetzte der Kupplung einen heftigen Stoß.

»Hey«, sagte Laurie, plötzlich gar nicht mehr belustigt, »kommen wir zu spät?«

»Bestimmt nicht. Sag der Lehrerin einfach, das Auto –«

»Das hab ich *letztes Mal* schon gesagt«, sagte Laurie. Seine Stimme klang panisch. »Und sie hat gesagt«, fuhr er fort, »wenn ich um Viertel vor neun nicht in meinen Turnschuhen stecke, nehmen sie für den linken Tackle jemand anders und –«

»Warum springt es denn nicht an?«, fragte Jannie energisch. »Was ist denn mit dem Auto?«

Vaterlos hin oder her, ich wurde laut. »Ist doch egal.« Ich habe viele Launen meines Autos geduldig ertragen, und es gibt nur noch wenig, was wir beide nicht übereinander wissen. Zum Beispiel weiß es sehr genau, dass mich eine Art tiefes Stöhnen, das es von sich gibt, wenn es unglücklich ist, extrem nervös macht, und ich weiß sehr genau, dass mein Auto, wenn es sich aus undurchsichtigen Gründen in den Kopf gesetzt hat, nicht anzuspringen, mit keinem Trick zu bezirzen ist. »Ich verkauf das dreckige Ding für fünfzig Cents«, sagte ich böse, stieg aus, ging vor mich hin grummelnd ins Haus und rief unser örtliches Taxi.

»Schon wieder?«, sagte Mr. Williams, als ich es ihm erzählte. »Glauben Sie, es ist wieder die Batterie?«

»Die Kinder«, sagte ich, »haben noch sieben Minuten, um in die Schule zu kommen.«

»Also, das werden sie nicht schaffen«, sagte er. »Bis ich oben bei Ihnen bin und wieder unten. Aber ich glaub kaum, dass die Lehrer besonders schockiert sind, wenn sie mal wieder zu spät kommen.« Er kicherte, und ich legte auf.

Ich setzte Laurie und Jannie ins Taxi, verstaute Brotdosen und Bücher und ermahnte Jannie, nicht bei der Schule auszusteigen, sondern bei ihrer Vorschule; ich bat Mr. Williams, Jannie um zwölf abzuholen und Laurie um drei, und sagte, ich würde ihn später bezahlen, es sei schon fast neun. Dann – das Wichtigste zuerst – ging ich wieder ins Haus, schloss Sally in ihr Zimmer und griff nach dem Telefon; da meine Zähne klapperten, wählte ich zuerst die Nummer von K. B. Anderson, Sanitär und Heizung, und erwischte Mrs. Anderson, die vormittags im Büro die Anrufe annimmt. Ich erklärte ihr, wer ich war und dass unser Ofen aus war, und fragte, ob Mr. Anderson bitte direkt kommen könne.

»Also«, sagte sie, »*heute* Vormittag nicht. Er kommt erst zum Essen wieder und muss am Nachmittag eine Heizung bei den Sawyers einbauen. Vielleicht morgen.«

»Aber wir müssen heizen und die Kinder –«

»Vielleicht wird es morgen auch nichts, wenn ich so drüber nachdenke«, fuhr sie fort. »Heut' Abend ist in Waterville diese Klempnertagung. Und Sie wissen ja, wie *die* so laufen.«

Ich bestätigte eilig, dass ich das natürlich wisse, und sagte voller Sorge, dass es bei uns immer kälter werde und die Kinder –

»Warum versuchen Sie's nicht beim jungen Dick Sampson aus der Bridge Street?«, fragte sie. »Der hat vor seiner Heirat als Klempner gearbeitet.«

»Sampson?«

»Nein, Bridge Street stimmt nicht. Wie komme ich denn *darauf*. Er *hat* mal in der Bridge Street gewohnt, aber dann hat er den Fernsehreparaturdienst übernommen.«

»Er fährt also nicht zu der Klempnertagung«, erkundigte ich mich höflich.

»Nein, *der* nicht«, sagte sie zufrieden. »Er hat eins der Wiley-Mädchen geheiratet, so bin ich auch auf die Bridge Street gekommen. Mildred war es, glaub ich.«

»Aber der Ofen –«

»East Main«, sagte sie. »Ich wusste, es würde mir noch einfallen. Oder Sie versuchen mal, Bill England zu erwischen. Der wird wissen, was zu tun ist, oder einer der Hope-Jungs.«

»Vielen Dank«, sagte ich. Als ich auflegte, starrte ich hoffnungslos auf die Namen, die ich aufgeschrieben hatte (die Hope-Jungs kannte ich, und da fror ich mich lieber zu Tode). Mir kam der Gedanke, dass unter den Freundinnen, die ich in der Stadt hatte, doch eine mit einem Ehemann sein müsste, der sich nicht scheute, in unseren Keller zu gehen und nach unserem Ofen zu sehen. Nancy, dachte ich; sie und Cliff waren mal rübergekommen und hatten uns mit einem Teppich geholfen. Ich rief Nancy an und sie ging ran, und ich fragte sie, wie es ihr ging, und sie fragte, wie es *mir* ging, und ich erzählte ihr, dass mein Mann nicht in der Stadt war, und sie erzählte mir von den neuen Verandastühlen, und ich sagte, dass ich mich schon die ganze Zeit melden wollte, und sie sagte, es sei so lange her, dass wir uns gesehen hätten, und ich sagte, wir müssten nächste Woche unbedingt mal wieder Bridge spielen, und sie sagte, sie würde anrufen, und ich sagte, ich würde mich melden, und ich wollte schon auflegen, als es mir wieder einfiel, und ich sagte, ach, hör mal, ich wollte noch was fragen. Also erzählte ich ihr, dass der Ofen aus war und ich nicht wusste, wie er wieder anging, und sie sagte, ich solle doch mal Anderson anrufen.

»Heute ist eine Klempnertagung«, sagte ich.

»Schon wieder? Als William neulich die Bürste im Klo runtergespült hat und ich Anderson angerufen hab, hat Mrs. Anderson auch gesagt, es wäre eine Klempnertagung. Und das ist erst sechs Wochen her, da war nämlich meine Mutter –«

»Glaubst du denn, Cliff würde –«

»Natürlich«, versicherte sie mir. »Ich schick ihn rüber, wenn er nach Hause kommt. Er wird sich *freuen*.«

Wir beschlossen, uns bald wieder beieinander zu melden, und legten auf. Ich rief Eddie in der Werkstatt an und fragte, ob er mein Auto noch mal abholen könne, und er seufzte und fragte, ob ich glaube, dass es wieder der Keilriemen sei? Ich wusch das Frühstücksgeschirr ab und machte die Betten, und mir kam der Gedanke, dass ich, wenn Eddie kam, um das Auto zu holen, ja *ihn* fragen könnte, ob er in den Keller geht und den Ofen anschmeißt, schließlich ist er Mechaniker und so, aber als er dann endlich kam, um das Auto zu holen, war ich gerade am Telefon; Nancy hatte noch mal angerufen, um zu sagen, es tue ihr leid, es sei gar keine Klempnertagung gewesen, sondern eine Ölbrennertagung, da hätte sie Mr. Anderson unrecht getan. Wir kamen überein, sehr bald mal Bridge zu spielen, und bis wir so weit waren, war Eddie mit meinem Wagen verschwunden. Gegen Mittag brachte das Taxi Jannie von der Vorschule nach Hause, und mir fiel siedend heiß ein, dass ich morgens unterwegs ein Brot hatte holen wollen. Ich machte Jannie und Sally zum Mittagessen Cracker mit Erdnussbutter, und während sie in der Küche traurig vor sich hin mümmelten, ging ich zum Telefon und rief meine Freundin Carol an. Sie fragte, wie es mir gehe, und ich fragte, wie es ihr gehe, und sie erzählte mir von der schlimmen Erkältung ihres Jungen, und ich erzählte ihr, dass mein Mann nicht in der Stadt war, und sie sagte, wir müssten uns bald mal abends treffen. Ich sagte, ich würde mich melden und ob sie mir in der Zwischenzeit ein Brot mitbringen könne, wenn sie einkaufen ginge? Denn irgendetwas sei mit meinem Auto. Sie sagte mitfühlend, da oben bei uns brauche man allerdings ein Auto, und ob es mir nichts ausmache, nachts in unserem großen Haus allein zu sein? Ich sagte, nein, ach was, nein, ich sei nicht ängstlich, nie, und ob sie mir noch eine Dose Thunfisch mitbringen könne? Ich hatte das dringende Gefühl, noch etwas vergessen zu haben, hatte aber keine Zeit, darüber nachzudenken, weil sie fragte, sonst noch irgendwas? Es mache überhaupt keine Mühe. Ich sagte, das sei mehr als genug, danke, es sei so nett von ihr, und wir müssten uns wirklich bald mal treffen.

Ich brachte Sally für ihren Mittagsschlaf ins Bett, versorgte Jannie in Lauries Zimmer mit Puzzles und Büchern, machte mir ein paar Cracker mit Erdnussbutter und setzte mich mit meinem Krimi hin. Gegen zwei Uhr löste sich plötzlich das bohrende Gefühl, das ich seit dem Gespräch mit Carol hatte, als ich herausfand, dass das Motiv für den Mord in meinem Buch ein großes Erbe war. Geld, dachte ich. Hatte mein Mann mir nicht einen Scheck gegeben, den ich am Vormittag hätte einlösen sollen?

Der Scheck war in meiner Handtasche, außerdem drei Vierteldollar und ein Penny. Carol würde kaum darauf bestehen, dass ich ihr den Betrag für ein Brot und eine Dose Thunfisch sofort wiedergab, aber heute war Dienstag, und der Wäschemann war fällig. Der Scheck war bestimmt zu hoch, als dass er mich hätte auszahlen können, aber selbst wenn ich die Wäscherechnung mal eine Woche nicht bezahlte, war da noch Mr. Williams mit seiner Taxirechnung. Wenn ich Mr. Williams sagte, ich würde ihn morgen bezahlen, konnte ich Carol das Brot und die Dose Thunfisch bezahlen. Aber morgen war Mittwoch, was bedeutete, dass Laurie und Jannie vor der Schule jeweils fünfunddreißig Cents Milchgeld brauchten, und mein Hirn kapitulierte vor der Aufgabe, drei Vierteldollar in zweimal fünfunddreißig Cents aufzuteilen. Ich überlegte gerade, die ganze Sache aufzuschieben und mich wieder hinzusetzen, als es an der Hintertür klopfte und ich Mr. Anderson öffnete. »Die Frau sagt, ich soll sofort vorbeikommen«, erklärte er. »Sagt, Sie könnten's den Kindern nicht warm machen.«

»Der Ofen ist aus«, sagte ich, um die Situation zu erklären. »Er ist unten im Keller.« Mr. Anderson lässt sich – vielleicht wegen seiner dringenden gesellschaftlichen Verpflichtungen – ausschließlich in bar bezahlen; es kursiert über ihn das Gerücht, das ich vorbehaltlos glaube, dass er direkt wieder runtergeht und den Ofen wieder kaputt macht, wenn er nicht sofort bezahlt wird. »Ich hoffe, Sie können ihn reparieren«, sagte ich matt, während Mr. Anderson vergnügt plaudernd im Keller verschwand; als er anfing, rhythmisch gegen den Kessel zu schlagen, war ich schon in Lauries Zimmer, Jannie bewusst den Rücken zuwendend, und untersuchte seine Brieftasche, in der sich elf Cents befanden – nicht mal genug, um das Milchgeldproblem zu lösen. Ich hatte auf die fünf Dollar gehofft, die seine Großeltern ihm für einen Fußball geschenkt hatten, und hätte mich ohrfeigen können, als mir einfiel, dass ich ihn persönlich in die Stadt gefahren hatte, damit er sie für Modellautos ausgeben konnte. Aber auf der Kommode stand seine Spardose.

»Was machst du da?«, fragte Jannie aus dem Bett. Sie legte ein Puzzleteil wieder hin und beobachtete mich.

»Ich suche was«, sagte ich wahrheitsgemäß.

»Ach«, sagte Jannie. »Und ist es da?«

»Jap«, sagte ich.

Als Mr. Anderson die Treppe wieder hochgestampft kam, saß ich fröhlich am Esstisch und strich mit den Fingern über einen Haufen Fünfer und Zehner. »Musste nur wieder angeworfen werden, das war's schon«, sagte Mr. Anderson mit einem stirnrunzelnden Blick auf die dekorative Kuh, Lauries Spardose, und das Messer, das ich dazu benutzt hatte, mir meinen Weg hinein zu bahnen. »Das hätten Sie auch selbst gekonnt.«

Ich lachte hell, wie es einer Dame ansteht, die eher eine Bank ausrauben würde, als einen Ofen anzufassen, und sagte: »Und was schulde ich Ihnen, Mr. Anderson?«

»Ein Dollar tut's schon«, sagte er und sah mit großen Augen zu, wie ich sorgfältig in Fünfern und Zehnern einen Dollar abzählte, sie vom Tisch fegte und in seine Hand fallen ließ. »Bitte schön«, sagte ich. »Ich hoffe, es stört Sie nicht, dass es Kleingeld ist.«

»Danke«, sagte Mr. Anderson. Er schloss seine große Hand um das Geld und trug es so zur Hintertür, und ich folgte ihm und sprach lebhaft darüber, wie froh ich sei, dass der Ofen nicht *richtig* kaputt gewesen war, und mache es nicht den Eindruck, als ob es endlich aufhören würde zu regnen. Mr. Anderson stieg klimpernd in seinen Transporter und fuhr, ohne sich noch mal umzusehen, von der Auffahrt, und ich ging zu meinem Haufen Geld zurück und fing an, es summend nach Fünfern und Zehnern zu sortieren. Ich konnte die Spardose schwerlich vollkommen leer lassen, falls Laurie sie in der Erwartung in die Hand nahm, darin die Münzen rasseln zu hören, also tat ich widerstrebend ein halbes Dutzend Fünfer hinein. Wie sich herausstellte, reichte der Rest, um den Wäschemann zu bezahlen, aber für den Müllmann, den ich vollkommen vergessen hatte, musste ich mich an Jannie wenden, die ziemlich arm war, sodass ich zusammen mit Sallys magerer Pennysammlung dreiundvierzig Pennys und meine ursprünglichen drei Vierteldollar hatte. Carol kam mit meinem Brot und meiner Dose Thunfisch und lehnte es entschieden ab, die Pennys anzunehmen, weil sie sie zu Hause nur ihrer *eigenen* Pennysammlung hinzufügen würde. Das Taxi musste ich ziehen lassen, ohne Mr. Williams zu bezahlen, weil ich bis dahin alle Spardosen sorgsam wieder an ihren angestammten Platz gestellt hatte und fürchtete, es könnte auf Laurie verdächtig wirken, wenn ich den Taxifahrer in Pennys bezahlte. Während ich zum Abendessen Thunfisch mit Sahne vorbereitete, kam Cliff, um den Ofen zu reparieren, und ich sagte ihm, dass Mr. Anderson schon da gewesen sei, aber ob es ihm was ausmachen würde, dieses Glas Mayonnaise aufzumachen? Er bearbeitete den Deckel mit einem Messer, hielt das Glas unter heißes Wasser und versuchte es mit der Türzarge, und ich sagte, ich würde stattdessen ein Essigdressing machen, und er sagte, ach ja, Nancy habe vorgeschlagen, dass ich heute Abend zum Bridgespielen rüberkäme, einen Vierten würden sie auch noch finden.

Ich wollte gerade erfreut zusagen, als mir einfiel, dass unsere Babysitterin ihren Stundenlohn auf vierzig Cents die Stunde erhöht hatte, und da ich das Milchgeld *unbedingt* brauchte, hätte ich nur für achtundvierzig Cents Bridge spielen können, gerade mal eine Partie. Also sagte ich tapfer lächelnd, dass es wohl besser sei, bei meinen vaterlosen Kindern zu bleiben. Eddie brachte gegen sieben mein Auto zurück; »Vergaser«, sagte er kurz angebunden und wischte mit einem schmutzigen Ärmel übers Lenkrad, bevor er ausstieg. »Ist jetzt alles in Ordnung.«

Am Abend rief mein Mann an und fragte, wie es laufe, und ich sagte, gut, das Auto ist liegen geblieben, und der Ofen ist ausgegangen, und ich habe kein Geld mehr, und niemand kriegt die Mayonnaise auf. Er fragte, ob er besser direkt nach Hause kommen solle? Und ich sagte, natürlich nicht, *jetzt* sei ja alles in Ordnung, abgesehen von der Mayonnaise. Er käme gerade von einem Essen mit Freunden, sagte er, und sei jetzt auf dem Weg zu einem Pokerspiel.

Ich ging gegen zehn ins Bett und lag zwei Stunden lang wach, in denen ich den komischen Geräuschen irgendwo im Keller lauschte oder auf dem Dachboden, oder vielleicht war es auch nur irgendjemand, der draußen rumschlich. Als ich am nächsten Morgen aufwachte, schien die Sonne, und die Kinder lachten in der Küche und ich lag eine Minute lang im Bett und dachte, wie auf einen Tag voller Probleme und Ärgernisse wie gestern immer ein schöner Tag wie heute folgte, daran sollte ich in Zukunft denken. Fröhlich machte ich Grießbrei zum Frühstück, füllte Brotdosen, bürstete Haare, band Schuhe, suchte Bücher zusammen und hatte alle um zwanzig nach acht im Auto. »Gut, gut«, sagte ich, »*heute* Morgen haben wir mehr als genug Zeit.«

»Laurie sitzt bei den Mädchen, Laurie sitzt bei den Määääädchen.«

»Hör mal –«

»Alte Frau Frank –«

»Kinder«, sagte ich, ein Lächeln in der Stimme, »nicht ärgern an einem schönen Tag wie heute. Lasst uns alle *fröhlich* sein und *glücklich*, weil die *Sonne* scheint. Alle mal *lächeln*.«

Ich drückte den Anlasser.

»Schrank.«

Ich drückte den Anlasser noch mal.

Im Haus hing das unbestimmte Gefühl von Ernte, von Äpfeln, die eingelagert werden mussten, von näherrückenden Feiertagen. Mich ergriff ein Anfall von Betriebsamkeit, und ich strich die Bücherregale der Mädchen gelb. Die Verandamöbel wurden hereingeholt, und ich fragte mich, ob die Schneeanzüge es noch einen weiteren Winter tun würden. Eines Tages brachte ich Jannie einen kleinen, blau-rosa karierten Seidenschal mit, den sie begeistert entgegennahm, mit der Bemerkung, sie würde ihn ganz, ganz bestimmt am nächsten Tag zur Schule tragen.

Sie trug ihn modisch um den Hals geschlungen, in einer
ordentlichen Schleife, auf die ich ihren Vater hinwies, der
sagte, das sehe tatsächlich sehr hübsch aus. Am nächsten
Tag hatte sie ihren kleinen Schal lässig durch das oberste
Knopfloch ihrer Jacke gezogen; am Tag darauf schlang sie
ihn am Hinterkopf lose um ihr Haar. Verblüfft ging ich
los und besorgte mir selbst einen kleinen violetten Schal.
Ich verbrachte fünfzehn Minuten damit, ihn am Hinterkopf lose um mein Haar zu schlingen, um am Ende wie
eine als Kaninchen verkleidete Revuetänzerin auszusehen.
Ich schenkte meinen violetten Schal Jannie, die ihn an ihren rosa-blauen knotete und die beiden als Gürtel zu ihrem Rock trug, von dem sie die Träger entfernt hatte. Am
nächsten Tag trug sie einen Schal um die Taille, und der
andere lag ordentlich zusammengefaltet auf ihrer Kommode. Schüchtern übergab ich ihr zwei weitere, einen goldenen und einen grünen, und am nächsten Tag kam Sally
mit einem Haarknoten zum Frühstück, in den der grüne
Schal geschlungen war; den goldenen trug Jannie im Haar.
Ich wies ihren Vater darauf hin, und er sagte, das sehe tatsächlich sehr hübsch aus. Mutig geworden, ging ich mit
einem kleinen weißen Schal, den ich gekauft hatte, zu
Jannie und bat sie, mir das Haar damit hochzubinden,
und sie holte einen Stuhl und eine Bürste und arbeite-
te eine ganze Weile aufgebracht vor sich hin murmelnd
und mit der Zunge schnalzend an mir herum. Schließlich
stieg sie wieder herunter, ging um mich herum und sah
mich von vorne an. Jannie seufzte und sagte: »Zeig es mal
Daddy.« Ich ging und zeigte es Daddy, und er betrachtete
mich eine ganze Weile und sah dann Jannie an, und Jannie zuckte mit den Schultern, und mein Mann sagte zu

mir: »Was ist eigentlich aus dem hübschen blauen Kleid geworden, das du mal hattest? Das ich so gern mochte?«

Ich schenkte den kleinen weißen Schal Jannie, zog mürrisch ab und verbrachte den restlichen Tag damit, Badeanzüge mottensicher zu verpacken.

Ungefähr um die Zeit kam Laurie mit einem schrecklichen Liedchen aus der Schule, das so begann: »Salami war Tänzerin, die tanzte vor dem König, und immer, wenn sie tanzte, trug sie dabei herzlich wenig ...« Jannie lernte es augenblicklich, und sie skandierten es im Chor. Sally lernte umständlich, »Jingle Bells« zu singen.

Zwei Tage vor seinem achten Geburtstag fuhr Laurie mit seinem Rad um eine Kurve, direkt einem Auto in den Weg. Ich erinnere mich mit ungewöhnlicher Klarheit daran, dass mir jemand aus der sich versammelnden Menschenmenge eine glühende Zigarette reichte, ich erinnere mich, ganz vernünftig gesagt zu haben, dass wir nicht so mitten auf der Straße rumstehen sollten, ich erinnere mich an die hohe Stufe des Krankenwagens. Als sie uns im Krankenhaus, spätabends, sagten, dass alles gut werden würde, fuhren wir nach Hause, und ich trocknete weiter das Frühstücksgeschirr ab. Laurie wachte am übernächsten Morgen im Krankenhaus auf, ohne eine Erinnerung an irgendetwas zu haben, was nach dem Frühstück zwei Tage zuvor geschehen war, und der Gedanke, dass er, ohne es zu wissen, in einem Krankenwagen gefahren war, brachte ihn so sehr auf, dass der Krankenwagen noch mal verpflichtet werden und ihn zwei Wochen später nach Hause bringen musste, mit heulender Sirene und einer extrem stolzen Jannie neben ihm, während die Autos zu beiden Seiten auswichen.

Wir brachten ihn natürlich in unserem Schlafzimmer unter; meine Mutter gab kranken Kinder immer das »große« Bett, und ich erinnere mich noch vage an das Gefühl, dass das ein Zeichen dafür ist, *wirklich* krank zu sein, krank genug, um nicht in die Schule zu müssen. Das Komplizierteste, womit es meine Mutter zu tun bekommen hatte, war allerdings der gebrochene Arm meines Bruders gewesen – in meiner unsicheren Obhut befand sich hingegen dieser temperamentvolle Patient mit Gehirnerschütterung, gebrochener Hand und diversen verbundenen Schnitten und Wunden, der sich nach Anweisung des Arztes nicht aufregen und den Arm nicht bewegen sollte; der vor allem den Kopf nicht heben und nicht versuchen sollte, sich umzudrehen; und der, wie vollkommen offensichtlich war, auf überhaupt nichts hören würde, was der Arzt sagte.

»Jetzt, wo ich zu Hause bin, darf ich, was ich will«, verkündete Laurie, sobald ich mit dem Tablett mit Orangensaft, trockenem Toast und Hühnerbrühe ins Zimmer kam, was schon meine Mutter für die angemessene Grundversorgung eines Kranken gehalten hatte; Laurie warf einen missbilligenden Blick auf das Tablett und sagte: »Der Doc hat gesagt, ich darf wieder *richtig* essen.«

»Das Wichtigste ist«, erklärte ich ihm, »dass du dich ruhig hältst und dir warm ist und du dich nicht aufregst. Der Hund, zum Beispiel.«

Toby versteckte den Kopf unter einem Kissen und versuchte so zu tun, als wäre er unsichtbar. »Welcher Hund?«, fragte Laurie.

»Und«, fügte ich sehr bestimmt hinzu und tätschelte Toby gedankenverloren die Schulter, »und du darfst auf gar keinen Fall den Kopf heben, und du darfst dich auf gar keinen Fall ohne Hilfe bewegen, und wenn du es doch tust —«

»Dann muss ich wieder ins Krankenhaus«, sagte Laurie. Er kuschelte sich in die Mulde unter Tobys Kinn. »So schlimm war es da nicht«, sagte er. »Jedenfalls war das Essen gut.«

»Jannie und Sally dürfen nicht in dieses Zimmer. Überhaupt: kein Besuch, mindestens eine Woche lang.«

Shax erschien leise im Türrahmen, sah erst mich und dann Laurie abschätzend an und bewegte sich dann ruhig durch das Zimmer und aufs Bett, wo er es sich ohne jede Eile zu Lauries Füßen bequem machte und schnurrte. Laurie grinste mich an. »Jannie *war* schon hier«, sagte er. »Sie hat mir eine ihrer Geschichten erzählt, als du noch unten warst und den Schrott für das Tablett vorbereitet hast, und Sally hat mir ihren Teddy gebracht.«

Ich seufzte.

»Er ist irgendwo unter der Decke«, sagte Laurie. »Der Doc hat gesagt, du würdest mir alles erzählen, alles, was passiert ist.«

»Besser, wir denken gar nicht dran.«

»Der Doc sagt, ich wäre von einem Auto angefahren worden.«

»Das stimmt.«

»Ich erinnere mich nicht daran.« Laurie klang vorwurfsvoll. »Ich müsste mich doch an *irgendwas* davon erinnern.«

»Wahrscheinlich ist es besser so«, sagte ich. »Besser, man erinnert sich an schöne Sachen und nicht an die traurigen.«

»Was ist denn *daran* traurig?«

»Nicht den Kopf bewegen.« Ich lehnte mich im Sessel zurück und griff nach meinem Buch. »Und jetzt schlaf; ich bleibe hier sitzen.«

Laurie schloss gehorsam die Augen, aber Toby bewegte sich, und Laurie lachte. »Erzähl mir davon«, sagte er.

»Du weißt doch schon alles«, sagte ich. »Und es ist ja endlich vorbei.«

»Gab es viel Blut?«

»Laurie, es ist doch –«

»Ja oder nein?«

»Da war auch Blut«, sagte ich widerstrebend.

»Auf der Straße?«

»Ja. Kopf still halten.«

»Mannomann«, sagte Laurie wohlig. »Und die Bullen – sind die Bullen gekommen? Der Doc hat gesagt, die Bullen hätten ihn angerufen.«

»Officer Harrison war da, er hat sich um alles gekümmert. Es war Sonntag, und er war zu Hause und hat Rasen gemäht und kam sofort, als er gehört hat, wie – als es passiert ist.«

»Als er das Krachen gehört hat«, sagte Laurie. »Mannomann, wie laut das gewesen sein muss.«

»Kopf runter.«

»Wie viele Bullen?«

»Officer Harrison und Mr. Lanza und zwei, drei andere, die ich nicht kannte. Ich hab vor ein paar Tagen bei der Polizei angerufen und mich bedankt. Sie waren sehr froh zu hören, dass es dir so viel besser geht.«

»Der Doc hat gesagt, du bist in Ohnmacht gefallen.«

»Bin ich *nicht*.« Ich setzte mich pikiert auf.

»Ist Daddy in Ohnmacht gefallen?«

»Natürlich nicht.«

»Und Jannie?«

»Ich hab Jannie und Sally zu den Olsons geschickt«, sagte ich. »Sie wissen nicht besonders viel darüber.«

»Ich werd es ihnen nicht erzählen«, sagte Laurie beruhigend. »Was ist mit meinem Fahrrad – ist das heil geblieben?«

»Ähm«, sagte ich, »nein. Es ist sogar ziemlich kaputt.«

»*Klar* ist es das«, sagte Laurie genießerisch. »Junge, hat das Fahrrad einen abgekriegt. Wahrscheinlich ist es in eine Million Teile zersprungen.«

»Kopf still halten.«

»Hey – und meine Sachen?«, sagte Laurie. »Ich bin im Krankenhaus aufgewacht und hatte ein Nachthemd an; was ist mit meinen Sachen?«

»Da es dir so gut geht«, sagte ich, »kann ich auch darauf hinweisen, dass ich mir zwar ziemliche Sorgen um dich gemacht habe, mich aber auch ziemlich geschämt habe, als sie dich im Krankenhaus ausgezogen haben. Ich erinnere mich noch sehr gut, dir an dem Morgen gesagt zu haben, du sollst saubere Sachen anziehen, und dein Hemd mochte ja noch durchgehen, aber deine Unterwäsche –«

»Die haben mich im Krankenhaus ausgezogen? Wer?«

»Die Schwester. Und als ich diese Unterwäsche gesehen hab –«

»Die *Schwester*? *Die* hat mich ausgezogen?«

»Du sollst den *Kopf still* halten.«

»O Mann«, sagte Laurie. Er dachte nach, während Toby, den Kopf auf das Kissen gebettet, tief und glücklich atmete und Shax sich rührte, den Kopf hob und sich noch bequemer zusammenrollte. »Wo sind meine Sachen denn jetzt?«, fragte Laurie schließlich.

»Deine Schuhe stehen ordentlich – *ordentlich* – unter dem Stuhl in deinem Zimmer. Die Unterwäsche ist in der Wäscherei und deine Socken und Jeans auch.« Ich zögerte. »Dein Hemd haben sie weggeworfen«, sagte ich.

»Warum?«, fragte Laurie. »*Warum* haben sie mein Hemd weggeworfen?«

»Es war zerrissen«, sagte ich.

»Zerrissen? Du meinst, es war voller Blut oder so?«

»Nein«, sagte ich. »Es war zerrissen. Aufgeschnitten.«

»Aufgeschnitten?«

»Kopf still halten. Sie haben es im Krankenhaus aufgeschnitten.«

»Wirklich?«, sagte Laurie mit leuchtenden Augen. »Sie mussten es *aufschneiden*?«

»So war es ihnen wohl lieber.«

»Wo ist es jetzt?«

»Hab ich doch gesagt, es wurde weggeworfen. Sie haben mir im Krankenhaus deine Sachen gegeben und gesagt, das Hemd hätten sie weggeworfen.«

Laurie fragte vorwurfsvoll: »Und du hast es nicht behalten? Voll mit Blut, und du hast es *nicht behalten*?«

»Warum sollte ich es behalten?«

»Welches war es? Das grün karierte?«

»Das hattest du am Morgen noch mal ausgezogen. Du hast das neue Hemd mit dem Baseballbild angezogen.«

»*Das?* Mein neues?«

»Du hast doch so viele andere«, sagte ich und schwor mir, nie wieder in die Nähe dieser Baseballhemden zu kommen. »Wie wär's, wenn du jetzt ein bisschen schläfst?«

»Das gute Baseballhemd? Und du hast es einfach weggeworfen?«

»Du hättest es nicht mehr anziehen können.«

»Wer redet denn von *anziehen*?«, sagte Laurie. »Was ist noch passiert?«

»Also«, sagte ich, »die Brooklyn Dodgers haben an dem Nachmittag verloren und sind raus.«

»Hab ich im Krankenhaus gehört«, sagte Laurie. »Was für ein Beschiss.«

»Willst du jetzt ein bisschen schlafen?«

»Ich wette, Dad ist fast verrückt geworden«, sagte Laurie.

»Überhaupt nicht«, sagte ich, »er war –«

»Am letzten Tag so zu verlieren. Junge«, sagte Laurie und quetschte sich zwischen Toby und Shax. »Ist gar nicht so übel, wieder zu Hause zu sein.«

Einen Monat später brachte ich Laurie mit einer Befriedigung, die nur noch durch seine eigene übertroffen wurde, zur Schule, damit er seine Bücher holen und anfangen konnte, den Stoff nachzuholen. »Denk dran«, sagte ich im Auto, ehe wir reingingen, »dich bei der Lehrerin und den Kindern für den schönen Korb zu bedanken, den sie dir geschickt haben.«

»Yeah«, sagte Laurie. Es war kurz vor zehn Uhr morgens, was er für den idealen Zeitpunkt hielt, um sich der Klasse zu präsentieren.

»Und vergiss nicht, der Lehrerin für die Blumen zu danken.«

»Yeah.«

»Und sag ihr, beim Rechnen helfe ich dir zu Hause.«

»Also *bitte*«, sagte Laurie.

Im Triumph zogen wir in den Klassenraum ein; Laurie riss die Tür auf und stand einen Moment im Türrahmen, bevor er auf eine Weise hineinstolzierte, um die ihn Cyrano sicher beneidet hätte. »Ich bin wieder da«, sagte er in die Stille der Rechtschreibstunde hinein.

»*Vielen* Dank für die Blumen«, sagte ich zur Lehrerin. »Laurie hat sich *so* gefreut.«

Laurie setzte sich an einen der vorderen Tische und hielt die Hand mit der Schiene so, dass sie gut zu sehen war. Sämtliche Mädchen der dritten Klasse versammelten sich um ihn, und die Jungs setzten sich auf den Boden und die nächststehenden Tische. »Es waren bestimmt fünfhundert Leute da«, erzählte er, »sie kamen von überall angerannt. Und die Straße – ihr hättet die Straße sehen müssen – *voller* Blut –«

»In Mathe helfe ich ihm«, sagte ich zur Lehrerin.

»Er macht das prächtig«, sagte sie mit Blick auf Laurie geistesabwesend.

»Und mein gutes Hemd, das mussten sie mir vom Körper *schneiden*, zehn Ärzte, und es war so voller Blut, dass sie es wegschmeißen mussten, weil es so zerrissen und blutig war. Und ich bin im Krankenwagen gefahren, mit Sirene, und *Mann!,* sind wir gerast. Mannomann!«

»Und was muss er lesen?«

»Entschuldigung«, sagte Lauries Lehrerin. Unwillkürlich rückte sie näher an den fesselnden Redner heran, die Hand noch beruhigend auf meinem Arm. »Und meine Mutter ist ohnmächtig geworden«, sagte er, »und mein *Vater* ... «

Drei

Manchmal ertappe ich mich in meiner Eigenschaft als Mutter dabei, erschrocken und mit offenem Mund vor meinen eigenen Kindern zu sitzen, kleinen Individuen, die entschlossen ihre eigenen Wege gehen und doch auf geheimnisvolle Weise lebhaft an eine Vergangenheit erinnern, von der mein Mann und ich ihnen nie erzählt haben. Ich erinnere mich noch an den kleinen vertrauten Schock, als ich Jannie zum ersten Mal den Weg vorm Haus entlanghüpfen sah, und an das Gefühl, dass die verlorenen Jahre unbemerkt vorbeiziehen, das ich empfand, als Laurie nach Hause kam und sang »R A U S schreibt man raus, und raus bist du, bis auf den Grund des tiefen blauen Meeres, und nimm den Finger aus der Nase *raus*«. Allerdings wurde in der Familie hitzig über die zweite Zeile von »Ibbitty, Bibbitty, Sibbitty, Sab« diskutiert, denn Laurie meinte, es heiße »Ibbitty, bibbitty, conoso«, und ich meinte, es heiße »conothco«, und mein Mann sagte, es heiße »Ibbitty, bibbitty, canarsie«, was mich an die kleine Albernheit »Laurie bumbaurie tiliaurie gosaurie« erinnerte, allerdings sagte mein Mann, *die* ende auf »gotaurie«. Sally entdeckte ihre Fähigkeit, die einfachste, höhnischste Kindheitsmelodie zu skandieren, »*da*, da, *da*, da, *da*, da, daa« oder »*Ich* weiß was, was *du* nicht weißt«; Laurie fing an, die Bilder von Baseballspielern zu sammeln, die sich in Kaugummipackungen verbargen; zu meiner Zeit steckten sie in Lakritzverpackungen. Die süße Zigarette tauchte auf und der Schokoladenapfel; heute bekommt man keinen Baseballschläger mehr dazu, wenn man neue Schuhe kauft, aber Buster Brown grinst einem immer noch mit seinem Hund von den Sohlen entgegen. Eine ganze Abteilung vergessener Vergangenheit kam zurück, als Laurie eines Abends begeistert erzählte, dass es in einem Haus in der Nähe der Schule spuke, keins der Schulkinder traue sich, daran vorbeizugehen, nur ein unerschrockener Abenteurer namens Oliver behaupte, drinnen gewesen zu sein und das Gespenst natürlich auch gesehen zu haben. »Junge, hatte *der* eine Angst!«, berichtete Laurie vergnügt.

Mein Mann und ich sahen uns an; in meinem Fall war es ein Haus im Nachbarblock gewesen – das neben dem freien Grundstück –, und der Junge, der behauptete, drinnen gewesen zu sein, hieß Andy Young (wie kann es sein, dass ich Andy Young nach all den Jahren nicht vergessen habe?); und mein Mann erinnerte sich an einen Schuppen hinten auf dem Schulhof, in dem es spukte, und an einen Louie Fair, der sich reingetraut hatte. In allen Fällen lautete die Pointe der Geschichte exakt: »Junge, hatte *der* eine Angst!« Mein Mann und ich ertappten uns dabei, genau dieselben amüsierten Gemeinplätze über Jungs, die in Spukhäuser gehen, von uns zu geben wie unsere Eltern uns gegenüber; Laurie entgegnete, *jeder* wisse, dass es in diesem Haus spuke, und er könnte wetten, dass *wir* auch nicht reingehen würden, und den Bruchteil einer Sekunde lang war da ein vertrautes Zögern, ehe mein Mann und ich im Chor antworteten, *natürlich* würden wir reingehen, würde das Haus nicht jemand anderem gehören, der vermutlich etwas dagegen hätte, wenn wir einfach ohne Erlaubnis hereinkämen. Laurie sagte, Junge, ein Gespenst zu sehen wäre bestimmt *richtig* gruselig, und sein Vater bot an, ein Dokument zu verfassen, demzufolge es in unserem Haus spuke, wenn Laurie Kopien dieses Dokuments wie Handzettel in der Nachbarschaft verteile. Laurie stimmte erfreut zu, und das Gespräch endete auf traditionelle Weise mit der Feststellung, dass Laurie unter gar keinen Umständen in das Spukhaus gehen durfte, weil es a) jemand anderem gehörte und es b), falls niemand darin wohnte, wahrscheinlich gefährlich war, voll von kaputtem Glas und runterkrachenden Balken. Nicht erwähnt wurde c), dass ich persönlich schon immer an Gespenster geglaubt habe; später brachte ich Laurie einen kleinen, als Kinderreim getarnten Zauberspruch gegen böse Geister bei. Der Handzettel (siehe Anhang) wurde pflichtschuldig verfasst, und Laurie zog los, verfiel auf dem Weg jedoch bösen Geistern, gegen die sein Spruch wirkungslos war, und spielte zwei Innings Softball; als sein Vater ihn später nach dem Handzettel fragte, sagte er, Mrs. Wright aus unserer Straße hätte ihn gelesen, sehr schlau gefunden und Laurie gefragt, ob er den selber geschrieben habe. Mrs. Collins hatte in dem Moment keine Zeit, ihn zu lesen, sagte aber, sie würde später einen Teller Kekse rüberschicken. Als im Herbst die Schule wieder losging, wurde die vierte Klasse vom Bandenkrieg erfasst, und das Gespenst durfte in seinem Spukhaus von Oliver unbehelligt schmachten, und doch wage ich zu behaupten, dass Laurie, wenn *sein* Sohn eines Tages erzählen wird, ein Freund von ihm sei in ein

Spukhaus eingedrungen, sofort ganz von selbst und begleitet von nostalgischen Gefühlen der Name Oliver einfallen wird.

Sally, die sich darauf vorbereitete, in diesem Herbst in die Vorschule zu kommen, verachtete die Latzhosen, auf denen nun ~~LAURIE~~ ~~JANNIE~~ SALLY stand. Jannies Mädchen waren urplötzlich auf eine Ranch nach Texas gezogen und schrieben von dort nur äußerst selten unleserliche Briefe an ihre Mutter, aber Sally hatte inzwischen ein eigenes Haus, das recht feucht ungefähr in der Mitte des Flusses in der Nähe *unseres* Hauses lag; wir hörten alle eine Menge über diesen Rückzugsort von Sally, in dem etliche kleine Kinder in Sallys Alter vollkommen glücklich von Lutschern und Maiskolben lebten. Sally ging nachts dorthin, wie sie uns erklärte, wenn wir anderen schliefen, und wenn sie auf einen von uns besonders wütend war, schrie sie zornig: »*Du* darfst *nicht* in mein Haus!«

Sally lebte zu dieser Zeit mit äußerster Hingabe in einem maßgeschneiderten Märchenland; manchmal kam es mir vor, als würde sie beständig durch eine nebelhafte, seltsame Welt wandeln, in der vertraute Umrisse im Vorbeigehen verschwammen und sich veränderten und gelegentlich ein Bruder oder eine Schwester oder ein Elternteil hinter einem Baum hervortraten und ihre Reise kurzfristig unterbrachen. Neben Jannie, die im selben Zimmer schlief und ihren Geschichten nicht entkam, verbrachte niemand mehr Zeit mit Sally als ich, und ein Großteil meiner täglichen Verrichtungen wurde von Sallys melodiösem, unaufhörlichem Reden begleitet; teils Lied, teils Geschichte, teils unhöflicher redaktioneller Kommentar. Im Haus, den Kopf tief in einem Kissenbezug oder im

Ofen, als Ziel diese übernatürliche Sauberkeit, deren Fehlen in den Augen der Hausfrau einen Schatten auf die ihr vertrauten Möbel wirft, war es meist möglich, Sally nicht weiter zu beachten oder nicht richtig hinzuhören, aber im Auto war ich genau das, was ich als gebanntes Publikum bezeichnen würde. Sally und ich fuhren in jenem Herbst weit raus, bekannte und unbekannte Straßen rauf und runter, mal auf der Suche nach Kürbissen, mal nahmen wir einen Seitenweg, weil er auf Sally ungewöhnlich gelb gewirkt hatte, oder wir nahmen einfach die weiteste Strecke, weil sie uns über eine überdachte Brücke über Sallys Fluss führte und Leute in der Nähe eine Babyziege hatten. »In meinem Fluss«, sagte Sally mal gruselig, »schlafen wir im nassen Bett und hören unsere Mütter rufen« – was für mich das Furcht einflößende Bild meines über dem Wasser schwebenden Gesichts heraufbeschwor, während in der Ferne das Echo meiner Stimme zu hören war. »Das Wasser ist wahrscheinlich *extrem* kalt«, sagte ich schaudernd zu ihr. »Niemand kommt je in den Fluss«, sagte Sally, »nur *wir*.« Hatten wir die Gelegenheit, fuhren Sally und ich Murphy's Hill, einen steilen Hügel, rauf und wieder runter, denn er führte auf eine Art Plateau, an dessen Rand sauber aufgereiht ein paar Bäume standen. Im Herbst boten diese Bäume einen verblüffenden Anblick, sodass der Weg den Hügel hinauf (und wieder hinunter) auch über den Achterbahnaspekt hinaus eine lohnende Erfahrung war; die Weinreben an den Stämmen dieser Bäume wurden früh rot, und die Bäume blieben lange grün, und eine Reihe aufrechter junger grüner Bäume mit leuchtend roten Stämmen ist etwas, was ich sonst nirgends gesehen habe, nur dort oben auf Murphy's Hill.

Sally reiste für gewöhnlich im Kopfstand auf dem Rücksitz und machte sehr stark den Eindruck, als hielte sie mich für einen festen Bestandteil des Autos, eine Art Verlängerung des Lenkrads; sie bezog mich beiläufig in ihr Gespräch ein, und meine Kommentare wurden zu einer Art Kontrapunkt, auf die sie einging, wenn nötig, vielleicht, um einen Reim zu finden oder einen Rhythmus zu perfektionieren; eines Tages waren wir auf einer Seitenstraße unterwegs und standen nach einer Kurve plötzlich vor einer Herde Kühe.

»Weißt du, wer ich bin?«, sang Sally auf dem Kopf stehend auf dem Rücksitz, »WEISST DU, WER ICH BIN?«

Die Kühe streiften ziellos umher, wie es Kühe tun, die unbeaufsichtigt und darüber keineswegs erfreut sind, nehme ich an; sie drängten sich auf der Straße und bewegten sich in alle Richtungen zugleich. »Ich bin eine Ratte, und du bist ein Fisch«, sang Sally, »jetzt weißt du, wer ich bin.«

»Setz dich mal richtig rum hin«, sagte ich. »Die Straße ist voller Kühe, und ich kann nicht durch die Heckscheibe gucken.«

Man konnte natürlich nichts anderes machen als anhalten und warten, bis sich zwischen den Kühen eine Allee auftäte. Mir machen alle großen Tiere ernsthaft Angst; ich schloss alle Fenster und duckte mich in meinen Sitz, vollkommen überzeugt, dass eine Kuh versuchen würde, auf oder in das Auto zu klettern. »Guck dir die vielen Kühe an«, sagte ich mit einer Art wilder Heiterkeit zu Sally; schließlich wollte ich einem kleinen Kind nicht meine Angst vermitteln, die möglicherweise unbegründet war. »Ich wette, du hast noch nie *so* viele Kühe auf einmal gesehen.«

»*Das* sind keine Kühe«, sagte Sally. »*Das* sind Riesen.«

»Guck mal, wie die stehen bleiben und uns angucken«, sagte ich leichthin und bewegte mich mehr in die Mitte des Wagens. »Bestimmt fragen *die* sich, was *wir* für welche sind.« Ich grinste verkrampft dem Rindergesicht vor dem Fenster zu. »Nette Kuh«, sagte ich.

»Viele, viele, *viele* Riesen, und wenn *ich* Riesen sehe, dann weiß ich, dass ihre Mütter kommen, um mich zu fressen.«

Das entsprach so genau meinen eigenen Befürchtungen, dass ich, ohne Rücksicht auf die wahrscheinlich selbstmörderischen Folgen, die es haben konnte, eine Kuhherde in Massenpanik zu versetzen, die Hand auf die Hupe und meinen Fuß aufs Gaspedal haute. Die Kühe wichen zurück, drehten sich gegeneinander rumpelnd um und entschieden sich schließlich einstimmig für eine Richtung, nämlich vor uns die Straße runterzurennen, sodass Sally, die sie hinten durchs Fenster anfeuerte, und ich, die auf der Hupe lehnte, uns in der seltsamen Lage wiederfanden, eine Kuhherde eine Landstraße entlangzujagen. »Rennt, Riesen, rennt«, schrie Sally aus dem Fenster. Ich legte mich mit quietschenden Reifen in die Kurve, um in einen Seitenweg einzubiegen, hielt keuchend an und hörte in der Ferne das Donnern der Hufen verhallen. »Mannomann«, sagte ich.

»Riesen können manchmal sehr süß sein«, sagte Sally und stellte sich wieder auf den Kopf, »und manchmal sind Riesen nicht sehr süß, und manchmal sind Riesen sehr süß, und manchmal sind Riesen –«

Es war, glaube ich, der Tag mit Sallys Fingern, als wir losfuhren, um Äpfel zu holen. Nicht weit entfernt gab es einen Bauernhof, wo gute, aber durch Frostringe verunstaltete Äpfel verkauft wurden und wo es eine gescheckte Henne in einem Käfig gab; Sally und ich hatten ihn in jenem Herbst zu einem unserer regelmäßigen Haltepunkte erkoren. Sally bekam immer einen Apfel, und ich bestaunte immer die gescheckte Henne, und dann fuhren wir mit einem Auto voller Äpfel und begleitet von ihrem üppigen Duft nach Hause. An diesem Tag vergnügte Sally sich damit, die Finger ihrer linken Hand zu zählen, wobei sie auf sechs kam, und die Finger ihres Handschuhs, wobei sie auf fünf kam, und sie war tief in das Problem verstrickt, ihre Finger dem Handschuh zuzuordnen, der bisher perfekt gepasst hatte; die Straße war kurvig und schmal, und ich summte vor mich hin und beobachtete, wie das Sonnenlicht durch die verfärbten Bäume fiel. Ohne dass wir uns irgendeiner Gefahr bewusst gewesen wären, kamen wir an eine Stelle, wo es brannte; mir wurde erst, als wir um die Ecke fuhren, klar, dass vor uns etwas Unruhe und Lärm geherrscht hatten, aber als ich abbremste, erklang hinter mir die wild näher kommende Sirene des Feuerwehrautos, und ich hatte keine andere Wahl, als mein Auto schnell in den Graben zu fahren, als es auch schon vorbeirauschte. Da saßen wir also im Auto, Sally und ich, unfähig, umzudrehen und dahin zurückzufahren, wo wir hergekommen waren, genauso unfähig, weiterzufahren, und – jedenfalls gilt das für mich – äußerst unwillig, zu bleiben, wo wir waren. »Ist da ein Riese?«, fragte Sally verunsichert und krabbelte auf den Vordersitz, um besser gucken zu können. »Ist da ein Riese, oder was?«

»Da brennt es«, sagte ich. »Das Bauernhaus brennt.«

»Warum?«, fragte Sally.

Ich dachte flüchtig, dass das vielleicht ein guter Moment wäre, um Sally davor zu warnen, mit Streichhölzern zu spielen, aber der Augenblick verging. »Für *mich* sieht das aus wie ein Riese«, sagte sie. »Können wir hierbleiben?«

»Bis die Straße vor uns frei ist«, sagte ich. »Wir müssen warten, bis die anderen Autos aus dem Weg sind, weil wir nicht umdrehen können.«

»Dann will ich noch einen Apfel«, sagte Sally. Sie kletterte wieder auf den Rücksitz, nahm sich einen Apfel und stellte sich auf den Kopf. »Ich singe jetzt ein Apfellied«, sagte sie.

Wir mussten über eine Stunde lang dort bleiben; es war ein großes Feuer. Sollte der Bauer, dessen Haus brannte, eine philosophische Ader gehabt haben – die er ziemlich sicher nicht hatte – und davon ausgegangen sein, dass er in seinem Leben mindestens einen Brand erleben würde und ihn jetzt erlebte, wird er möglicherweise großen Trost darin gefunden habe, wie dieser Brand ablief; sein Vieh war, wie ich den Kurzberichten der Feuerwehrleute entnahm, in Sicherheit, seine Kinder waren in der Schule, seine Frau und seine Angestellten unverletzt, seine Versicherung war wasserdicht, und als wir ankamen, trugen sie gerade seinen Fernseher raus. Die auf dem Land verbreitete Methode, das brennende Haus aufzugeben und zu versuchen, die angrenzenden Gebäude zu schützen, wurde in die Tat umgesetzt; der Löschschlauch reichte genau bis zu Sallys Fluss, und während das Haus und die Scheune, die nah beieinanderstanden und beide hoffnungslos verloren waren, unheilvoll flackerten, durchtränkten die Feuerwehrmänner erfolgreich die anderen Nebengebäude und die ein, zwei Nachbarhäuser. Es war nicht mal windig.

»Ich bin eine Süße«, sang Sally, »eine Honigsüße, ich bin Popcorn, ich bin Kartoffelchips, alles nur für dich.«

Mein grundlegendes Gefühl, abgesehen von der archaischen Angst vor dem Feuer selbst, war das der Scham. Ich fürchtete, diese Leute könnten denken, meine Tochter und ich wären gekommen, um neugierig ihr Feuer zu bestaunen. Ich wollte unbedingt einen der Feuerwehrmänner erwischen, um zu erklären, dass wir vollkommen aus Versehen hier waren, genau wie das Feuer; wir kamen auf dem Nachhauseweg hier vorbei, würde ich ihm sagen, wir waren Äpfel kaufen und sind ohne Absicht auf diese Straße geraten; normalerweise folgen wir Feuerwehrautos nicht bis zum Feuer, würde ich weiterhin sagen, aber in diesem Fall, so schmal, wie die Straße war …

»Sind die *immer* noch nicht fertig?«, fragte Sally über meine Schulter.

»Beinahe«, sagte ich. »Das Feuerwehrauto bereitet sich schon auf die Abfahrt vor.«

»*So* lange hätten wir auch wieder nicht bleiben müssen«, sagte Sally.

Ich fuhr aus dem Graben und winkte der Frau des Bauern im Vorbeifahren fröhlich zu. Als wir nach Hause kamen, wartete der Rest der Familie schon unruhig aufs Abendessen.

»Wir haben Äpfel gekauft«, sagte ich zu meinem Mann, »und weißt du, was wir gesehen haben?«

»*Riesen.*« Sally hängte sich an den Arm ihres Vaters. »*Riesen.*« Sie nickte.

»Riesen?«, fragte mein Mann mit großen Augen.

»Da war eine Riesenparty, und die haben Marshmallows gebraten«, sagte Sally. Sie warf Jannie einen langen, unheilvollen Blick zu. »*Riesige* Marshmallows.« Ihre Stimme wurde zu einem lockenden Flüstern. »Und die Riesen stampften herum und die *Mutter*riesin saß da und beobachtete sie, und die Mutterriesin sagte: ›Wartet, bis die andern Autos aus dem Weg sind, dann können wir nach Hause.‹ Und ich hatte siebenundneunzig Äpfel. Und wir kamen über den Fluss, und die Mutterriesin ging hinein und ertrank.« Kurz herrschte respektvolle Stille.

Schließlich fragte Laurie seinen Vater: »Wer war Aristeides der Gerechte?«

»Ein Freund deiner Mutter«, sagte mein Mann geistesabwesend, dann fragte er mich hoffnungsvoll: »Apfelkuchen?«

»Ich muss ein Referat halten«, sagte Laurie.

»Weißte was?«, fragte Jannie mich. Sie sah sich nach ihrer kleinen Schwester um und fuhr dann leise fort: »Ich glaub das nicht, wenn Sally von Riesen erzählt. Du?«

»Ganz bestimmt nicht«, sagte ich. »Das erfindet sie nur.« Wobei mir vollkommen klar war, dass ich alles andere als überzeugt klang. »Meine Güte«, sagte ich aus vollem Herzen, »wer hat schon Angst vor *Riesen*?«

Im Laufe jenes Herbstes wurde der Konflikt unterschiedlicher Kulturen innerhalb unserer Familie offensichtlich und unkontrollierbar. Mein Mann und ich hatten uns nach etlichen Jahren, die wir – wie es schien – so gut wie vollständig in der Gesellschaft kleiner Kinder verbracht hatten, kleine Marotten angewöhnt und waren unwillig, sie wieder aufzugeben. Laurie hatte sich Meinungen zugelegt, die man nur entschlossen nennen konnte.

Sally sah bisher noch keinen Grund, daran zu zweifeln, dass alles zu erreichen war, wenn man nur genug Lärm darum machte. Jannie, die im Leben noch an nichts gezweifelt hatte, was sie selbst gesagt hatte, wohingegen sie elterliche Aussagen grundsätzlich weder für unvoreingenommen noch, egal, wie mitfühlend sie waren, für vernünftig hielt, kam in jenem Herbst in die erste Klasse und damit in Kontakt mit dem öffentlichen Schulsystem.

Nun habe ich nichts gegen das öffentliche Schulsystem, wie es gegenwärtig organisiert ist, sofern man die grundlegende Annahme, dass es möglich ist, Kindern etwas beizubringen, mit Humor nimmt, und meine Erfahrungen mit Laurie haben mich davon überzeugt, dass die Schulen gut genug sind und dass meine Kinder gut genug sind und dass nur die zufällige Kombination dieser beiden explosiv werden kann. Laurie schaffte es, sich bis zur vierten Klasse vorzukämpfen, ohne sichtbare Anzeichen von Bildung zu zeigen, Jannie jedoch prallte mit einer Wucht auf die Schule, die die Grundfesten des Lernens erschütterte und einen Riss im Familienfundament hinterließ.

Ich war gewarnt worden, dass kleine Mädchen zur Schule gern Kleider und Pferdeschwanz tragen, aber Jannie zog es vor, am ersten Tag Shorts anzuziehen und eine alte Baseballkappe von Laurie. Am Morgen, an dem Jannie eingeschult werden sollte, kämpfte ich mich aus dem Bett, kämmte mir die Haare und zog mich mit dem Gedanken an, so vor Lehrern und anderen Müttern zu erscheinen, in Begleitung meiner Tochter, aber Jannie erklärte mir beim Frühstück: »*Wenn* ich schon zur Schule gehe, dann würde ich es vorziehen, allein zu gehen.«

Nach fünf geschäftigen Jahren versuchte ich gar nicht

mehr, vor dem Frühstück mit Jannie zu diskutieren; ich nickte und schlüpfte unter dem Tisch aus meinen Schuhen. »Du hast aber nichts dagegen, wenn ich mit an die Tür komme und dir winke?«, fragte ich, und nach kurzem Überlegen antwortete Jannie: »Wenn du nicht heulst oder so.«

»Muss *ich* sie dann zur Schule bringen?«, fragte Laurie. »Mit dem Bus und alles?«

Laurie betrachtete den neuen Schulbus als sein persönliches und exklusives Transportmittel. »Sie muss ja irgendwie zur Schule kommen«, sagte ich. »Es ist nicht erlaubt, dass Kinder größer werden, aber nicht zur Schule gehen.«

Laurie betrachtete seine Schwester mit einem bitteren Lachen, und Jannie sagte: »Ich setze mich lieber ans andere Ende vom Bus. Ich halte nichts von unhöflichen Jungs.«

»Muss ich sie an die Hand nehmen?«, fragte Laurie.

»Natürlich nicht«, sagte Jannie. »Ich gehe lieber allein, danke. Wenn ich *überhaupt* zur Schule gehe.«

Die Vorstellung, dass sie nach reiflicher Überlegung beschließen könnte, gar nicht zur Schule zu gehen, gab mir den Rest. »Bist du auch vorsichtig?«, fragte ich.

»Einmal«, sagte Jannie ausschließlich zu Sally, »hatte ich eine Freundin, die hieß Susan, und Susan ging zum Pferderennen und setzte auf ein Pferd, das auch Susan hieß, und das Pferd fiel durch die Absperrung neben der Bahn, und alle Pferde liefen hin, um zu gucken, ob es ihm gut geht, und es hat das Tor aufgebrochen, und alle Männer sind entkommen, und die Pferde haben es nicht geschafft, sie einzuholen und zurückzubringen.«

»Ah«, sagte Sally verständnisvoll. »In *mein* Haus kommst du nicht.«

Ich hatte kein Problem damit, nicht zu heulen, als Jannie ging; nach all den Jahren, in denen ich das ein oder andere Kind an den ein oder anderen Ort hatte gehen sehen und es geschafft hatte, mich zusammenzureißen, wenn es sich nicht gerade um eine Preisverleihung bei den Wölflingen handelte oder um die Tanztage in der Vorschule – nach all den Jahren zeugten mein Abschiedskuss und mein Winken durchs Fenster nur noch von mildester Sorge. Jannie stieg beherzt in den Schulbus, während ihr Bruder hinter ihr erfolglos so tat, als wäre sie nur irgendein Mädchen, das zufällig an derselben Haltestelle einstieg wie er, und ich sah, wie sich Jannies Kopf durch den ganzen Bus bis zum letzten Sitz bewegte. »Deine Schwester ist auf dem Weg zur Schule«, sagte ich zu Sally.

»Ah«, sagte Sally. »Und kommt sie wieder nach Hause?«

Als Laurie um drei nach Hause kam, berichtete er, dass er zwar nach ihr Ausschau gehalten, am Bus gewartet und aus einem schwachen Restgefühl brüderlicher Verantwortung heraus sogar ein paar Kinder gefragt hatte, ob sie seine Schwester gesehen hätten, dass Jannie aber nicht in den Bus gestiegen sei, und um vier Uhr fuhr ich zum sechsten Mal zwischen unserem Haus und der Schule hin und her, als ich Jannie singend am Straßenrand entlangwandern sah. Ich hielt den Wagen neben ihr an und sprang stammelnd heraus, und sie nahm freundlich meine Hand und sagte: »Ich glaube, das mit der Schule geht für mich in Ordnung.«

»Wo *warst* du denn?«, fragte ich.

»Ich bin meiner Lehrerin gefolgt«, sagte Jannie. »Ich wollte sehen, wo sie wohnt.«

Gegen Ende ihrer zweiten Woche in der ersten Klasse bemerkte Jannie eines Abends am Esstisch: »Mrs. Skinner sagt, Papierservietten sind ordinär.« Mrs. Skinner war die Klassenlehrerin der Ersten, und zu diesem Zeitpunkt war bereits zu uns durchgedrungen, dass Mrs. Skinners Meinungen, übermittelt durch Jannie, etwas zum Vehementen, Bestimmten, vielleicht sogar zum Kritischen tendierten. »Mrs. Skinner sagt«, fuhr Jannie mit einem Blick auf ihren Bruder fort, »kleine Jungs sind lahme Schnecken.«

»Wer ist denn hier klein?«, fragte Laurie getroffen. »Mir scheint –«

»Ich bitte *höflichst* um Verzeihung«, sagte Jannie – »Ich bitte *höflichst* um Verzeihung« ist auch so ein Skinnerismus –, »ich bitte *höflichst* um Verzeihung, aber Mrs. Skinner sagt, Jungs sind lahme Schnecken, egal, wie groß sie sind, und Mädchen als wie Sally und ich –«

»Mädchen wie Sally und ich«, sagte Laurie.

»Ich bitte höflichst um *Verzeihung* – als wie Sally und ich sind niedlich und nett.«

»Hmhm«, sagte Laurie eloquent.

»Also, wenn ich so drüber nachdenke: Was genau ist denn an Papierservietten ordinär?«, wollte ich wissen.

»Mrs. Skinner«, sagte Jannie freundlich, »ist es egal, *ob* du Papierservietten benutzt. Mrs. Skinner lässt dich Papierservietten *benutzen*, wenn du das willst. Du bist dann nur einfach ordinär, das ist alles.«

»Manche Leute«, sagte Laurie mit Blick auf seinen Teller, »manche Leute denken einfach, sie wüssten alles. Das glaube ich wirklich. Manche Leute denken, sie wüssten *alles.*«

»Jannie und ich sind niedlich und nett, oder Jannie?«

Sally gestikulierte mit ihrer Gabel und verteilte großzügig grüne Erbsen auf dem Tisch. »Und Laurie ist eine lahme Schnecke.«

»Seid still, Kinder«, sagte mein Mann bestimmt. »Mutter und ich möchten uns unterhalten.« In dem folgenden tiefen Schweigen wandte er sich an mich und fragte: »Hast du den Knopf von meinem Hemd wieder angenäht?«

»Wasser zum Essen ist ungesund«, murmelte Jannie.

Wir waren etwa seit dem dritten Schultag mit Mrs. Skinner vertraut, als Jannie mit einem vervielfältigten Blatt Papier nach Hause kam, auf dem stand, wie sie sich in der ersten Klasse zu verhalten habe; sie durfte, wie ich dem Blatt entnahm, nicht mit schmutzigen Fingernägeln in die Schule kommen, oder mit kaputten Schnürsenkeln oder geruchsintensiven Brotdosen. Sie hatte ein Kleid oder einen Rock zu tragen. (»Mrs. Skinner sagt, Mädchen in Hosen sind ordinär.«) Ihr Haar musste kurz sein oder zum Zopf gebunden, ihre Socken mussten zueinander passen, und es durften keinerlei Nadeln zu sehen sein. (»Was ist mit einer Zahnprothese für den fehlenden Vorderzahn?«, fragte ich unhöflich, und Jannie lächelte mir tolerant zu.) Sie durfte keinen Schmuck tragen (ordinär) und keine Ohrenschützer. Wenn sie nach der Schule jemanden besuchen wollte oder eine leichte Schnupfennase hatte (ausgeprägtes oder aufdringliches Schnäuzen wurde nicht geduldet) oder zu ihrem Mittagessen eine Tüte Milch brauchte, musste sie eine Nachricht mitbringen. Wenn ihre Schuhe besohlt werden mussten oder sie an der Tafel schielte oder beim Singen störte, schickte Mrs. Skinner ihrerseits eine Nachricht. Unter gar keinen Umständen und zu gar keiner Zeit, es sei denn, es herrschte der nationale

Notstand, durften Eltern den Klassenraum betreten, außer – Mrs. Skinners widerstrebendes Zugeständnis an die tyrannische Schulbehörde – zur Woche der offenen Tür. Die Kinder wurden nicht ermuntert, in der Schule über ihr Privatleben zu sprechen.

»Mrs. Skinner sagt«, bemerkte Jannie, als ihr Vater den vervielfältigten Zettel wutentbrannt zum dritten Mal las, »dass Männer, die rauchen, ordinär sind, vor allem, wenn sie Zigarre rauchen.«

Wir brauchten nicht sehr lange, um herauszufinden, dass Mrs. Skinner auch laute Stimmen, Essen im Restaurant und Kartenspielen für ordinär hielt. Jannie begann sich selbst um ihre Strümpfe zu kümmern und badete jeden Abend, und einmal pro Woche, während wir uns an unserem Bridgeabend betranken, wusch sie sich wenig wirkungsvoll die Haare. »Ein Mädchen«, erklärte sie mir, »das sich nicht sauber hält, ist unweiblich.«

»Darüber zu reden, wie sauber man ist, ist ordinär«, sagte ich boshaft zu ihr.

»Über Sauberkeit zu reden«, sagte Jannie, »ist weiblich.«

»Ich bitte *höflichst* um Verzeihung«, sagte ich.

»Angenommen«, sagte Jannie.

»Das ist unerträglich«, sagte ich zu meinem Mann, nachdem Jannie ihr sauberes Kleid für morgen rausgehängt hatte, zu ihren sauberen Strümpfen, sich die Fingernägel gesäubert hatte und zu Bett gegangen war, »das ist absolut ordinär – ich meine unerträglich.«

»Was soll denn so ordinär daran sein, die Hände in den Taschen zu haben, das möchte ich mal wissen?«, sagte mein Mann unglücklich und sah von einem Bücherkatalog auf. »Ich *muss* manchmal die Hände in den Taschen haben; ich hab da meine Zigaretten drin und meine Brieftasche und mein Taschentuch –«

»Rauchen ist sowieso ungesund«, sagte ich.

»Von Katzen bekommt man Erkältungen«, sagte Jannie am nächsten Nachmittag, als sie aus der Schule kam; sie ließ ihre Jacke mitten in der Diele auf den Boden fallen und machte demonstrativ einen großen Bogen um den armen alten Shax, der den Kopf hob und sie aufrichtig überrascht ansah. »Von Katzen bekommt man Erkältungen und von Hunden Räude.«

»*So*, junge Dame«, sagte ich streng, »und jetzt machst du kehrt, hebst deine Jacke auf und entschuldigst dich bei Shax. Du hattest keine Erkältung mehr seit –«

»Ich *bitte* höflichst um Verzeihung. Mrs. Skinner sagt, von Katzen bekommt man Erkältungen.«

»Von Katzen bekommt man *keine* –«

»Widerworte sind ordinär.«

Während eines ziemlich stürmischen Abendessens, bei dem Laurie in blinder Wut fluchtartig den Tisch verließ und schrie »Wozu zur *Hölle* soll ich denn weiblich sein?«, gelang es Jannie, grüne Bohnen (unhygienisch), Kaffee (ungesund) und das Tischabräumen durch die Dame des Hauses (ordinär) auszumerzen. Während ich den Nachtisch brachte und ein Tablett für Laurie fertig machte, erklärte sie ihrem Vater, dass wir wirklich eine Haushälterin bräuchten.

»Und wer bezahlt diese Haushälterin?«, fragte ihr Vater im selben Ton, in dem er mir immer Fragen stellt.

»Über Geld reden ist ordinär«, sagte Jannie.

Sally, die den langen Arm von Mrs. Skinner unter Beweis stellte, indem sie ehrfürchtige Ruhe bewahrte, während ihre Schwester sprach, und sogar ein paar vergebliche Versuche unternahm, sich sauber zu halten, sagte jetzt: »*Ich* bin lieb, oder? Kann ich mehr Nachtisch?«

»*Darf*, Liebes«, sagte Jannie. »*Wir* sagen ›*Darf* ich mehr Nachtisch?‹« Ihr Ton machte mehr als deutlich, dass ihre Eltern sich ordinärerweise angewöhnt hatten, »kann« zu sagen, und so ist es auch. »Liebe Mutter«, fuhr sie fort – »Liebe Mutter« ist, ich brauche kaum darauf hinzuweisen, Mrs. Skinners bevorzugte Art und Weise, *ihre* Mutter anzusprechen –, »es müssen bis morgen zwei Knöpfe an meiner Jacke angenäht werden. Mrs. Skinner sagt, wenn du mir das Garn einfädelst, kann ich das genauso gut wie du.«

»Du kannst Mrs. Skinner ausrichten«, sagte ich angespannt, »dass ich schon genug damit zu tun habe, abzuwaschen und dir –«, ich zögerte und strich ein ordinäres Wort, »– ein Bad einzulassen, auch ohne dir Nähen beizubringen. Du kannst Mrs. Skinner ausrichten, wenn sie so –«, ich strich ein weiteres Wort, »– weiblich ist, kann *sie* dir Nähen beibringen. Des Weiteren –«

»Eine Dame, die nicht schön nähen kann, ist –«

Mein Mann und ich warfen eine Münze – heimlich, denn Geld ist ordinär und Glücksspiel unweiblich, und unsere geäußerten Meinungen waren, um das Mindeste zu sagen, unhygienisch –, um zu entscheiden, wer von uns am Elternsprechtag Mrs. Skinner entgegentreten würde. Mein Mann verlor, aber ich musste versprechen, direkt vor der Tür zu stehen, während er mit Mrs. Skinner sprach, und hereinzustürmen, falls er in die Ecke getrieben würde.

Am Morgen, an dem ihr Vater in die Schule musste, musterte Jannie ihn aufmerksam. »Ich hab dir schon eine Million Mal gesagt, dass es ordinär ist, die Hände in den

Taschen zu haben«, sagte sie. »Und auch wenn du eine lahme Schnecke bist, brauchst du das nicht –«

»Zu zeigen«, ergänzte mein Mann elend. »Ich glaub, es liegt an der Krawatte.«

»Die Krawatte ist *okay*«, sagte Jannie wenig überzeugt und seufzte. »Ich wünschte, ihr würdet in diesem Jahr auf den Elternsprechtag verzichten«, sagte sie. »Ich bekomme bestimmt einen Ohnmachtsanfall, wenn ich im Auto auf euch warte.«

Ich stand vor der Tür der ersten Klasse, mit freiem Blick auf das Gesundheitsdiagramm an der Tafel und die Reihe gepflegter Geranien auf der Fensterbank, und hörte Mrs. Skinner deutlich sagen, mit einer Stimme, die wunderschön über die leeren Tische bis in den Flur erklang, ohne dass sie angestrengt oder, wie ich leider sagen muss, auch nur im Mindesten ordinär geklungen hätte: »Ihre kleine Joanne ist ein bezauberndes Kind, ganz bezaubernd. So vornehm.« Sie senkte die Stimme ein wenig. »Sie können sich denken, Sir, dass es in jeder Klasse und aus jeder Gesellschaftsschicht Kinder gibt, die, wenn ich das sagen darf, ungehobelt sind. Sogar unsauber.«

»Wenn nicht ordinär«, sagte mein Mann.

»Exakt.« Ich konnte förmlich hören, wie Mrs. Skinner vor Zufriedenheit erstrahlte. »Ordinär ist genau das Wort, ich habe gezögert, es zu verwenden. Aber die kleine Joanne ...« Ihre Stimme verklang sanft.

»Wie ist das bei Ihren eigenen Kindern?«, fragte mein Mann.

»Einige von ihnen sind natürlich unglaublich bezaubernd«, sagte Mrs. Skinner, »aber natürlich aus allen Gesellschaftsschichten ...«

»Nein«, sagte mein Mann, »Ihre *eigenen* Kinder. Kinder, die Sie, also, *selbst* bekommen haben.«

»Bedauerlicherweise«, sagte Mrs. Skinner mit leiser Wehmut, »war es uns bisher nicht vergönnt –«

»Keine Kinder zu haben ist unweiblich«, sagte mein Mann, »bei einer Frau.«

»Richtig, richtig«, sagte Mrs. Skinner und seufzte erneut. »Meine Schwächeanfälle«, sagte sie, »meine elendig schwachen Glieder ... aber«, fügte sie fröhlich hinzu, »Sie wollen nichts über *meine* Sorgen hören, Sir. Wir sprachen von Ihrer kleinen Joanne – so ein bezauberndes Kind.«

»Aber wenn Ihnen nun«, sagte mein Mann unnachgiebig, »selbst so bezaubernde kleine Geschöpfe vergönnt wären, dann hätten die ihre Erkältungen doch auch von Katzen?«

»Verzeihung?«

»Ich bitte *höflichst* um Verzeihung«, sagte mein Mann. »Macht Jannie denn ihre Hausaufgaben?«

»In Sauberkeit ist sie hervorragend – ich glaube nicht, dass ich schon mal ein Kind gesehen habe, das so gewissenhaft ist mit seinen Fingernägeln; ihre Vorstellungskraft ist ungewöhnlich gut, genau wie ihre Anmut. Ihre Singstimme dagegen ...«

»Wie ist es mit Rechtschreibung? Rechnen?«

»Ich bitte *höflichst* um Verzeihung?«

»Gut«, sagte mein Mann.

An dieser Stelle schlich ich davon und setzte mich zu Jannie ins Auto. Während sie unruhig herumrutschte, rauchte ich genüsslich eine Zigarette und ließ die Asche auf den Autositz fallen. Nach ungefähr einer halben Stunde kam mein Mann aus dem Schulgebäude; er hatte die

Hände in den Taschen und pfiff vor sich hin. »Und?«, fragte ich, als er ins Auto stieg, »wie war's?«

»Alles in Ordnung?«, fragte Jannie eindringlich, »hast du irgendwas *gemacht*?«

Er löste seine Krawatte und drapierte sie über den Rückspiegel, nahm eine Zigarre aus seiner Tasche und steckte sie sich salopp in den Mundwinkel, dann wandte er sich uns zu und grinste.

»Neugier«, sagte er, »ist unweiblich.«

Der Esstisch ist bei uns zu Hause so etwas wie die Dorfwiese, und die großen Salz- und Pfefferstreuer und die Plastiksets sind so stille wie entsetzte Zeugen des verzwickten Versuchs, unsere verschiedenen Abendessenspersönlichkeiten miteinander zu kombinieren: Jannies Platz ist immer für eine Linkshänderin gedeckt, mein Mann und ich benutzen übergroße Kaffeetassen, und Sally braucht mindestens drei Papierservietten; das Abendessen, gekocht von mir, bewegt sich meist auf Sallys Niveau und wird von Laurie großzügig mit Chilisauce verfeinert. An jenem Abend war Jannie beim Abendessen still und bedrückt. Als Laurie selbstgerecht darauf hinwies, dass sie ihr Essen nicht angerührt hatte, hob sie kaum den Blick. Als Sally anmerkte, Jannie sei ein impertinentes Mädchen, bewegte sie nicht mal den Kopf, und als ihr Vater ihr die Banderole seiner Zigarre anbot, guckte sie traurig an die Decke.

»Jannie ist am Samstag zu Helens Geburtstagsfeier eingeladen«, informierte ich den Tisch gut gelaunt.

»Wie wär's, wenn ich dir zehn Kapitel aus deinem Oz-Buch vorlese?«, fragte Laurie.

»Jannie kann die neue Mutter sein«, sagte Sally großzügig, »und Mommy und ich sind einfach die Kinder, und Laurie ist die Königin, und Daddy ist eine Kaninchenherde.«

»Du darfst mir einen Eiswürfel hinten in den Pullover stecken«, sagte mein Mann ernst zu Jannie.

»Danke«, sagte Jannie matt. »Mir ist gerade nicht so nach fröhlich sein, danke.«

»Und wenn ich dir meine Ansteckuhr leihen würde?«, schlug ich vor.

»Ich könnte dir auch *zwölf* Kapitel vorlesen –«

»Du darfst in mein Haus kommen.«

»Also, wenn ihr mich fragt«, sagte Laurie kritisch, »sie sieht doch aus, als hätte sie *Punkte.*«

Zwei Wochen später, als Jannie die Masern hinter sich hatte und wir nur darauf warteten, dass Laurie und Sally sie kriegten, wagte ich es – wiederum beim Abendessen –, schüchtern darauf hinzuweisen, dass sie dreckige Fingernägel hatte.

»Und?«, fragte Jannie unbekümmert, durch zwei schöne Krankheitswochen leichtsinnig geworden. »Glaubst du, das macht mir was?«

»Wie ist dein Name?«, fragte Sally.

»Puddentane«, sagte Jannie.

»Wo wohnst du?«

»Am Ende der Straße«, sagte Jannie.

»Du musst deine Nägel sauber halten«, sagte ich freundlich, »auch wenn –«

»Wie ist dein Name?«, fragte Sally Laurie.

»Laurence«, sagte Laurie.

»*Puddentane*«, sagte Sally. »Wenn ich frage ›Wie ist dein

Name?‹ musst du sagen ›Puddentane‹. Also wie ist dein Name?«

»Laurence.«

»Puddentane«, schrie Sally, »du bescheuerter Blödi.«

»*Du* bist ein bescheuerter Blödi.«

»Ich bin *kein* Blödi, *ich* hab Puddentane gesagt; ich sag *immer* Puddentane. Wie ist dein Name?«, fragte sie klagend ihren Vater.

»Puddentane«, sagte er diplomatisch.

»Wo wohnst du?«

»Hast du beim Amtsarzt angerufen?«, fragte mein Mann mich.

»Bescheuerter Blödi«, sagte Sally vorwurfsvoll zu Laurie.

»Darf ich bitte die Kartoffeln und das Fleisch und die Bohnen liegen lassen?«, fragte Jannie mich. »Mir ist noch nicht wieder so gut, weißt du, ich esse auch Brot mit Butter.«

»Iss drei Gabeln von allem«, sagte ich. »Wenn sie es kriegen«, sagte ich zu meinem Mann, »können wir gar nichts dagegen machen.«

»Penicillin?«, fragte er leise.

»*Das* nützt bei Masern nichts«, sagte Laurie.

»Hätte ich dich gemeint, junger Mann«, hob sein Vater an, »dann kannst du sicher sein, ich hätte –«

»Ich kam nicht mithin, es umzuhören«, sagte Laurie kleinlaut.

»Wie ist dein Name?«

»Es läuft doch darauf hinaus«, sagte ich, »dass sie es genauso gut jetzt haben können wie –« Ich hielt kreischend inne, als Sally mich energisch mit ihrer Gabel stach.

»Ich hab gesagt, ›Wie ist dein Name?‹«, rief mir Sally in Erinnerung.

»Sie ist zu klein für eine Gabel«, sagte mein Mann.

»Kleine Mädchen sollte man sehen, aber nicht hören«, sagte er zu Sally.

»Du bescheuerter Blödi«, sagte Sally einmal gratis zu ihrem Bruder.

»Wenn Sally hohes Fieber kriegt«, sagte mein Mann verträumt, »und Laurie hohes Fieber kriegt und –«

»Warum machen wir draußen nicht alles neu?«, fragte Sally. »Heute Vormittag hat es *nur* geregnet.« Sie dachte nach. »Und da war ein Löwe auf der Veranda«, sagte sie.

»Echt?«, fragte Jannie. »War da wirklich ein Löwe auf der Veranda?«

»'türlich«, sagte Sally.

Laurie legte seine Gabel hin und wandte sich an seinen Vater. »Was ist lang und hart und trägt Schuhe?«, fragte er. »Ich wette zehn Cents, du kommst nicht drauf.«

»Ein Pferd?«, fragte sein Vater zögernd.

Laurie wieherte los. »Sagen wir zwanzig Cents.«

»Klar war da ein Löwe auf der Veranda«, sagte Sally zu Jannie, »und ich hab ihn gesehen, und er lief ganz superleise rum und hatte alle Katzen aufgefressen und ein Stück vom Zaun.«

Jannie wandte sich an mich. »*Ich* lag krank im Bett«, sagte sie, »war draußen *wirklich* ein Löwe?«

»Eine Hufeisenstange?«, fragte mein Mann händeringend.

»Das«, sagte Laurie vergnügt, »macht zwanzig Cents.«

»Aber eine Hufeisenstange *ist* lang und hart und trägt –«,

sagte mein Mann. »Die Schuhe gehen doch drum rum, oder nicht?«

»Ein Gehweg«, sagte Laurie. »Er *trägt* Schuhe, verstehst du? Und jetzt die nächsten zehn Cents: Was läuft unterm Wasser übers Wasser und wird nicht nass?«

»Ich hab meine Gummistiefel irgendwo stehen lassen«, sagte mein Mann zu mir.

»Du musst *mich* fragen, wie mein Name ist«, sagte Sally zu Laurie.

»Wie ist dein Name?«

»Tiger«, sagte Sally. »Du Knacks.«

Triumphierend sagte Laurie zu seinem Vater, der finster auf seinen leeren Nachtischteller schaute: »Eine alte Frau, die über eine Brücke geht und auf dem Kopf einen Eimer Wasser trägt, und zusammen mit gestern und dem Geld, das du beim Damespielen gegen mich verloren hast, macht das zwei fünfundsiebzig, und zusammen mit meinem Taschengeld von morgen macht es zwei fünfundachtzig plus die zehn Cents, mit denen du gewettet hast, du könntest dein Butterbrot essen, ohne die Hände zu benutzen.«

»Plus als du das Buch und die Feder die Treppe runtergeschmissen hast«, sagte Jannie.

»Galileo«, sagte Laurie anerkennend zu ihr, »völlig vergessen. Du hast einen Dollar gewettet«, sagte er zu seinem Vater, »dass der schwere Gegenstand und der leichte Gegenstand ...« Er zögerte und sah zu mir.

»Gleich schnell fallen«, sprang ich ihm bei. »Schien eine sichere Sache zu sein.«

»Verdammt«, sagte mein Mann gereizt. »Ich kann euch im Buch zeigen –«

»Und zwölf Cents«, fuhr Laurie unerbittlich fort, »dafür, dass ich tausendzweihundert Fliegen erschlagen hab.«

»*Das* waren keine tausendzweihundert Fliegen«, sagte mein Mann. »Deine Mutter hat sie gezählt.«

»Du hast gesagt, ich *soll* sie zählen«, sagte ich, »aber –«

»Ich kann bis tausendzweihundert zählen«, sagte Jannie. »Eins, zwei, drei, vier, fünf, sechs, sieben …«

»Angeben«, sagte ich nachtragend, »ist ordinär.«

»Was?«, fragte Jannie.

»Wo wohnst du?«

»Am Ende der Straße«, sagte mein Mann traurig.

»Vier siebenundneunzig«, sagte Laurie, der still gerechnet hatte.

»Bekommst du von deiner Mutter«, sagte mein Mann.

Teuflischerweise weigerten sich sowohl Sally als auch Laurie, sich mit Masern anzustecken, nachdem ich ein neues Fieberthermometer und eine große Tube Zinksalbe gekauft hatte. Mein Mann und ich waren uns einig, dass es an der Zeit war, Lauries natürliche Neugier auf Dinge, die ihm nicht gehörten, zu kanalisieren, und dass man ihn ermuntern sollte, Münzen zu sammeln, damit er nicht jeden Cent für Kaugummi ausgab. Damals fielen mir die Parallelen nicht auf, die mir inzwischen aufgefallen sind – tatsächlich schien es damals eine gute Idee zu sein –, beispielsweise die Ähnlichkeit zwischen Münzensammeln und dem habgierigen Interesse an Dingen, die einem nicht gehören, die unglückliche Ähnlichkeit zwischen Münzen und Geld; ich erinnere mich, meinem Mann beigepflichtet zu haben, dass Münzen sich zum Sammeln besser eignen als beispielsweise Briefmarken, weil sie nicht wegwehen, oder Streichholzbriefchen, weil Münzen wenigstens einen Wert an sich haben. Ich erinnere mich sogar, lachend gesagt zu haben, wenn schon etwas gesammelt werde, warum dann nicht um Himmels willen *Geld*?

Mein Mann und Laurie fingen klein an. Ich ging zur Bank und holte eine Rolle Fünfer und eine Rolle Zehner und eine Rolle Pennies, und sie verbrachten einen Abend damit, Münzprägungen und Daten und den Allgemeinzustand zu untersuchen, und ich beugte mich friedlich über mein Buch, lächelte ihnen dann und wann zu und dachte, wie gut es war, dass sie sich gemeinsam für etwas so Erwachsenes interessierten. Sie ließen sich ein paar kleine Bücher zuschicken, die Zehneralbum und Fünferalbum und Pennyalbum hießen, und jedes Buch hatte eine Reihe kleiner Löcher, die gerade groß genug für die entsprechenden Münzen waren, und alles, was Münzsammler machen müssen, ist, die richtige Münze für das richtige kleine Loch finden und sie hineinstecken. Nach einiger Zeit ging mein Mann mit einem Aktenkoffer zur Bank. Er wollte all unser Geld in Münzen wechseln, und dann würden er und Laurie sich die Münzen nehmen, die sie für ihre Alben brauchten, und mir den Rest geben, und ich würde losziehen und meine Einkäufe mit den Fünfern und Zehnern bezahlen, die sie für ihre Alben nicht benötigten.

Ich habe nichts gegen Geld als solches. Aber nach einer Weile benötigten wir eine riesige Metallkiste für die Münzen, und mit jeder Post kamen schwere Päckchen mit Münzen aus Ruritanien und Atlantis, und Jannie und Sally und mir wurde schlagartig klar, dass ihr Vater und Laurie vorhatten, sämtliches Geld der Welt zu horten und in ihre

Metallkiste zu tun, was zur Folge hatte, dass das Haus von starker Bitterkeit erfüllt wurde. Ich machte spitze Kommentare darüber, wie lange ich keinen Fünfdollarschein mehr gesehen hatte, und wiederholte beim Abendessen mehrfach, was der Verkäufer zu mir über Leute gesagt hatte, wegen denen sich an der Kasse eine Schlange bildet, während sie siebzehn Dollar und sechsunddreißig Cents in Zehnern und Fünfern abzählen müssen. Jannie gewöhnte sich an, ihre Spardose beim Einschlafen unter ihr Kissen zu legen, und Sally begann, schön gewitzt, ihrem Vater kleine Steine, Glasscherben und Spielgeld zu bringen, das sie im Kindergarten veruntreut hatte. Ich gab einen Beutel voller Silber dafür aus, meinem Mann zu Weihnachten eine Acht-Reales-Münze zu kaufen, und hatte anschließend Mühe, sie zu verstecken, schließlich war Weihnachten noch eine Weile hin, aber dann hatte ich die Idee, sie in meiner Handtasche aufzubewahren. Selbst Sally lernte, »Numismatiker« zu sagen; Laurie lernte anhand der griechischen Münzen das griechische Alphabet und gab eine Rechtschreibhausaufgabe eines Tages vollständig in griechischen Buchstaben ab, was seine Schulkameraden verwirrte und seine Lehrerin verärgerte.

Eines Samstagvormittags kam ein sehnlichst erwartetes Päckchen mit Münzen an, für das ich einunddreißig Cents Zoll zahlen musste; während ich gereizt das Geld für den Postboten abzählte, ging Sally mit der Post ins Arbeitszimmer, wo Laurie und sein Vater ihre Klassifizierung umorganisierten, und als ich ins Arbeitszimmer gestapft kam und rief »Bezahlen wir nicht schon genug für dieses Geld, ohne auch noch –«, fand ich Laurie und seinen Vater zu beiden Seiten des Couchtischs, Laurie wiegte sich jammernd vor und zurück, und sein Vater hielt den Kopf in beiden Händen und sagte immer wieder »O nein«, und Jannie und Sally betrachteten sie so widerwillig wie mitfühlend.

»Stimmt was nicht?«, fragte ich schlau.

»Stimmt was nicht?«, wiederholte Jannie.

»Nicht?«, fragte Sally.

»Ja«, sagte mein Mann.

»Guckt euch diese verdammten alten Münzen an«, sagte Laurie, fast in Tränen. Jannie und Sally und ich betrachteten den Haufen Münzen auf dem Tisch.

»Die sind *gemischt*«, sagte Laurie.

»Na ja, du meine Güte«, sagte ich zu ihm, »es würde ja wohl kaum Spaß machen, Münzen zu sammeln, wenn man sie nur in die Bücher stecken und sie in den Schrank stellen würde. Der *Spaß* beim Münzensammeln besteht doch gerade darin –«

Mein Mann hob den Kopf und sah mich an. »Pass auf«, sagte er matt, »bestellt hatten wir zwei Partien Münzen aus demselben Land. Eine davon waren hundertfünfzig verschiedene Münzen aus aller Welt.«

»Großartig«, sagte ich. »Die kosten vermutlich –«

»Die andere«, sagte mein Mann mit lauterer Stimme, »waren hundert *gefälschte* Münzen aus aller Welt. Und die Schachteln«, sagte er, »die Schachteln …« Er verbarg das Gesicht wieder in den Händen.

»Sie sind kaputtgegangen«, sagte Laurie. »Wir haben zweihundertfünfzig Münzen. Alle durcheinander.«

»Großartig«, wiederholte ich. »Dann braucht ihr ja nur die gefälschten Münzen auf *einen* Stapel zu tun und die echten auf einen *anderen* –«

»Jap«, sagte Laurie. »Papa fühlt sich nicht so gut.«

Es schien nicht der richtige Moment zu sein, um meinen rechtmäßigen Anspruch auf einunddreißig Cents durchzusetzen, also sammelte ich die restliche Post zusammen und verließ mit den Mädchen das Arbeitszimmer. Wir setzten uns im Wohnzimmer aufs Sofa und öffneten einen Brief von unserem Stromversorger und Rechnungen von drei Kaufhäusern und die Ankündigung der jährlichen Spendenaktion der Pfadfinder und den Prospekt einer Spielzeugfirma. Letzterer weckte die Aufmerksamkeit der Mädchen, und wir begannen ihn durchzublättern. Er entpuppte sich als eines jener unerträglichen Schriftstücke, die das kindliche Bedürfnis, zum Spielen Spielzeug zu haben, erklärten und rechtfertigten, und dem elterlichen Bedürfnis, ihren Kindern Spielzeug zu kaufen, durch beschönigende Erziehungsratschläge den Stachel zogen. »Die natürlichen Impulse des Kindes sind harmlos«, las ich unter dem Bild eines Hammer-Sets und neben einem Satz Bauklötze: »Kleine Finger lernen eifrig, ein Gleichgewicht herzustellen …« »Argh«, machte ich durch zusammengebissene Zähne.

»Was steht da?«, fragte Jannie. »Lies mal vor.«

In der Mitte des Prospekts befand sich ein Artikel mit dem Titel »Gesunde Kinder sind glückliche Kinder« oder auch »Glückliche Kinder sind gesunde Kinder«, neben dem Bild einer Mutter mit liebem Gesicht, die sich ernst über ihr Kind beugt und seine kleinen Finger dirigiert, während diese mit einem Satz Bauklötze eifrig lernen, ein Gleichgewicht herzustellen. »Wer *ist* das?«, fragte Jannie und beugte sich vor, um besser sehen zu können. »Wer ist die Dame? Was macht sie da?«

Ich konsultierte den Artikel. »Kinder sind von Natur aus kooperativ und vernünftig«, las ich einen beliebigen Satz.

»Was?«

»Das bedeutet, dass kleine Mädchen wie du und Sally und Jungs wie Laurie Sachen *gerne* richtig machen wollen. Dass ihr lernen *möchtet*, wie man sich am besten verhält.«

»Wirklich?«

»Also *ich nicht*«, sagte Sally mit Nachdruck.

»Das ist nicht vernünftig«, bemerkte Jannie kritisch. »Zum Beispiel mit den Fingern essen; ich will mit den *Fingern* essen.«

»Ich glaube, die Leute, die das geschrieben haben, würden dich mit den Fingern essen *lassen*«, sagte ich. »Kreatives Irgendwas oder so.«

»Ha«, machte Jannie.

»Alles Knackse«, merkte Sally an. »Alles Knackse.«

»Kinder sind glücklicher und passen sich besser an«, las ich mit grimmiger Miene, »wenn sie Verantwortung übernehmen dürfen. Das Gefühl, teilzuhaben –«

»*Weiß* ich«, sagte Jannie. »Räum dein Zimmer auf, deck den Tisch, häng deine Jacke auf, putz dir die Zähne, wasch dir –«

»Nicht gut«, sagte Sally. »*Nicht* waschen.«

»– die Hände, räum deine Spielsachen weg, falte deine Serviette zusammen –«

»Und es bedeutet, wenn ich euch bitte, hochzulaufen und mir ein Taschentuch zu holen, dass ihr das auch fröhlich macht«, sagte ich und tätschelte ihr den Kopf.

»Lies weiter«, sagte Jannie. »Ich finde das aber überhaupt nicht vernünftig, außer das Mit-den-Fingern-Essen.«

»Eltern sollten vor dem Kind niemals ihren Ärger zeigen«, las ich. »Eltern sollten vor dem Kind niemals ihren Ärger zeigen. Eltern –«

»Ha«, wiederholte Jannie.

»Lauf mal ins Arbeitszimmer, Süße«, sagte ich. »Frag Dad, wie es mit den Münzen läuft.«

»Nicht *ich*«, sagte Sally. »Nicht *ich.*«

»Aber *du* –«, sagte Jannie.

»Tue ich *nicht*«, sagte ich. »Ich zeige nie meinen Ärger, höchstens wenn du und deine Schwester und dein Bruder wirklich die allernervigsten, schwierigsten, unerträglichsten –«

»Knackse.«

»Knackse seid«, sagte ich und atmete tief durch. »Wie auch immer«, fuhr ich fort, »hier steht, dass Sechsen *gerne* im Haushalt helfen.«

»Was ist eine Sechs?«, fragte Jannie mit finsterem Blick. »Bin ich eine Sechs?«

»Du bist ein Knacks«, sagte Sally so weit vorgebeugt, dass sie um mich herum ihre Schwester ansehen konnte, »ein alter Knacks.«

»Und Sally ist eine Drei, und Laurie ist eine Neun.«

»Dann bist du eine Vierunddreißig?«

»Eine Zweiunddreißig.«

»Ich sage Laurie, dass er eine Neun ist«, sagte Sally, glitt mit einer einzigen Bewegung vom Sofa und landete im Gehen. Jannie und ich sahen zu, wie sie die Tür zum Arbeitszimmer öffnete und verkündete: »Ihr seid beide Knackse.«

»... Thaler«, sagte die Stimme meines Mannes. »Mal sehen, ob es ein Land namens Thaler überhaupt je gab.« Er klang etwas schrill. Sally schloss die Tür. »Ich hab's ihnen gesagt«, sagte sie, als sie wieder aufs Sofa kletterte.

»Mutter ist natürlich an ihren *eigenen* Tätigkeiten interessiert«, las ich, »wie Elternsprechtage, Kochen für die Pfadfinderinnen, Kostüme nähen für –« Ich hielt inne. »Und jetzt?«, erkundigte ich mich unklar.

»Brownies«, sagte Jannie. »Du hast versprochen, fürs Schulfest Brownies zu backen.«

»Ich muss ja verrückt gewesen sein«, sagte ich und lehnte mich gemütlich zurück. »Meine *eigenen* Tätigkeiten, steht hier«, sagte ich. »Also zum Beispiel ein Nickerchen machen.«

Jannie stieß ein kurzes Lachen aus. »Das ist das Dümmste, was ich je gehört habe«, sagte sie. »Was steht da denn über schlafende Mommies?«

»Da steht, ich soll mich entspannen.« Ich wanderte hoffnungsvoll mit dem Finger über die Zeilen. »Da steht, natürlich wird die Mutter ihren Kindern nicht schaden, indem sie ihnen unsichere Verhaltensmuster beibringt; was aber würden wir beispielsweise von einer Mutter halten, die glaubt, ihre Kinder zu mögen, und gleichzeitig zulässt, dass sie sie wütend erleben? Oder die ihnen offensichtlich unwahre Geschichten erzählt, Versprechen bricht, hämisch wird?«

»Mach lieber die Brownies«, sagte Jannie scharf. »Was heißt hämsch wird?«

»Weißt du noch«, fragte ich, »als du Daddy erzählt hast, wie ich mit dem Auto gegen den Telefonmast gefahren bin?«

Jannie grinste. »Du hast gesagt, ich sei eine Petze. Du hast gesagt, ich –«

»Ja«, sagte ich. »Und das war ausgewachsene, in der Wolle gefärbte Häme, und der Dame zufolge, die das hier geschrieben hat, hätte ich das nicht sagen sollen.«

»Also bin ich keine –«

»Doch, bist du. Und jedes Mal, wenn ich dran denke, wie du Daddy von diesem Telefonmast erzählt hast, will ich –«

»Hab ich *nicht*«, sagte Sally. »Ich hab Daddy gar nichts erzählt. Ich erzähl es ihm jetzt«, und ich griff zu spät nach ihr, als sie wieder vom Sofa rutschte und auf die Tür des Arbeitszimmers zuging. »Geh weg«, sagte ihr Vater, als sie sie öffnete.

»Mommy ist gegen einen Mast gefahren«, sagte Sally.

»*Schon wieder?*«, fragte mein Mann mit lauter Stimme.

»Nein, nein, nein, nein, nein«, sagte ich, Sally hinterherlaufend. »Sally plappert nur vor sich hin.«

»Petze«, sagte Jannie prompt.

Ich stellte mich vor die beiden und fragte freundlich: »Und wie läuft es mit den neuen Münzen?«

Laurie lächelte vage. »Wir haben bis jetzt hundertfünfundsiebzig gefälschte«, sagte er.

»Oh, großartig«, sagte ich. »Ich dachte, es wären überhaupt nur hundert. Wie kommt es denn, dass –«

»Machst du *bitte* die *Tür* zu?«, sagte mein Mann.

Die Mädchen liefen vor mir weg, und ich schloss energisch die Tür und ging durchs Wohnzimmer und in die Küche, wo ich vor der Spüle und dem Frühstücksgeschirr eine Vollbremsung hinlegte. »So«, sagte ich strahlend, »dann mal an die Arbeit.«

»War Daddy hämsch?«, fragte Jannie. »Wer war die Dame, die das alles geschrieben hat?«

»Eine Dame, die mit Kindern arbeitet«, sagte ich geistesabwesend und wunderte mich über das Geräusch, das aus dem Arbeitszimmer kam, als würden viele Münzen gegen die Wand geworfen, während ich mit einem anderen Teil meines Gehirns überschlug, ob wir genug Schokolade für Brownies hatten oder ob ich noch losmusste, um welche zu kaufen, während wiederum ein anderer Teil meines Gehirns Jannies weise Stimme sagen hörte: »Also nicht wie Mommies. Damen arbeiten mit Kindern, Mommies *spielen* mit ihnen.«

»Und *du* bist ein Knacks«, sagte Sally.

Verträumt Gläser spülend, landete ich bei heiteren Gedanken an die Winterferien, in die neben Weihnachten und Thanksgiving fünf Geburtstage und ein Jahrestag fielen und die mit halsbrecherischer Geschwindigkeit näher kamen, obwohl die Tage gleichzeitig nicht rumzugehen schienen. Zudem wurde immer deutlicher, dass die Hoffnungen auf einen sechsten Geburtstag in unserer Familie während der Winterferien sich bewahrheiten würden; der Koffer, den Jannie und ich uns teilten, stand gepackt in der Ecke des Schlafzimmers, und ich betrachtete ihn am Ende jedes Tages und am Morgen jedes neuen liebevoll – auch wenn das, was ich betrachtete, wie sich herausstellen sollte, diesmal ein Koffer war, in dem sich Jannies gelbes Sommerkleid und ein Puzzle befanden, gegen die sie mein blaues Satin-Bettjäckchen und ein Dutzend Krimis sowie die Rohfassung eines Informationsschreibens, das so begann: »Liebe / r ... Wir haben also einen neuen Sohn / eine neue Tochter, haben jetzt also zwei Pärchen / drei von einer Sorte ...«, heimlich ausgetauscht hatte. Da ich, bevor ich im Krankenhaus ankam, gar nicht merkte, dass Jannie den Koffer umgepackt hatte, war meine Zuneigung in keiner Weise getrübt, auch wenn mir schon Ängste bezüglich der Weihnachtseinkäufe gekommen waren, die in letzter Minute getätigt werden müssten. Die immer gleichen alten Babysachen, durch Sallys lebhafte Kleinkindzeit nun noch ramponierter, befanden sich in der untersten Schublade der Kommode, und im Küchenschrank war eine halbe Dose Maltodextrin Nr. 1. »Wir sind wieder auf der Zielgeraden«, sagte mein Arzt leutselig zu mir, und dann (anscheinend besagte irgendein medizinischer Grundsatz, dass bei einer Mutter von vier Kindern jede Metapher passte): »Bis Weihnachten sind wir aus dem Schützengraben.« Jedes Mal, wenn er das sagte, lachte er.

Seltsamerweise waren die Kinder in der Lage, ihre zumindest in der Theorie normalen Leben weiterzuführen. Laurie verfolgte sein Projekt, für das er glaubte, von den Wölflingen einen silbernen Pfeil zu bekommen, nämlich sämtliche Zahlen der Reihenfolge nach aufzuschreiben, bis er bei unendlich ankam; er war mittlerweile weit im Millionenbereich, ohne dass die Unendlichkeit in Sichtweite gekommen wäre. Sally hatte sich im Kindergarten gut eingewöhnt und brachte täglich Berichte über einen Mr. Grasbar mit nach Hause (seine Freunde waren Mr. Schmutzbar und Mr. Sandbar) sowie über einen Gentleman namens David, der jeden Morgen Kaugummi dabeihatte. Jannie hatte ihr eigenes Sozialleben, das von den Familienfeierlichkeiten nicht nennenswert beeinflusst wurde und meinerseits reichlich Hin und Her erforderlich machte. Ich fand mich damit ab, in letzter Minute in die Stadt zu rasen, um ein Buch oder ein Spielzeug oder ein Malset zu besorgen, das Jannie mit zu einer Feier nehmen konnte; Einladungen kamen per Post und per Telefon, und am Ende war es nötig, in drei zusätzliche Paar weißer Socken zu investieren, damit Jannie ihren sozialen Verpflichtungen nachkommen konnte. Am Nachmittag von Ritas Feier stiegen Jannie und ich um drei Uhr ins Auto, dankbar, dass Sally beschlossen hatte, bis jetzt zu schlafen, und gingen noch mal alles durch, ehe wir losfuhren. Jannie trug ihr grünes Festkleid, das sie natürlich selbst ausgesucht hatte; es hatte einen kleinen weißen Kragen und einen Faltenbesatz. Sie trug die offiziellen weißen Socken, und ihre Schulschuhe waren von mir ordentlich poliert worden. Ihr bester Mantel passte ihr noch – auch wenn er langsam aussah, als würde er in ungefähr einem Monat auch Sally passen –, und sie trug ihr grünes Béret. Sie hatte ein kleines Päckchen dabei mit einer sorgsam ausgesuchten Puppe darin; das Päckchen war in grünes Papier eingepackt, und auf der Karte stand wie üblich »ennaoJ.« An ihre Zopfspitzen waren grüne Schleifen gebunden, und aus besonderem Wohlwollen trug sie ihre Korallenkette. Sie sah sehr erwachsen aus und unglaublich hübsch.

»Hast du ein Taschentuch?«, fragte ich, ehe ich den Wagen anließ, und sie nickte ernst, sich ihrer grünen Schleifen sehr bewusst.

»Meine Einladung hab ich dabei«, sagte sie. »Falls wir die Uhrzeit vergessen oder so.«

»Ich wünschte nur, ich wüsste mehr über diese Leute«, sagte ich mit einem hoffnungsvollen Blick auf die Einladung, als würde das Muster aus rosa Luftballons und bunten Buchstaben einen Hinweis darauf erlauben, was für Leute für sechs von der Sorte einen Zehner im Billigkaufhaus ließen. »Mir ist nicht ganz wohl dabei, dich einfach zu Fremden nach Hause gehen zu lassen.«

»Ich hab eine *Einladung* bekommen«, sagte Jannie.

Ich seufzte und ließ den Wagen an. »Sie klang in Ordnung«, sagte ich, »die Mutter von dem kleinen Mädchen, meine ich. Als ich angerufen habe, um nach dem Weg zu fragen, klang sie in Ordnung. Richmond Road«, sagte ich, »und bei der Privatschule links.«

»Ich sage ›Vielen Dank, Mrs. Arden‹, wenn ich wieder nach Hause gehe.«

»Sagtest du, du hast ein Taschentuch?« Wir bogen in die Richmond Road, und Jannie lehnte sich zurück und faltete die Hände im Schoß, nun nicht mehr die Alltags-Jannie, die mit mir in ihrem blauen Schneeanzug Lebensmittel kaufen fuhr und zur Post und zum Bäcker, sondern eine feine Dame mit weißem Kragen und grünem Béret. »Ist Rita ein höfliches kleines Mädchen?«, fragte ich sehr beiläufig.

»Sie ist in Ordnung«, sagte Jannie. »Aus der Schule.«

Ich werde nie eine Geburtstagsfeier vergessen, bei der alle anderen Kinder, von denen ich keins kannte, älter waren als ich und ich den ganzen Nachmittag in einer Ecke saß, entschlossen, nicht zu weinen. »Weißt du, wer sonst noch kommt?«

»Freunde von mir«, sagte Jannie erschöpft. »Aus der *Schule.*«

»Dagegen ist wohl nichts zu sagen«, sagte ich.

»Na ja, jetzt, wo ich schon angezogen bin und alles«, sagte Jannie.

Ich sah aus dem Fenster. »Bei der Privatschule links«, sagte ich. »Jetzt suchen wir den Overlea Drive, da rechts.

Dann ist auf halber Höhe des Hügels ein Schild, auf dem Arden steht. Sie hat gesagt, es sei nicht zu übersehen.«

»Sag Sally, ich bringe ihr Süßigkeiten mit«, sagte Jannie, als wir bei der Privatschule zögerlich links abbogen, »und Laurie bringe ich Kuchen mit. Und plan mich heute Abend nicht beim Essen ein – ich werde viel zu voll sein. Auf der Einladung steht, die Feier ist um fünf vorbei, du kannst also vielleicht gegen halb sechs kommen und mich abholen. Dann«, erklärte sie, »habe ich noch Zeit, die Süßigkeiten und so einzusammeln, die die anderen vergessen haben, damit ich sie Sally mitbringen kann.«

»Ein Taschentuch hast du? Overlea Drive.«

»Und ich sage«, fuhr Jannie in schärferem Ton fort, »ich sage ›Danke, Mrs. Arden‹, wenn ich mich verabschiede. Und ich *habe* ein Taschentuch.«

»Schild, auf dem Arden steht, Schild, auf dem Arden steht«, sagte ich.

»Ich war noch nie hier, weißt du«, sagte Jannie. »Rita nimmt nicht den Schulbus.«

»Ich bin überrascht, dass sie so weit weg wohnt von der Schule«, sagte ich. »Schild, auf dem Arden steht, Privatweg.«

Ich wendete das Auto und schaltete in den zweiten Gang. »Der Chauffeur bringt sie«, sagte Jannie. »Ob das da hinten Ritas Haus ist?«

Es war das einzige Haus weit und breit. Wir fuhren an terrassierten Rasenflächen und Zierbäumen und Kieswegen vorbei; ich sah eine Sonnenuhr und etwas, das allem Anschein nach ein Swimmingpool war. Über uns, oben auf dem Hügel, sah das Haus aus wie ein wahr gewordener Country-Club-Traum aus Naturstein, mit Panorama-

fenstern und Giebeldächern. »Da fahren wir hin?«, fragte
ich und drehte mich zu Jannie um.

»Sieben Schornsteine«, sagte sie. »Rita hat auch immer
gesagt, dass sie in einem großen Haus wohnt.«

Wir fuhren auf eine kreisförmige Zufahrt und an einer Garage vorbei, in der ich drei europäische Autos zu
erkennen glaubte, dann gelangten wir zur Haustür. Wir
blieben abrupt stehen, weil das Auto, das vor der Haustür parkte, so glatt und flach war und so glänzte, dass mir
bei dem unwiderstehlichen Gedanken, es anzustoßen und
vielleicht einen Kratzer in die Stoßstange zu machen (das
war doch die Stoßstange?), die Zähne klapperten. Von
den breiten Stufen erhob sich träge einer von zwei grauen
Pudeln und sah auf uns herab. »Jannie«, sagte ich, »Süße,
ich hab nur Jeans an und meine alte Jacke. Und meine
Halbschuhe. Ich warte hier einfach, und du läufst hoch
und klingelst. Ich warte hier einfach, bis ich sehe, dass du
sicher drin bist.«

Jannie drehte sich um und starrte mich an. »Warum
kommst du denn nicht mit zur Tür?«, fragte sie. »Du bist
doch schließlich meine Mutter, oder?«

»Ja«, sagte ich skeptisch und stieg aus dem Auto. Sie
lief die Stufen hoch, nickte den Pudeln, die sich ihr näherten, fröhlich zu, und drückte auf die Klingel; ich folgte
ihr vorsichtig, zwang mich die Stufen hoch und sprang
schnell beiseite, als einer der Pudel mir zu nah kam. Plötzlich sah ich deutlich vor mir, wie ich mich in den kom-
menden Jahren im Gebüsch herumdrücken würde, um
einen Blick auf meine wunderschön gekleidete, durch den
Ballsaal walzende Tochter zu erhaschen, und dann wurde
die Tür von einem Dienstmädchen in gelber Uniform ge-

öffnet, hinter dem sich rosa, blau und weiß eine Gruppe kleiner Mädchen in Festkleidern versammelte.

»Hallo, Leute«, sagte Jannie.

»Das ist *Joanne*«, sagte ein kleines Mädchen in Blau, offenbar die Gastgeberin, »*jetzt* kann die Party losgehen.«

»Und *das*«, sagte Jannie bedeutsam, »ist meine Mutter.«

Das kleine Mädchen in Blau machte einen Knicks, beinahe hätte ich ebenfalls einen Knicks gemacht, und beim Reingehen sagte Jannie, »*Wir* wohnen in einem noch größeren Haus«, dann rief sie mir zu, »Vergiss nicht, Sally zu sagen, was ich ihr mitbringe«, dann ging die Tür zu.

Als ich um Viertel nach fünf wiederkam, um Jannie abzuholen, was ich für einen guten Kompromiss zwischen der Zeit auf der Einladung und Jannies offensichtlich überlegener Planung hielt, hatte ich mir einen Rock und anständige Schuhe angezogen. Nachdem ich geklingelt hatte, bat das Dienstmädchen mich herein, und ich wartete, dem entfernten glücklichen Kreischen kleiner Mädchen lauschend, noch keine Minute, als eine Frau in grauem, mit mutmaßlich echten Smaragden besetztem Taft – inzwischen hätte ich alles geglaubt – zu mir kam und beide Hände nach meinen ausstreckte.

»*Sie* sind also Joannes Mutter«, sagte sie. »Kommen Sie doch herein, möchten Sie einen Drink?«

An einem Donnerstagnachmittag lieferte der Eilbote gegen vier Uhr einen riesigen Karton, in dem sich gewaltige Mengen Stoff und Gardinen befanden, die meine Mutter auf einem Dachboden entdeckt und mir geschickt hatte, in der Hoffnung, ich könnte etwas davon gebrauchen und aus dem Rest Bettbezüge, Tagesdecken oder Staubtücher machen. Ich nahm die Gardinen heraus und ließ den großen Karton im Eingangsflur stehen, um ihn später, wenn ich herunterkäme, um das Abendessen zu machen, rauszubringen und dem Müllmann hinzustellen. Gegen zehn nach vier kam Laurie aus seinem Zimmer, wo er gemalt hatte, und betrat das Schlafzimmer, wo ich auf dem Bett die Gardinen sortierte.

»Was ist in der großen Kiste unten?«

»Da waren Sachen drin«, sagte ich.

»Geschenke?«

»Nein, diese Gardinen.«

»Wer will denn *Gardinen*?«

Gegen dreizehn Minuten nach vier erwachte Sally aus ihrem Mittagschlaf und polterte bäuchlings, mit dem Kopf voran und nach mir rufend, die Stufen herunter. Als sie mich, nachdem sie in allen Zimmern des Hauses nach mir gerufen hatte, schließlich im Schlafzimmer entdeckte, fragte sie sofort: »Ist das für mich?«

»Ist was für dich?«

»Das Geschenk. Unten, im Flur.«

»Nein«, sagte ich, »das war für mich. Diese Vorhänge.«

»Kann ich die haben?«

»Nein.«

»*Du* kommst auch nicht in *mein* Haus.«

Um exakt halb fünf kam Jannie nach Hause, trottete den Weg hoch, öffnete die Tür und stolperte über die Kiste im Flur. »Wer hat das so hingestellt, dass ich drüber falle?«, fragte sie entrüstet.

»Da drin war Müll für Mommy«, sagte Laurie. Ich befand mich inzwischen im Arbeitszimmer, um mich zu erkundigen, ob mein Mann vor dem Abendessen gern einen

Cocktail hätte. Er sagte, nein, er arbeite an einem Artikel über eine Frau mit dem zweiten Gesicht und wolle selbst einen kláren Kopf behalten. Ich ging in die Küche und nahm halbherzig Kartoffeln aus dem Sack. Jannie kam in die Küche und fragte, ob sie und Laurie und Sally mit dem großen Karton im Flur spielen dürften, und ich sagte, ja, wenn sie leise seien, Daddy arbeite.

Fast zehn Minuten später, nach viel Gekicher und Geschrei und zwei Ausflügen meines Mannes aus dem Arbeitszimmer, einmal in den Flur, um den Kindern zu sagen, wenn sie nicht leise seien, würde ihre Mutter sie in ihre Zimmer schicken, und einmal an die Küchentür, um mir zu sagen, dass er nicht über die Frau mit dem zweiten Gesicht schreiben könne, solange diese Kinder so laut seien, erschien Laurie plötzlich in der Küche und sagte hocherfreut: »Es ist noch ein Geschenk gekommen, ein richtiges *Geburtstags*geschenk.«

Erschöpft legte ich das Messer hin, ich hatte so etwas erwartet, und folgte Laurie durch das Arbeitszimmer in den Flur. Mein Mann sah auf, als wir vorbeigingen, und sagte: »Dies ist ein Arbeitszimmer, keine Durchgangsstraße.«

Im Flur stand der gleiche alte Karton voll mit etwas, das kicherte und mächtig um sich trat. Laurie und Jannie sahen vergnügt zu, wie ich den Karton vorsichtig aufmachte, und als Sally heraussprang, schrien alle vor Begeisterung und Überraschung. »Dieses Geschenk möchte ich nicht«, sagte ich freundlich. »Sagen Sie dem Paketboten, er soll es wieder mitnehmen.« Wieder lachten alle, und ich ging zurück in die Küche.

Zwei Minuten später erschien Laurie erneut in der Küche. »Es kam *noch* ein Geschenk«, verkündete er.

Da mir kein guter Grund einfiel, einfach stur weiter das Abendessen vorzubereiten, legte ich das Messer hin und folgte ihm durchs Arbeitszimmer in den Flur. »Dies ist ein Arbeitszimmer, keine Durchgangsstraße«, sagte mein Mann, als wir vorbeigingen.

Im Flur standen Sally und Laurie angespannt daneben, während ich den Karton öffnete und Jannie darin fand. »*Dieses* Geschenk möchte ich nicht«, sagte ich. »Sagen Sie dem Paketboten, er soll es zusammen mit dem anderen wieder mitnehmen.« Alle lachten.

Ich ging wieder in die Küche, und eine Minute später kamen Jannie und Sally zu mir. »*Noch* ein Geschenk«, sagte Jannie, und Sally fügte hinzu: »Diesmal ist Laurie drin.«

»Dies ist ein Arbeitszimmer, keine Durchgangsstraße«, sagte mein Mann, als wir alle vorbeigingen.

Ich öffnete den Karton, fand Laurie, alle lachten, und ich sagte: »*Dieses* Geschenk möchte ich auch nicht. Sagen Sie dem Paketboten, er soll die alle wieder mitnehmen.«

Ich ging in die Küche und nahm das Messer wieder in die Hand, durchaus ein bisschen selbstzufrieden angesichts meiner Beteiligung an den harmlosen Spielen der Kinder. Im Flur war kurz Gemurmel zu hören, dann wurde die Tür zwischen Arbeitszimmer und Flur geöffnet, und mein Mann sagte: »Dies ist ein Arbeitszimmer, keine Durchgangsstraße.« Dann wurde im Flur viel geflüstert, und schließlich sagte mein Mann: »Na gut, aber nur ein Mal.« Danach viel unterdrücktes Kichern aus dem Flur.

Ich machte gerade die Ofentür auf, als Laurie, Jannie und Sally in die Küche kamen. »Es kam *noch* ein –«, fing Laurie an und dann: »Was ist *das* denn?«

»Ich hab in einer Zeitschrift davon gelesen«, sagte ich

schüchtern. »Es ist Thunfisch drin und Schlagsahne und Kartoffeln und gehackte Oliven und schwarze Bohnensuppe und Schmorgurken und alle möglichen anderen guten Sachen.«

»Mag ich nicht«, sagte Sally sofort.

»Und was gibt's zum Nachtisch?«, fragte Laurie vermittelnd.

»Dosenpfirsiche«, sagte ich. »Ich hab ja den ganzen Nachmittag mit den Vorhängen zu tun gehabt und –«

»Thunfisch?«, fragte Jannie. »Kann ich das bitte ohne Thunfisch bekommen?«

»Ich glaub, ich mach mir bis dahin ein Sandwich mit Erdnussbutter«, sagte Laurie.

»Mädchen, ihr könnt anfangen, den Tisch zu decken«, sagte ich. »Jannie, Schalen und Gläser. Sally, Sets und Besteck.«

»Ich will die Gläser«, sagte Sally sofort.

»Und Salz und Pfeffer nicht vergessen. Schmortopf, Brot, Salat, Pfirsiche.« Ich starrte unentschlossen auf die Ofenklappe. »Was würde passieren«, fragte ich Jannie, »wenn ich Tomatensoße dazu täte?«

»Dann wird es noch schlimmer«, sagte Jannie fröhlich.

»Saubere Handtücher«, sagte ich. »Ich bin gleich wieder unten; Laurie, wasch dir die Hände, bevor du das Brot anfasst.«

Ich ging aus der Küche und durch das Arbeitszimmer und durch den Flur und die Treppe hoch, suchte saubere Handtücher und nahm sie mit nach unten. »Essen in fünf Minuten«, sagte ich, als ich durchs Arbeitszimmer ging; »Essen in fünf Minuten«, sagte ich, als ich durchs Esszimmer ging; »Essen in fünf Minuten«, sagte ich, als ich in die Küche kam. »Laurie, sag deinem Vater, das Essen ist fertig.«

Laurie ging ins Arbeitszimmer und kam wieder zurück. »Nicht da«, sagte er.

»Wahrscheinlich wäscht er sich die Hände«, sagte Jannie.

»Salz und Pfeffer«, sagte ich, nachdem ich einen Blick auf den Tisch geworfen hatte. Jannie hatte, wie immer, alles für Linkshänder gedeckt.

»*Ich* hab mir die Hände gewaschen«, sagte Sally, aus dem Bad kommend. Ich sah an ihr vorbei zu dem sauberen Handtuch, das ich gerade aufgehängt hatte, und seufzte. »Laurie und Jannie, Hände waschen«, sagte ich. »Dad wird jeden Moment hier sein.«

»Irgendwas wollte ich dir, glaube ich, noch sagen«, sagte Laurie und nahm mit seinem Erdnussbuttersandwich am Tisch Platz.

»Nennst du das saubere Hände?«

»Ich hab doch gesagt, ich *mag* das nicht«, sagte Jannie und starrte ihren Teller an.

»Ich glaub, irgendwas mit Dad«, sagte Laurie.

Ninki bekam am fünften Dezember vier schwarz-weiße Kätzchen. Sie öffneten die Augen, purzelten auf dem Küchenfußboden entzückend übereinander, und Ninki, schlank und munter, begab sich wieder auf Mäusejagd. Ich bewegte mich weiter jeden Morgen Stufe für Stufe die Treppe hinunter, die Hand am Geländer. Am Morgen, an dem der erste Schnee fiel, kam ich in die Küche, wo Jannie und Sally am gelben Tisch Haferbrei aßen, und Elsie, ein nettes Mädchen, das ich bis zum ersten des Jahres eingestellt hatte, strich fröhlich Senf auf Lauries Schulbrote.

»Guten Morgen«, sagte Elsie heiter. »Immer noch da, wie ich sehe?«

»Jap«, sagte ich. »Kaffee?«

»Guten Morgen, liebe Mommy«, sagte Jannie mit der süßen Stimme, die bedeutete, dass sie beschlossen hatte, ihren Haferbrei bis zehn vor neun auszusitzen, und Sally echote: »Guten Morgen, liebe Mommy, lieber Morgen, gute Mommy.«

»Hm«, sagte ich.

»Dachte, ich hätte heute Nacht das Auto wegfahren hören«, sagte Elsie im Plauderton, »aber dann dachte ich, Sie hätten mich bestimmt geweckt, wenn Sie gefahren wären.«

»Würde ich auf jeden Fall«, sagte ich.

»Und wie geht es Ihnen? Gut?«

»Auf jeden Fall«, sagte ich. Ich ging mit meinem Kaffee ins Esszimmer und setzte mich mit der Zeitung hin. Eine Frau in New York hatte im Taxi Zwillinge bekommen. Eine Frau in Ohio hatte gerade ihr siebzehntes Kind bekommen. Eine Zwölfjährige in Mexiko hatte einen Jungen von dreizehn Pfund bekommen. Im Leitartikel auf der Frauenseite ging es darum, wie man die größeren Kinder an das neue Baby gewöhnt. Schließlich fand ich auf Seite siebzehn einen Bericht über einen Axtmörder und hielt mir die Kaffeetasse ins Gesicht, um zu sehen, ob mich der Dampf beleben würde.

»Laurie«, sagte Elsie auf der Hintertreppe, »zehn nach acht.«

»Ich *komme*«, sagte Laurie. »Ist Mommy noch da?«

»Allerdings«, sagte Elsie vergnügt. »Geh Zähne putzen.« Ich blätterte zum Sportteil.

Aus der Küche war deutlich Jannies Stimme zu hören. »Wenn wir unseren kleinen Bruder kriegen«, fragte sie, »frühstückt der dann hier mit uns?«

»Haferbrei?«, fügte Sally hinzu.

»Der ist erst mal ganz winzig«, erklärte Elsie ihnen, »und wird ganz viel in seiner Wiege liegen und alle seine Mahlzeiten in der Flasche bekommen.«

»Und ich bade ihn«, sagte Jannie.

»Und ich gebe ihm was von meinem Haferbrei ab«, sagte Sally.

»Komm, wir fragen Mommy, wann er kommt«, sagte Jannie.

»Das lasst mal bleiben«, sagte Elsie eilig. »Esst euren Haferbrei auf.«

Laurie kam die Treppe heruntergestürzt, und ich hörte, wie die Füße meines Mannes neben dem Bett auf dem Boden aufkamen. »Guten Morgen, Mommy«, rief Laurie aus der Küche. »Und ich war sicher, *heute* bist du weg.«

»Soso.«

Laurie kam mit seinem Tablett herein und stellte es auf den Tisch; er löffelte nachdenklich Zucker auf seinen Haferbrei. »Aber«, sagte er, »du glaubst nicht, dass du doch nicht gehst, oder?«

»Ich hab drüber nachgedacht«, sagte ich.

Laurie begann schallend zu lachen. »Das ganze Babyzeug«, sagte er.

»Das ist genug Zucker«, sagte ich. »Lies die Zeitung oder irgendwas.«

Laurie nahm sich den Sportteil und lehnte ihn gegen die Kaffeekanne. »Übrigens«, sagte er plötzlich und sah von der Zeitung auf, »die Lehrerin hat mich gestern wieder gefragt, was mit meinem neuen Geschwisterchen ist. Sie will ›Happy Birthday‹ singen, wenn es kommt.«

»Sag ihr, ich bin nach Mexiko gefahren«, sagte ich.

In diesem Moment kam mein Mann die Treppe herunter, sah mich einigermaßen überrascht an und sagte: »Guten Morgen, guten Morgen.«

»Guten Morgen, Dad«, sagte Laurie. »Mommy ist immer noch hier.«

»Guten Morgen«, sagte mein Mann in der Küche zu Elsie und den Mädchen, und ich konnte hören, wie Elsie zu ihm sagte, sie sei davon ausgegangen, dass wir sie wecken, wenn wir nachts aufbrechen.

Mein Mann brachte sein Tablett herein und stellte es auf den Tisch.

»Die Münzen aus Hongkong müssten heute kommen«, sagte Laurie zu ihm.

»Muss dem Mann mal schreiben«, sagte mein Mann undeutlich.

»Wie siehst du's wegen Mommy?«, fragte Laurie.

Mein Mann sah mich prüfend an. »Ich hab keine Ahnung«, sagte er.

Ich hob den Kopf aus dem Kaffeedampf. »Hört mal«, sagte ich bitter, »ich kann auch in irgendein Hotel gehen und euch schreiben, wenn alles vorbei ist.«

»Wie geht es dir?«, fragte mein Mann.

»Bah«, sagte ich deutlich.

»Solange du heute nicht irgendwelche Kinder kriegst«, sagte Laurie, »musst du mich um fünf bei den Wölflingen abholen.«

»Morgen?«

»Nein«, sagte mein Mann. »Morgen ist Numismatische

Gesellschaft, und ich war letztes Mal nicht da, weil ich erkältet war, und davor nicht, weil deine Mutter hier war, und ich werde es auf keinen Fall ein drittes Mal wegen einer Lappalie verpassen.«

»Und Sonntag kommen ja deine Tante und dein Onkel«, sagte ich zu meinem Mann. »Wie wär's mit Montag?«

Elsies Kopf erschien im Türrahmen. »Montagvormittag habe ich Fahrprüfung«, sagte sie, »also nicht vor Montagnachmittag. Ich kann Sie fahren. Und Dienstag geht Jannie ja zu Kathys Feier.«

»Mittwoch?«

»*Da* wollte ich meine Schwester besuchen«, sagte Elsie. »Sie hatten gesagt, das wäre in Ordnung, wissen Sie noch, Sie sagten, bis dahin wären Sie wahrscheinlich aus dem Krankenhaus zurück und –«

»Wäre Donnerstag für alle so weit in Ordnung?«, fragte ich lauter als zuvor.

»Also, *Freitag*«, sagte Laurie besorgt, »Freitag hab ich wieder Wölflinge.«

»Krieg das Baby doch an meinem Geburtstag«, rief Jannie aus der Küche.

Jannies Geburtstag war noch zehn Monate und ein paar Tage hin. »Ich versuch's«, sagte ich.

Laurie lachte. »Mr. Feeley sagt, wenn das Baby vor Dienstag kommt, gibt er dir zehn Prozent von seinem Gewinn.«

»Was für ein Gewinn?«, fragte ich.

Laurie sah seinen Vater bestürzt an, und sein Vater erhob sich von seinem Stuhl und sagte wohlformuliert: »Möchtest du dir noch mal die römischen Münzen ansehen, mein Sohn?«

»*Was* für ein Gewinn?«, fragte ich nachdrücklich.

»Nichts Beunruhigendes«, sagte mein Mann. »Nur etwas, das wir ...« Er überlegte. »... für das Baby machen«, schloss er.

»Ein Buch«, fügte Laurie hilfreich hinzu.

Sein Vater sah ihn voller Respekt an. »Ganz richtig«, sagte er, »ein Babybuch.«

Sie gingen Richtung Arbeitszimmer. »Es *darf* nicht vor Dienstag sein«, sagte mein Mann zu Laurie, als führten sie ein vertrauliches Gespräch fort, »allen Regeln der Wahrscheinlichkeit nach ...«

»Ross hat gestern in der Schule zu mir gesagt, an Weihnachten will er einen Zehner«, sagte Laurie.

»Sag ihm, wir bieten ihm dreißig zu eins«, sagte mein Mann.

Aus dem Arbeitszimmer hörte ich, wie mein Mann sagte, das Geld von Ross sei so gut wie weg, und Laurie sagte, er glaube, der Lehrer sei auch dabei, mit mindestens einem Vierteldollar.

»Ich möchte am Dienstag nicht noch mehr Geld verlieren«, sagte mein Mann geistesabwesend, »aber wir können schlecht von *ihr* erwarten, dass sie die Chancen abwägt.«

»Das passt zu ihr, einen Tag auszusuchen, auf den kein Geld gesetzt ist«, bestätigte Laurie. »Ist das hier Nero, Dad?«

»Das ist der Knopf meiner Jacke«, sagte mein Mann. »Ich wollte Jannie bitten, ihn anzunähen.«

Ich zündete mir noch eine Zigarette an und goss heißen Kaffee in meine Tasse; es schien keinen Sinn zu haben, irgendetwas anderes zu machen. »Zehn vor neun«, sagte Elsie in der Küche.

Mit einem lauten Schrei rutschte Sally von ihrem Stuhl, und Jannie folgte ihr. »Komm sofort zurück und iss deinen Haferbrei auf«, sagte Elsie, als sie auf die Haustür zurannten.

»Bye, Dad«, sagte Laurie. Er ging in die Küche, um seine Brotdose zu holen, und blieb auf dem Weg zur Haustür im Esszimmer stehen. »Sehen wir uns um fünf?«, fragte er mich.

»Oh, klar, klar«, sagte ich.

Ich folgte ihnen zur Haustür und winkte, als sie in den Schulbus stiegen; Sally saß am Fenster zur Straße, um nach dem Kombi Ausschau zu halten, der sie zum Kindergarten bringen würde. Die Post war gekommen; ich brachte Sally dazu, sie für mich vom Boden aufzuheben, und ging damit ins Arbeitszimmer.

»Heute nur Rechnungen«, sagte ich boshaft zu meinem Mann.

»Schon wieder?«, sagte er. »Haben wir nicht gerade –«

»Bezahl sie doch in römischen Münzen«, sagte ich. Ich setzte mich in einen der Sessel mit gerader Lehne, die ich extra ins Arbeitszimmer getragen hatte; aus den Polstersesseln kommt man nicht ohne Weiteres hoch. »Bezahl sie mit deinen elf siamesischen Spielmarken«, sagte ich.

Mein Mann sah mich besorgt an. »Wie fühlst du dich?«

»Bezahl sie mit gefälschten schottischen Merks«, sagte ich. »Ich fühl mich gut.«

Mein Mann berührte den Stapel Post schüchtern mit einem Finger. »Einer von uns«, sagte er, »muss zur Bank und mit Mr. Andrews reden.«

»Ich nicht«, sagte ich.

»Natürlich nicht«, sagte mein Mann besänftigend. »Du

kannst es ja morgen machen«, fügte er hinzu, »wenn du dann noch hier bist.«

Unsere Bankfiliale ist ein zwangloser nachbarschaftlicher Ort, freigiebig mit seinen fest eingebundenen Scheckheften, stets bereit, den Kurs des Schweizer Frankens nachzusehen, bei Investitionen zu beraten oder ein Testament aufzusetzen. Die Atmosphäre ist wesentlich weniger gedämpft und ehrfürchtig als etwa in einem guten Kino; es gibt ein Lautsprechersystem, das für die Kontoinhaber sanfte Musik spielt, eine Kühlanlage, die die Luft von dem beißenden Geruch der Zehn-Dollar-Scheine befreit, und dick gepolsterte Bänke für nervöse Gläubiger; es ist eine Bank, die freundlich jede Aufgabe übernimmt, nur nicht die Überweisung von Geld. Ich hatte im Laufe der letzten Jahre regelmäßig mit Mr. Andrews zu tun gehabt, einem Mann, der unangenehme Fragen stellte und eine sehr schlechte Meinung von mir hatte wegen ein paar geringeren Beträgen, die von Mr. Andrews widerwillig auf unser Konto überwiesen worden und von dort schnell in die Hände verschiedener Milchmänner, Ärzte, Kaufhäuser und diverser Pokerkumpane meines Mannes gewandert waren. Mr. Andrews glaubt gern, er täte mir mit diesem Geld einen Gefallen. »Wir freuen uns immer, Kredite zu vergeben«, pflegt er mit undeutlichem Lächeln zu sagen, »*dafür* sind Banken schließlich da, nicht?« Da Mr. Andrews ganz offensichtlich glaubt, das sei das Einzige, wofür Banken *nicht* da sind, antworte ich für gewöhnlich mit einem fröhlichen Lachen und sage rasch, neunzig Tage seien doch sechs Monate, oder nicht? Mr. Andrews sagt auch gern Dinge wie »Ihnen ist sicher klar, dass *wir* auch unseren Verpflichtungen nachkommen müssen« und »Wenn wir *jedem* aushelfen würden, der darum bittet ...«.

Mr. Andrews sagt nie einfach »Geld«, wie wir anderen es so häufig tun; er nennt es ehrfurchtsvoll »Kredit« oder »Fonds« oder »Eigenkapital«. Ich habe mir angewöhnt, eins oder mehrere meiner Kinder mitzunehmen, wenn ich vorbeigehe, um mit Mr. Andrews über Eigenkapital oder Fonds oder Kredite zu sprechen, in der unausgesprochenen Hoffnung, ihre sanften, rührenden Blicke würden Mr. Andrews zu Herzen gehen, obwohl ich mittlerweile weiß, dass das genauso wenig passieren wird, wie dass ihre sanften, rührenden kleinen Blicke die Tür zum Tresorraum öffnen. Ich glaube, das einzige Mal, dass ich Mr. Andrews wirklich sprachlos erlebt habe, war, als Laurie, kurz nachdem er mit dem Münzensammeln angefangen hatte, fragte, ob er das Kleingeld der Bank nach V-Nickeln durchsuchen dürfe.

Jedenfalls kam ich kurz vor Weihnachten – und Weihnachten ist in unserem Haus natürlich immer eine Zeit großen finanziellen Unbehagens – schüchtern in Mr. Andrews Bank, im Hinterkopf den Gedanken, dass immerhin die Geschenke für die Kinder gekauft und ordnungsgemäß versteckt waren, wenn auch noch nicht bezahlt, an der Hand meine Tochter Jannie in einem blauen Schneeanzug, an der anderen meine Tochter Sally in einem roten Schneeanzug. Die Mädchen hatten sich die Haare gebürstet und ihre Stiefel an den richtigen Füßen, und falls ich Mr. Andrews das Geld abhandeln konnte, würden beide ein Eis bekommen. Wir kamen in die Bank, wo die Lautsprecher »Freue dich, Welt« spielten, und stellte fest, dass in der Mitte, wo normalerweise Kredite gekündigt wurden, nun ein großer, freundlicher Weihnachtsbaum stand; wegen der Feiertage kündigten sie die Kredite jetzt in einer Art kleinem Verschlag hinter den Schaltern. Ich setzte die Mädchen auf eine samtbezogene Bank direkt vor den Weihnachtsbaum und sagte ihnen, sie sollten bleiben, wo sie waren, Mommy sei jeden Moment wieder zurück, und dann gingen wir alle Eis essen. Sie setzten sich gehorsam, und ich machte mich auf den Weg zu Mr. Andrews Sekretärin.

»Guten Morgen«, sagte ich zu ihr.

»Guten Morgen«, sagte sie. »Frohe Weihnachten.«

»Oh«, sagte ich, »frohe Weihnachten.«

Sie nickte strahlend und wandte sich wieder den Unterlagen auf ihrem Schreibtisch zu. Ich wand meinen Finger um die Verzierungen der eisernen Absperrung und sagte: »Ob ich wohl zu Mr. Andrews dürfte?«

»Mr. Andrews? Worum geht es denn?«

»Also«, sagte ich, etwas näher kommend, »es sollte um unseren Kredit gehen.«

»Um Ihren Kredit?«, sagte sie mit dieser speziell durchdringenden Stimme, die alle Bankangestellten benutzen, wenn es um Geld geht, das die falsche Richtung nimmt. »Wollen Sie Ihren Kredit zurückzahlen?«

»Ich hatte gehofft«, sagte ich, »vielleicht mit Mr. Andrews sprechen zu können.«

»Ist das süß«, sagte sie unerwartet.

Wenig später begriff ich, dass sie an mir vorbei auf meine Mädchen blickte, und ich drehte mich um und sah ungläubig, wie der Weihnachtsmann samt Geschenkesack hinter dem Weihnachtsbaum hervorgekommen war, sich über die Absperrung beugte und meine Töchter zu sich winkte.

»Ich wusste gar nicht, dass die Bank einen Weihnachtsmann hat«, sagte ich.

»Jedes Jahr«, sagte sie, »also zu Weihnachten.«

Jannie und Sally glitten von der Bank und trotteten zum Weihnachtsmann; ich konnte Sallys erfreutes »Hallo, Weihnachtsmann!« hören und Jannies etwas verlegenes Lächeln sehen; alle Leute in der Bank drehten sich zu ihnen um und strahlten und lächelten sich an und murmelten etwas Anerkennendes. Da ich Jannie und Sally schon relativ lange kenne, löste ich meine Finger von der Eisenrosette, ging durch den Raum auf ihre Bank zu und kam gerade bei ihnen an, als der Weihnachtsmann das kleine Tor in der Absperrung öffnete und sie hereinbat. Er setzte sich unter die warmen Lichter des Weihnachtsbaums und nahm Jannie auf das eine Knie und Sally auf das andere.

»So, so, so«, sagte er und lachte gewaltig. »Und warst du denn ein *braves* Mädchen?«, fragte er Jannie.

Jannie nickte mit offenem Mund, und Sally sagte: »*Ich* war *sehr* brav.«

»Und putzt ihr euch auch die Zähne?«

»Zweimal«, sagte Sally, und Jannie sagte: »Ich putze mir die Zähne jeden Morgen und jeden Abend und jeden Morgen.«

»So, so, so«, sagte der Weihnachtsmann mit anerkennendem Nicken. »Dann wart ihr also brave kleine Mädchen, ja?«

»Ich war *sehr* brav«, insistierte Sally.

Der Weihnachtsmann dachte nach. »Und habt ihr euch auch die Gesichter gewaschen?«, fiel ihm schließlich ein.

»Ich wasche mir das Gesicht«, sagte Sally, und Jannie, inspiriert, sagte: »Ich wasche mir das Gesicht und die Hände und die Ohren und den Hals und –«

»So, na, dann ist ja gut«, sagte der Weihnachtsmann, lachte wieder fröhlich und ließ Jannie und Sally von seinem runden kleinen Bauch abfedern. »Gut, gut«, sagte er, »und was«, sagte er zu Jannie, »soll der alte Weihnachtsmann dir bringen?«

»Eine Puppe?«, sagte Jannie probeweise. «Bringst du mir eine Puppe?«

»Ganz bestimmt bringe ich dir eine Puppe«, sagte der Weihnachtsmann. »Ich bringe dir die hübscheste Puppe, die du je gesehen hast, weil du so ein braves Mädchen warst.«

»Und einen Puppenwagen?«, fragte Jannie. «Und Puppengeschirr und einen kleinen Herd?«

»*Genau* das bringe ich dir«, sagte der Weihnachtsmann. »Ich bringe braven kleinen Mädchen *alles*, was sie sich wünschen.«

Das alberne Lächeln, das ich aufgesetzt hatte, verrutschte ein bisschen; im Gästezimmerschrank warteten eine hübsche, blau gekleidete Puppe auf Jannie und eine hübsche, rosa gekleidete Puppe auf Sally; ich versuchte dem Weihnachtsmann unauffällig Zeichen zu geben.

»Und ich«, sagte Sally, »und ich und *ich* wünsche mir ein Fahrrad.«

Ich schüttelte äußerst deutlich den Kopf und lächelte den Weihnachtsmann nervös an. »In Ordnung«, sagte der Weihnachtsmann, »braven kleinen Mädchen bringe ich auch Fahrräder.«

»Bringst du mir *wirklich* ein Fahrrad?«, fragte Sally ungläubig. «*Und* eine Puppe *und* einen Puppenwagen?«

»Aber ganz bestimmt«, sagte der Weihnachtsmann.

Sally starrte Jannie hingerissen an. »Er bringt mir endlich mein Fahrrad«, sagte sie.

»*Ich* will auch ein Fahrrad«, sagte Jannie.

»Oooookay«, sagte der Weihnachtsmann. »Aber warst du denn auch ein braves Mädchen?«, fragte er Jannie bedenkenträgerisch.

»Ich war so brav«, sagte Jannie mit Inbrunst, »du kannst dir gar nicht vorstellen, *wie* brav.«

»Ich war auch brav«, sagte Sally. »Ich wünsche mir noch Bauklötze. Und einen Puppenwagen und ein Fahrrad.«

»Und unser Bruder wünscht sich ein Mikroskop«, sagte Jannie zum Weihnachtsmann, »er war auch ganz brav. Und ich möchte noch einen kleinen Tisch und Stühle.«

»Weihnachtsmann?«, sagte ich. »*Entschuldigen* Sie bitte, Weihnachtsmann …«

»Sind sie nicht entzückend?«, sagte eine Frau hinter mir.

»Und Süßigkeiten und Orangen und Nüsse«, fuhr der Weihnachtsmann selig fort, »und für eure Strümpfe alle möglichen anderen guten Dinge, wie Zuckerstangen –«

»Ich hab noch vergessen, ich wünsche mir ein Festkleid.«

»Aber ihr müsst *brave* kleine Mädchen sein und genau machen, was eure Eltern euch sagen, und ihr dürft *nie* vergessen, euch die Zähne zu putzen.«

Ich eilte wieder zu Mr. Andrews Sekretärin. »Ich *muss* mit Mr. Andrews sprechen«, sagte ich zu ihr, »und zwar *schnell.*«

»Sie müssen warten«, sagte sie mit einem liebevollen Blick auf meine Töchter, die vom Weihnachtsmann einen abschließenden Klaps auf den Kopf bekamen.

Die Lautsprecher spielten »Herbei, o ihr Gläubigen«, und ich überlegte wild: Fahrrad, Mikroskop, Fahrrad, Tisch und Stühle, Puppengeschirr, als meine Töchter auf mich zugerannt kamen. »Guck mal«, schrie Sally, »guck, was der Weihnachtsmann uns geschenkt hat.«

»Der Weihnachtsmann war da«, bestätigte Jannie, »er kam genau in diese Bank, und er hat uns was geschenkt, guck mal, einen kleinen Beutel mit Schokoladengeld.«

»Oh, schön, schön, schön«, sagte ich wütend.

»*Und* ich krieg mein Fahrrad, der Weihnachtsmann hat gesagt, er bringt es mir.«

»– und mir bringt er auch eins, und einen Puppenwagen und Puppengeschirr und –«

»– und in unseren Strümpfen –«

»Mr. Andrews hat jetzt Zeit für Sie«, sagte die Sekretärin.

Ich brachte meine Töchter dazu, sich wieder zu setzen, und betrat Mr. Andrews Büro. Seine Nase zierte noch eine Spur heiterer Röte, aber das Auge des fröhlichen alten Kobolds hatte das vertraute Achatgrau, und das ferne Echo klingelnder Glöckchen klang nun eher wie das Klirren von Halbdollarmünzen.

»Und«, sagte der Weihnachtsmann und zog meinen Kreditantrag aus dem Stapel auf seinem Schreibtisch, »was führt *Sie* schon wieder her?«

Es war ein wunderschöner Morgen, kalt und klar und voller Farben, und der Taxifahrer wurde gerade mit einer Geschichte fertig, in der es darum ging, wie die Mutter seiner Frau zu Besuch gekommen war und sämtliche Pfirsiche eingemacht hatte, die seine Frau hatte einfrieren wollen. »Sie hat sie einfach alle vergeudet«, sagte er und fuhr mit einer Extrakurve vor dem Haus vor.

»Da sind ja die Kinder auf der Veranda«, sagte ich.

»Langsam wird wirklich Weihnachten«, sagte mein Mann zum Taxifahrer, als ich ausstieg, und der Taxifahrer sagte: »Schnee am Morgen.«

Jannies Haare waren offenbar nicht gebürstet worden, seit ich aufgebrochen war, und als ich auf die Haustür zuging, beschloss ich, als Erstes aus ihr rauszukriegen, wo sie die Bürste versteckt hatte. Sie trug ihr liebstes Sommerkleid und war barfuß. Laurie mussten die Haare geschnitten werden, und er trug seine alten Turnschuhe, von denen man einen nicht mehr binden konnte, sondern mit einer Sicherheitsnadel zumachen musste; ich hatte mir fest vorgenommen, diese Turnschuhe in den Müll zu werfen, bevor ich aufgebrochen war. Sally hatte im ganzen Gesicht Schokolade und trug Lauries Pelzmütze. Alle drei lehnten sich still und erwartungsvoll über die Brüstung.

Ich versuchte sie alle drei gleichzeitig zu umarmen, aber sie entwanden sich mir geschickt und liefen zu ihrem Vater. »Hast du es?«, fragte Jannie. »Hast du es, hast du es, hast du es?«

»Ist es *das,* was du da hast?«, fragte Laurie unfreundlich. »*Das* kleine Ding?«

»Hast du es?«, fragte Jannie noch einmal.

»Kommt rein, dann zeig ich es euch«, sagte ihr Vater.

Sie folgten ihm ins Wohnzimmer und stellten sich neben dem Sofa feierlich in eine Reihe. »Aber nicht anfassen«, sagte ihr Vater, und alle miteinander nickten. Sie sahen zu, wie er das Bündel vorsichtig aufs Sofa legte und es auspackte.

In die darauffolgende fassungslose Stille hinein sagte Sally schließlich: »Was ist das?«

»Das ist ein Baby«, sagte ihr Vater mit einem Hauch Nervosität in der Stimme. »Es ist ein Junge und heißt Barry.«

»Was ist denn ein Baby?«, fragte Sally mich.

»Es ist ganz schön klein«, sagte Laurie zweifelnd. »Etwas Besseres habt ihr nicht gekriegt?«

»Ich hab versucht, ein anderes, größeres zu bekommen«, sagte ich gereizt, »aber der Arzt hat gesagt, das sei das letzte.«

»Meine Güte«, sagte Jannie, »was sollen wir denn mit *dem*? Aber na ja«, sagte sie, »*du* bist wieder da.«

Plötzlich kletterten sie und Sally gleichzeitig auf meinen Schoß, und Laurie kam näher ran und gestattete mir, ihn flüchtig auf die Wange zu küssen; ich stellte fest, dass ich alle drei gleichzeitig umfassen konnte, etwas, zu dem ich einige Zeit lang nicht in der Lage gewesen war.

»Also«, sagte Laurie, bestrebt, dieser gefühlvollen Szene ein Ende zu machen, »jetzt haben wir also dieses Baby. Glaubst du, es wird größer?«, fragte er seinen Vater.

»Es hat sehr kleine Füße«, sagte Jannie. »Ich glaube wirklich, die sind *zu* klein.«

»Also, wenn ihr es nicht mögt, können wir es natürlich *jederzeit* zurückgeben«, sagte ihr Vater.

»Ach, wir mögen es schon irgendwie«, sagte Laurie tröstend. »Es ist nur … wir haben uns ein bisschen was Größeres vorgestellt.«

»Was ist das?«, fragte Sally wenig überzeugt. Sie streckte probeweise einen Finger aus und berührte einen Zeh. »Ist das ein Fuß, hat es einen Fuß?«

»Sag bitte nicht es, sag er«, sagte ich.

»Er?«, sagte Sally. »Er?«

»Hi, Barry«, sagte Laurie vorgebeugt und sah direkt in sein eines offenes blaues Auge. »Hi, Barry, hi, Barry, hi, Barry.«

»Hi, Barry«, sagte Jannie.

»Hi, Barry«, sagte Sally. »Ist das dein Fuß?«

»Das schreit bestimmt viel, oder?«, fragte Laurie seinen Vater, von Mann zu Mann.

Sein Vater zuckte mit den Schultern und erläuterte: »*Sonst* kann es ja nicht viel.«

»Ich weiß noch, dass Jannie die ganze Zeit geschrien hat«, fuhr Laurie fort.

»Hab ich nicht«, sagte Jannie. »*Du* hast die ganze Zeit geschrien.«

»Hast du das im Krankenhaus bekommen?«, fragte Sally. Sie bewegte Barrys Fuß auf und ab, und er krümmte seine Zehen.

»Ja«, sagte ich.

»Warum hast du mich nicht mitgenommen?«

»Du warst beim letzten Mal dabei«, sagte ich.

»Wie heißt es noch mal?«, fragte Sally.

»Barry«, sagte ich.

»Barry?«

»Barry.«

»Wo hast du das her?«

»Also«, sagte Laurie. Er seufzte und streckte sich. »Wir sollten uns mal die griechischen Tetradrachmen ansehen«, sagte er.

»Richtig«, sagte sein Vater und erhob sich.

»Jannie, such mal deine Bürste«, sagte ich.

Auf dem Weg nach draußen blieb Laurie neben mir stehen und versuchte offenbar, sich irgendetwas Beglückwünschendes einfallen zu lassen. »Aber für *dich* wird es ja bestimmt ganz schön«, sagte er schließlich. »Dann bist du beschäftigt, jetzt, wo *wir* alle erwachsen sind.«

Anhang

Handzettel

Einige Poltergeist-Vorfälle im Hause von S. E. H., Esquire

Famt einer höchft intereffanten Difkuffion der wahrfein-
lichen Ergebniffe folcher Ftörungen im Haufe einef Gentleman.

Mr. H. fagte auf, daff er, nachdem er mehr alf fieben
Jahre in diefem Haufe lebte, keinerlei Hinweife auf Über-
natürlichef bemerkt habe, bif auf die letzten Monate, in
denen fein Hauf offenbar zum Treffpunkt oder Neft dä-
monifer Geifter geworden fei.

Daff feine Familie mehr alf drei Nächte in Folge von
lautem Trappeln und Ftampfen geftört worden fei, daf
jeweilf eine halbe Ftunde angehalten und unter ihnen al-
lergröfte Forge aufgelöft habe.

Daff feine Gattin, eine leicht zu erregende Frau von
nervöfer Difpofition, faft wahnfinnig geworden fei durch
übernatürliche Erfeinungen und mehrmalf Albträume
von einer Perfönlichkeit gehabt habe, die ihr grauenhafte
Geheimniffe inf Ohr flüfterte.

Daff ihr, wenn fie, wie ef ihre Angewohnheit war, täg-

lich die Löffel zur Hand nahm, um fie einen nach dem
anderen inf Büfett zu ordnen, gelegentlich ein Löffel ge-
waltfam auf der Hand gezwungen und ihr fodann an den
Kopf geworfen wurde.

Daff die Schranktür einef Fernfeherf fich feit diefen
Erfeinungen weigert, verfloffen zu bleiben, obwohl vier
verfiedene Tifler allef verfuchten, um fie davon zu über-
zeugen, und obwohl ein Gentleman, der neu im Haufe fei,
äuferft heftig mit feinem Fuf dagegen getreten habe.

Daff Mifter H.'s Fohn, ein Kind von acht oder zehn
Jahren, def Nachtf mit feinen Fulbüchern eine Barrikade
oder eine Mauer vor der Tür seinef Kinderzimmerf erbaut, damit, wie er fagt, *die Kobolde drauffen bleiben*, darüber hinauf fagt er, mehrere Male einen Wolf oder ein
anderef groffef schwarzef Tier auf dem Dach vor feinem
Fenfter gefehen zu haben.

Daff kürzlich def Nachtf Fuftritte zu hören waren und
ein Meffer, daf Mifter H. ftetf bei fich führt, plötzlich und
unerwartet fo wild gegen die Wand flog, daff es in taufend
Ftücke zerfplitterte.

Daff in diesem Hauf fieben Nächte in Folge daf Geräuf
von Trommeln zu hören war, von Lachen, von Ftampfen
und dem Zerfellen von Gegenftänden, wie ef nicht einmal
die zahlreichen Kinder von Mifter H. verurfachen könnten, jedenfallf nicht ohne Gäfte und weitere Kinder.

Diefe Dinge, von denen Mr. H. und feine Familie be-
richteten, wurden von vielen anderen Menfen gefehen
und bezeugt, die Mr. H.'f Hauf auffuchten, fowie von
dem bereitf erwähnten Feeley, Gentleman, und all diefe
Menfen find fich einig, daff daf Hauf von einem Polter-
geift oder Böfem Geift befeffen ist, deffen Abficht ef ift,

fich auf Koften der Haufbewohner auf die übelfte Weife zu amüfieren.

Daff Mifter H.'f Vermieter, ein vermögender Mann, fich weigert, im Hauf einen Exorfiffmuff durchführen zu laffen, oder aber Mifter H. zu geftatten, feinen Mietvertrag zu löfen, und daff ef defhalb Mifter H.'f einzige Möglichkeit ift, fein Hauf für Befucher zu öffnen, für einen Penny pro Gaft, da ef, wie er fagt, ohnehin bereitf fo voller Gäfte fei, daff er auch Geld dafür verlangen könne.

Die zwei Gesichter der Shirley Jackson

Nachwort von Nicole Seifert

»Ich bin eine gutherzige Mutter, die sich ständig mit dem Bösen befasst.« Dieser Satz einer ihrer Figuren könnte sich auch auf Shirley Jackson selbst beziehen. Die Autorin, deren Werk hierzulande der Horrorliteratur zugerechnet wird, scheint mit ihren komischen Texten über ihr Familienleben gewissermaßen aus der Rolle zu fallen. Düstere Erzählungen über Gefühle des Gefangenseins, über Mord, über Ängste und Zwänge auf der einen Seite, witzige Szenen aus dem Alltag mit Kindern auf der anderen. Die in *Krawall und Kekse* versammelten Texte schrieb Shirley Jackson in den späten Vierziger- und Fünfzigerjahren des zwanzigsten Jahrhunderts ursprünglich für Zeitschriften wie *Good Housekeeping, Mademoiselle* oder *Harper's*. Für das Buch, das 1953 unter dem Originaltitel *Life Among the Savages* erschien, wurden die Geschichten chronologisch angeordnet und durch weitere ergänzt, sodass sie sich als Roman lesen lassen. Über die literarische Qualität dieser Texte äußerte Shirley Jackson selbst sich eher abwertend, für sie waren es *potboiler* – minderwertige Lohnarbeit, etwas ganz anderes als ihre literarischen Erzählungen und

Romane. Sicher fürchtete sie auch – völlig zu Recht, wie sich zeigen sollte –, dass ihr Erfolg mit Texten über so weiblich konnotierte Themen wie Kinder und Haushalt negative Auswirkungen darauf haben würde, wie die überwiegend männliche Literaturkritik ihr »richtiges Schreiben« wahrnähme. Aber die Magazine zahlten gut, so gut, dass sie Jackson in die Lage versetzten, sich in Ruhe diesem »richtigen Schreiben« widmen zu können, wenn sie pro Monat einen komischen Text verkaufte. So bot ihr die Zeitschrift *Good Housekeeping* 1949 ein hohes Fixhonorar für acht Storys pro Jahr – ein sehr lukrativer Deal, der belegt, dass Shirley Jackson zu den führenden Autorinnen dieser Art Texte gehörte. Auch andere schätzten ihre *potboiler* positiver ein als sie selbst. Die massenhaften Fanbriefe, die Jackson erhielt, zeigen, dass ihre Leserinnen sich und ihr Leben in diesen Geschichten wiedererkannten. Sie mochten die Stimme und die Person, die Jackson da entworfen hatte: eine nahbare, liebevolle Mutter, die in Gedanken manchmal woanders ist, die das Chaos akzeptiert, sich von ihm aber nicht unterkriegen lässt. Im Grunde habe Jackson erfunden, was heute die »Mami-Blogs« tun, so ihre Biografin Ruth Franklin: intelligente Beobachtungen über das Familienleben humorvoll und im Plauderton auf den Punkt bringen, ohne dass der Nachwuchs oder das Leben als Mutter idealisiert würden – so hatte bis dahin noch niemand über das Leben mit Kindern geschrieben.

Die 1916 in San Francisco geborene Shirley Jackson gehörte zu der Generation von Frauen, deren Lebensweise Betty Friedan in ihrem internationalen Bestseller *The Feminine Mystique* 1963 beschrieben hatte, der drei Jahre später unter dem Titel *Der Weiblichkeitswahn* auch auf Deutsch erschien: Frauen, die während oder kurz nach dem Ersten Weltkrieg geboren worden waren und in den Vierziger- und Fünfzigerjahren Kinder bekamen und großzogen – also deutlich bevor die Frauenbewegung wieder an Bedeutung gewann. Es war eine Zeit, in der für Frauen ein Leben als Hausfrau und Mutter, jedoch keine Erwerbsarbeit oder künstlerische Tätigkeit vorgesehen war, ein Leben, das auf Gedeih und Verderb an das des Ehemanns gebunden war. Trotzdem begann Jackson bereits im College ernsthaft zu schreiben und machte 1948 Furore mit der Erzählung »The Lottery«, die im *New Yorker* erschien und so heftige Reaktionen auslöste wie bis dahin noch keine dort veröffentlichte Erzählung. Vor *Krawall und Kekse* erschien 1951 der Roman *Hangsaman* (*Der Gehängte*, 1992), drei Jahre danach *The Bird's Nest* (1954), beides intensive literarische Darstellungen psychischer Zusammenbrüche der weiblichen Hauptfiguren. Auch die Romane, mit denen Shirley Jackson berühmt werden sollte, *The Haunting of Hill House (Spuk in Hill House)* und *We Have Always Lived in the Castle (Wir haben schon immer im Schloss gelebt)*, erschienen 1959 und 1962 (dt. 1993 und 1988), erzählen in der Tradition des American Gothic vom Unheimlichen und Irrationalen, von Schuld, Trauma und Bedrohung. Wie kann dieselbe Autorin einerseits so Abgründiges, Dunkles schreiben und andererseits diese warmen, humorvollen Szenen aus dem Leben einer Hausfrau und Mutter?

Bei genauerem Hinsehen sind diese beiden Aspekte von Jacksons Schaffen viel enger miteinander verknüpft, als es der so unterschiedliche Ton vermuten lässt. Die Originaltitel der beiden autofiktionalen Bände, *Life Among the Savages* und *Raising Demons*, verweisen so deutlich aufs Horrorgenre wie der Titel von keinem ihrer Romane. Die Romane spielen ihrerseits im häuslichen Bereich, wie Häuser und die Vorstellung von einem Zuhause überhaupt eine zentrale Rolle einnehmen in Jacksons Erzählen. Und andersherum ist auch das Haus mit den Säulen, das die Familie zu Beginn von *Krawall und Kekse* bezieht, nicht ganz frei von dem Grusel, den Hill House im gleichnamigen Roman bei der Protagonistin Eleanor auslöst. Gleich zu Beginn der vermeintlich nur komischen Erzählung wird erwähnt, dass die Erzählerin und ihr Mann in dieses chaotische Leben geraten sind, ohne es je vorgehabt zu haben. Jackson benutzt bezeichnenderweise eine Metapher, der zufolge sie sogar in der Falle sitzen: »So leben wir jetzt, mein Mann und ich, unfreiwillig, als wären wir in einen Brunnen gefallen und hätten, da wir sowieso nicht mehr herauskommen, beschlossen, dass wir genauso gut bleiben und einen Stuhl und einen Tisch und irgendeine Lampe aufstellen können.«

Auch als die Familie das Haus mit den Säulen besichtigt, ist das vorherrschende Gefühl bei der Erzählerin ein Fluchtimpuls, ausgelöst von dem Eisenherd, der sie zu erschlagen droht, von den »schrecklichen« versteinerten Donuts und dem vom Küchentisch abgerückten Stuhl. So humorvoll *Krawall und Kekse* beginnt – es ist mehr als ein Hauch von Schrecken dabei.

Dass die Familie das Haus schließlich doch bezieht, wird als etwas Unausweichliches geschildert, nicht als etwas Freiwilliges: Ihr alter Vermieter hat ihre Wohnung neu vergeben, in der Stadt finden sie nichts; in Vermont kommt keins der anderen Häuser infrage, und bei diesem nötigt der Besitzer sie praktisch einzuziehen, indem er die Zusage gar nicht erst abwartet und schon präventiv mit der Miete runtergeht. Am Tag des Einzugs dann ist das Haus verändert: Es wurde geputzt, renoviert und frisch gestrichen – es ist schön. Diese Ambivalenz ist typisch für Jacksons Häuser, die oft zugleich fesseln und erschrecken. Nicht nur in den Gothic-Romanen und -Erzählungen, auch in *Krawall und Kekse* ist das Haus selbst ein fühlendes und handelndes Wesen. So scheinen die Zimmer selbst zu entscheiden, welche Möbel sie aufzunehmen bereit sind und wo diese stehen sollen. Es ist ein Haus mit geradezu menschlichen Vorlieben und Abneigungen, und alle Versuche der neuen Bewohner, sich dagegen durchzusetzen, sind vergeblich. Hinter diesen vordergründig lustigen Beschreibungen verbergen sich dieselben Themen wie in Jacksons Horror-Romanen. Als die Erzählerin feststellt: »Es war tatsächlich ein gutes altes Haus«, steht die einzige andere Möglichkeit unübersehbar im Raum: die Möglichkeit, dass das Haus eben nicht gut ist, sondern böse – die Grundidee von *Spuk in Hill House*. Auch die immer schon alles wissenden Dorfbewohner finden sich hier wie dort. In *Krawall und Kekse* wirkt es komisch, wenn der Lebensmittelhändler nach einem Besuch von wenigen Tagen bereits die Namen und das Alter sämtlicher Kinder sowie das Einkommen des Ehemannes kennt und auch weiß, was die Besucher am Vorabend gegessen haben. In *Wir haben schon immer im Schloss gelebt* hat dieses genaue Hinsehen und Hinterherspionieren der Leute aus dem Dorf etwas Bedrohliches, Verurteilendes, erzeugt Missgunst und Hass.

Am ausgeprägtesten ist diese Ambivalenz in Jacksons Werk beim Thema Mutterschaft. Keine der Protagonistinnen der Horror-Romane ist selbst Mutter, und die Mütter, die vorkommen, sind entweder tyrannisch oder tot. Die einzige durchgehend liebevolle, humorvolle, zugewandte Mutter ist die in *Krawall und Kekse*, das immer wieder als Memoir bezeichnet wurde. Das Buch versammelt jedoch Texte, die sich zwischen Fakt und Fiktion bewegen, das haben Interviews mit Jacksons Kindern bestätigt. Die Texte sind »autobiografisch, aber nicht notwendigerweise wahr«, um eine Formulierung von Jacksons Biografin Ruth Franklin zu benutzen, denn Jackson wusste sehr gut, dass ein genauer Bericht noch keine Geschichte ergibt, dass es dazu Dramaturgie braucht und kreative Freiheit.

Auffällig an der Erzählerin ist in diesem Zusammenhang, dass sie gar kein Innenleben zu haben scheint, denn ihre Ansichten und Gefühle spielen praktisch keine Rolle, genauso wenig wie ihr Beruf. Nur in einer einzigen Szene erfährt man, dass es sich um eine Frau handelt, die nicht nur Mutter ist, sondern auch Schriftstellerin, als nämlich im Krankenhaus in das Aufnahmeformular als Beruf »Hausfrau« statt, wie von der Erzählerin gewünscht, »Schriftstellerin« eingetragen wird. Niemals geht es in den geschilderten Szenen jedoch darum, dass die Erzählerin versucht, zwischen Einkaufen und Kochen, Aufräumen und Wickeln, Waschen und Kinderbetreuung Zeit zum Schreiben zu finden – was Jacksons eigenes Leben maßgeblich bestimmt hat, das belegen nicht zuletzt ihre Briefe. Und schon gar nicht geht es um das Schreiben selbst, um die dabei entstehenden Texte. Genauso wenig findet in *Krawall und Kekse* die Intellektuelle Eingang, die sich mit ihrem Mann und anderen austauscht und Persönlichkeiten wie Ralph Ellison, Bernard Malamud oder Gore Vidal zu Gast hat. Obwohl Shirley Jackson ihre unterschiedlichen Rollen im wirklichen Leben sehr erfolgreich zu vereinbaren wusste, entschied sie sich dagegen, in ihren Magazintexten über diesen Aspekt zu schreiben. Das mag ein Zugeständnis an die zeitgenössischen Leserinnen gewesen sein, die ihrerseits nicht berufstätig waren und sich – laut Ansage der Auftraggeber – mit der Erzählerin identifizieren können sollten.

Während des Zweiten Weltkriegs und unmittelbar danach hatten viele Frauen die häusliche Sphäre verlassen und in allen möglichen Bereichen die Aufgaben der Männer übernommen. In den Fünfzigerjahren übernahmen die Männer wieder und schickten die Frauen zurück an den Herd. Werbung, Politik und Medien propagierten das Bild des Frauchens, das zu Hause mit Haushalt und Kindern vollkommen glücklich ist. Der so um sich greifende »Weiblichkeitswahn«, demzufolge es das höchste Ziel einer Frau sein sollte, durch ein Leben als Ehefrau und Mutter ihre Weiblichkeit zu erfüllen, beruhte auf alten Vorurteilen und zweckdienlichen Konventionen. Frauen sollten es Männern nicht gleichtun wollen, sie nicht beneiden oder ihnen Konkurrenz machen, sondern ihre eigene »Natur« akzeptieren und Befriedigung finden in sexueller Passivität, Unterordnung unter die männliche

Vorherrschaft und im Ausleben mütterlicher Liebe. Die Hausfrau und Mutter war nun Vorbild und Modell für alle Frauen. »Hausfrau« war zur Berufung geworden und damit zugleich zum Beruf.

Während Castro in Kuba die Revolution anführte und sich Männer darauf vorbereiteten, zum Mond zu fliegen, während in den Naturwissenschaften bahnbrechende Entdeckungen gemacht wurden, war die ideale Frau die, die sich tagsüber um die Kinder kümmerte und den Haushalt schmiss, dabei so viele elektrische Hilfsgeräte hatte, dass sie andere Hilfe nicht mehr brauchte, und die abends, wenn der Mann von der Arbeit kam, ein warmes Essen auf dem Tisch hatte und selbst bereits umgezogen, frisiert und geschminkt war, um ihm hübsch und adrett Gesellschaft zu leisten und sich nun um sein Wohlergehen zu kümmern. Eigene Wünsche, geistige Interessen gar, kamen in diesem Lebensentwurf nicht vor, man ging davon aus, dass Frauen sich für nichts außerhalb ihres Heims und ihrer Kinder interessierten. Von Gleichberechtigung und Selbstverwirklichung, den Zielen der ersten Welle der Frauenbewegung wenige Jahrzehnte zuvor, war keine Rede mehr. Doch nicht wenige Hausfrauen klagten über ihr unausgefülltes Dasein, über ein Gefühl von Langeweile, Leere und Einsamkeit. Depressionen, Alkohol- und Medikamentenabhängigkeit nahmen zu.

Auch Shirley Jackson war den zeittypischen Erwartungen an Haushaltsführung und Kindererziehung unterworfen und versuchte dem Idealbild halbwegs zu entsprechen, aber in einem entscheidenden Punkt wich sie rigoros davon ab: Sie hatte ihre Arbeit, ihr Schreiben, und sie trug zum Familieneinkommen damit meist mehr bei als ihr Mann. Und genau diese wichtige andere Seite ihres Lebens blendete sie in den Texten aus, die sich der Komik des häuslichen Alltags widmeten. Jackson selbst taucht in den Geschichten, die sie zumindest implizit als Porträt ihres eigenen Familienlebens verkaufte, nicht auf, jedenfalls nicht als Figur mit einem eigenen Innenleben, kritischen Gedanken und eigenen Interessen jenseits der Familie. Es wird eine Spaltung vollzogen zwischen Autorin und Erzählerin, um der Haupterwartung gerecht werden zu können, die an Frauen gestellt wurde: die Rolle der Hausfrau und Mutter perfekt auszufüllen und die eigene Subjektivität dafür hintanzustellen. Die Erzählerin in *Krawall und Kekse* mit Shirley Jackson gleichzusetzen, greift deshalb zu kurz; die Literaturwissenschaftlerin Rebecca Million sieht in ihr nicht einmal einen maskierten autobiografischen Charakter, sondern eine Figur, die genauso fiktiv ist wie Protagonistinnen in Jacksons Romanen und Erzählungen. Folgerichtig scheint es daher sinnvoller, *Krawall und Kekse* als Roman zu betrachten und nicht als Memoir.

Betty Friedan urteilt in *Der Weiblichkeitswahn* kritisch über Shirley Jacksons Entscheidung, für die US-amerikanischen Magazine in einem humorvoll-leichten Ton über ihr Leben als Hausfrau und Mutter zu berichten und ihre Rolle als Autorin ganz auszublenden. Damit signalisiere sie den Leserinnen etwas, das alles andere als komisch sei: Wenn Sie mal wieder verzweifeln, weil Ihr Leben leer und langweilig und voller Sisyphos-Arbeiten ist – einfach drüber lachen. Wir sitzen alle zusammen in der Falle! Aber tut Jackson nicht mehr, als zu resigniertem Lachen aufzufordern? Sie gewinnt dem täglichen Frust des Lebens als Hausfrau und Mutter Slapstick-Momente ab, ja, aber die Komik ergibt sich häufig gerade aus der großen Diskrepanz zwischen den Erwartungen, die an Frauen gestellt wurden (und werden), und der Realität, womit diese Erwartungen im Grunde ad absurdum geführt werden. Sie *sind* realistischerweise gar nicht zu erfüllen, sie sind zum Lachen! Wenn die Leserinnen das Gefühl haben, an diesen Erwartungen zu scheitern, handelt es sich also nicht um individuelles Scheitern, sondern um ein strukturelles Problem, das auf einem fragwürdigen Rollenbild beruht. Möglicherweise geht diese Interpretation über Jacksons bewusste Intention hinaus, die Texte lassen sie aber zu. Jacksons Humor spielt oftmals mit Geschlechterrollen und gesellschaftlichen Werten und trägt mindestens das Potenzial in sich, ein Bewusstsein für diese Rollen und Werte zu wecken und sie zu hinterfragen.

Von der Literaturkritik wurde Jackson, die zu Lebzeiten keinerlei Literaturpreise erhielt, nach ihrem frühen Tod 1965 als Horror-Autorin rezipiert, als »Hexe, die mit dem Besenstiel« schrieb, und als »Virginia Werewolf«. Jacksons Biografin Ruth Franklin nennt zwei Gründe, warum deren Werk zunächst unterschätzt wurde: Es geht darin im Wesentlichen um das Leben von Frauen, und es lässt sich qua Thema als Genreliteratur abtun. Dass Shirley Jackson – selbst in ihren komischen Texten – auch unliebsame Wahrheiten erzählte, wird ebenfalls dazu beigetragen haben, dass ihr Werk jahrzehntelang vernachlässigt wurde. Die akademische Auseinandersetzung mit Shirley Jacksons Schreiben blieb überschaubar, einige ihrer Romane waren nicht einmal mehr lieferbar. Erst in den letzten Jahren wurden ihre Bücher in der englischsprachigen Welt neu ediert und wiederentdeckt, während sie in den deutschsprachigen Ländern größtenteils noch unbekannt sind und nur ein kleiner Teil ihres Werks überhaupt in Übersetzungen vorliegt. Noch schwerer hatten es ihre komischen Texte über das Familienleben, die bis vor Kurzem – wenn überhaupt – als interessantes, aber relativ unbedeutendes Beiwerk zu ihren anderen Romanen betrachtet wurden – eine Wahrnehmung, zu der Jacksons eigene herablassende Äußerungen über diese Texte beigetragen haben dürften.

Durch die jüngere literaturwissenschaftliche Beschäftigung mit Shirley Jackson hat sich diese Einschätzung inzwischen geändert. Ihre komischen Texte werden nun als entscheidender Teil ihres Schreibens ernst genommen, als Teil, der wichtig ist, um ihr Werk zu verstehen. Dass das Familienleben in *Krawall und Kekse* überwiegend als glückliches Miteinander dargestellt wird, widerspricht nicht den zahlreichen Hinweisen auf seine dunklen Seiten und auf die negativen Auswirkungen, die diese auf das Leben von Frauen haben. Oft stehen Glück und Verzweiflung mindestens andeutungsweise direkt nebeneinander, so wie das gute Haus die Möglichkeit des bösen Hauses mit sich bringt. Die Themen, Motive und Metaphern sind hier dieselben wie in Jacksons Horror-Romanen, deren Schrecken immer auf einem psychologischen Level angesiedelt ist, begründet im Häuslichen und Familiären. Oder wie es Jacksons Biografin Ruth Franklin formulierte: Man muss die lustigen Familienszenen hier und da nur anstupsen, damit sie in Dunkelheit abgleiten. Betrachtet man Jacksons Werk, das auf den ersten Blick in zwei Teile zu zerfallen scheint, als ein Ganzes, fängt es die komplexen Widersprüche ein, denen Frauen (nicht nur) in den USA Mitte des zwanzigsten Jahrhunderts ausgesetzt waren. Ihr Werk erzählt von Überforderung und Unterforderung, von Abhängigkeit und Aufbruch, von Flucht und Gefangensein, vom Komischen wie von Angst und Dunkelheit, es erzählt die Geschichte der Frauen zu Jacksons Zeit.

Quellen

Ruth Franklin, *Shirley Jackson, A Rather Haunted Life*, New York: W. W. Norton & Company Ltd. 2016

Betty Friedan, *The Feminine Mystique*, New York: W. W. Norton & Company Ltd. 2001 (1963)

Rebecca Million, »Living an Aporia: Notes on Shirley Jackson's Home Books and the Impossible-Possible of Motherhood«, in: *Shirley Jackson, A Companion*, hg. v. Kristopher Woofter, Oxford: Peter Lang Group 2021

Bernice M. Murphy, »Hideous Doughnuts and Haunted Housewives: Gothic Undercurrents in Shirley Jackson's Domestic Humor«, in: *Shirley Jackson and Domesticity: Beyond the Haunted House*, hg. v. Jill E. Anderson und Melanie R. Anderson, London: Bloomsbury Academic 2020

Der Satz, mit dem das Nachwort beginnt, lautet im Original »i'm a kind-hearted mama who studies evil all the time« und ist eine Anspielung auf Robert Johnsons »Kind Hearted Woman

Blues«. Er wird von einer Figur in einer frühen Fassung von *Come Along with Me* geäußert, die Shirley Jacksons Biografin Ruth Franklin im Archiv eingesehen hat. Siehe hierzu die Biografie *Shirley Jackson, A Rather Haunted Life*, S. 260.